POST MORTEM

Catalogage avant publication de Bibliothèque et Archives nationales du Québec et Bibliothèque et Archives Canada

Titre : Post mortem / Marilou Addison.

Noms : Addison, Marilou, 1979- auteur.

Identifiants : Canadiana (livre imprimé) 20210053313 | Canadiana (livre numérique) 20210053321 | ISBN 9782897922818 | ISBN 9782897922825 (PDF) | ISBN 9782897922832 (EPUB)

Classification : LCC PS8551.D336 P67 2021 | CDD C843/.6—dc23

Édition
Les Éditions de Mortagne
Case postale 116
Boucherville (Québec)
J4B 5E6
editionsdemortagne.com

Maquette de couverture
© Kinos.ca

Mise en pages
Studio C1C4

Photo de la page 333
© Maëva Benoit-Gallien

Dépôt légal
Bibliothèque et Archives Canada
Bibliothèque et Archives nationales du Québec
Bibliothèque nationale de France
3e trimestre 2021

Imprimé au Canada

Financé par le gouvernement du Canada | Canada

Gouvernement du Québec – Programme de crédit d'impôt pour l'édition de livres – Gestion SODEC.

ASSOCIATION NATIONALE DES ÉDITEURS DE LIVRES

Membre de l'Association nationale des éditeurs de livres (ANEL)

Marilou Addison

POST MORTEM

ÉDITIONS DE MORTAGNE

À Dominic, puisque c'est ton tour.

Annexe 1 – preuve au dossier

Témoignage de Dominic Fortier

Vendredi 23 août

Le premier coup, porté avec un bâton de baseball, a fait exploser mon arcade sourcilière.

Le second m'a fait cracher du sang. Et perdre une dent.

Ce n'est que lorsque le troisième m'a démis le genou que je me suis mis à douter. Les chances que je gagne ce combat me paraissaient soudain bien minces. Pour ne pas dire nulles.

Mes craintes se sont confirmées lorsque le plus costaud des deux m'a agrippé par la ceinture pour me soulever dans les airs, avant de me lancer au sol de nouveau. J'ai essayé comme je le pouvais de reproduire le mouvement vu des centaines de fois dans les films d'action : tourner sur moi-même, sauter sur mes pieds et contre-attaquer… C'était plus difficile que prévu, alors j'ai plutôt atterri sur les mains et les genoux, comme un idiot. Puisque l'un des deux était déjà pas mal *scrap*, j'ai basculé vers l'avant et mon menton a cogné durement sur l'asphalte. Je me suis mordu la langue, et le sang a pissé dans ma bouche. Ça goûtait dégueu, mais ce n'était pas mon principal problème à ce moment.

Pas le temps de cracher. J'étais dos au petit groupe et je ne lui faisais pas confiance. D'ailleurs, j'ai vite senti qu'on abaissait mon pantalon sans avoir à défaire le moindre bouton. Je devais avoir perdu du poids. Normal, je mangeais à peine mes trois repas par jour depuis quelque temps. Il n'y a pas si longtemps, un tel exploit aurait été impossible. Quand on dépense tout son *cash* sur les tables de poker pour essayer de se refaire la main… disons que ça ne remplit pas trop le frigo. Ni le ventre.

N'empêche… mon indice de masse corporelle n'était pas à l'ordre du jour. J'avais bien d'autres chats à fouetter que d'atteindre mon poids santé. Pour l'heure, tout ce que je souhaitais, c'était que mon agresseur – celui qui tenait toujours un bâton de baseball entre ses grosses mains sales – n'utilise pas son outil pour me le rentrer dans le…

Argh ! *Fuck…*

Ouais… Il avait à peine hésité. Sans prendre le temps de me préparer. Mais je ne voyais pas trop non plus comment on pouvait être préparé à la chose…

J'ai serré les dents. Et les jointures sur le rebord du muret, face à mon visage. Je me suis égratigné la peau des joues et du nez. Ça ne m'a même pas fait mal. J'ai malgré tout tenté de ne pas perdre toute dignité. Le tout en morvant et en promettant de remettre la totalité de l'argent que je devais, et ce, avant la fin du mois.

Bref, un échec.

« Oui, promis. Pas un jour de plus. Non, non, j'ai compris, cette fois, que c'est sérieux. Que Fred entend pas à rire. C'est la dernière fois que vous êtes obligés de vous déplacer pour moi. » Merci bonsoir.

Parce que voilà. Ce n'était pas ma première expérience du genre. Le mois dernier, on m'avait simplement donné une bonne raclée. Sans le bâton. Mais pas sans l'humiliation. J'avais là aussi juré de payer toutes mes dettes.

Et le soir même, je retournais jouer tout ce que contenaient les poches de mon manteau. Avec le succès que l'on connaît...

Lorsqu'on m'a enfin relâché, j'avais le bas du corps en feu. Je me suis rassuré en constatant que je n'aurais plus jamais de problème à aller aux toilettes. Finis les problèmes de constipation. Je ne pouvais pas dire que ça me faisait plaisir. Ni que j'avais de réels soucis à ce sujet. Les jambes tremblantes, je me suis laissé choir sur le ventre. Sans prendre le temps de remettre mon pantalon. Même l'air chaud du système de ventilation du stationnement qui me soufflait sur la peau était douloureux. J'ai à peine osé imaginer ce que ce serait de me rhabiller. Ou de me relever.

Je ne sais pas combien de temps je suis resté là. Dans ce stationnement souterrain. À reprendre mon souffle. Et à tenter de retrouver mon amour-propre, le corps avachi sur l'asphalte froid, entre deux Tesla tout ce qu'il y avait de plus rutilantes. Au moins, je ne les avais pas accrochées en tombant.

Mes assurances n'auraient pas payé. Et pour cause, je ne les avais pas renouvelées…

Je ne pouvais pas descendre plus bas. Je croyais avoir touché le fond. Le vrai. Celui qui pue et qui fait mal. Il fallait tout de même voir le bon côté des choses : mon agresseur avait au moins eu la décence d'utiliser le plus petit bout du bâton. Et cette fois, son acolyte et lui n'avaient pas terminé le travail en me pissant dessus… Je déteste sentir l'urine.

Mais qui aime ça, hein ?

De toute façon, ne dit-on pas que ce qui ne nous tue pas nous rend plus forts ? Je n'étais toujours pas mort. Du moins, pas encore… N'empêche que cette histoire m'a ramené loin en arrière. Toute cette impuissance. Impossible de ne pas me rappeler ces moments, enfant, où…

Quarante ans plus tôt

Les coups pleuvent sur mon frêle corps d'enfant. Des gémissements de plaisir résonnent chaque fois que la ceinture frappe ma peau. Ils ne proviennent pas de ma bouche…

Moi, je garde les lèvres closes. Pas un mot. Mes larmes coulent sur mes joues. Après une éternité, la voix de ma grand-mère me répète, encore et encore :

« Un jour, tu comprendras pourquoi je te fais subir tout ça. »

« Un jour, tu me remercieras. »

Je ne sais pas comment je pourrais vraiment remercier mon bourreau de me faire souffrir de la sorte. Mais je sais que je suis coupable. Que j'ai de nouveau fouillé dans l'armoire, glissé mes doigts dans la jarre à biscuits pour en prendre un. Pas par gourmandise.

Plutôt parce que je suis affamé. Je n'ai rien mangé de la journée. Pour m'endurcir, semble-t-il. Je n'en peux plus. J'ai quatre ans et l'impression que mon ventre hurle et se tord de douleur.

Ça ne change rien. Je ne peux pas argumenter. Je dois me taire et encaisser les coups. Plus tard, mon corps en portera les stigmates. J'aurai de la difficulté à marcher, à m'asseoir, à bouger. Le pire, c'est que personne ne s'en rendra compte. Papa, veuf depuis quelques années, n'a plus de temps pour moi. Il est débordé par son travail. Par sa vie. Il fait confiance à grand-maman pour prendre soin de moi. Je dois me montrer fort. Être autonome. Et soigner mes plaies moi-même.

Non, personne ne m'aidera...

Vendredi midi, 6 septembre

Pourquoi est-ce que je me suis séparé de ma femme il y a un an ?

Je pourrais dire que tout est sa faute. Que le déclin a commencé quand elle a arrêté de se raser les poils pubiens.

Mais qui peut indiquer le moment exact où la vie de son couple prend ce genre de tournant décisif ?

Parce que… de mon côté, j'avais cessé de descendre plus bas que son nombril depuis un moment. Et elle faisait pareil pour moi !

Je sais, je sais… Ça peut paraître odieux de parler comme ça. Mais je ne ferai pas semblant d'être un enfant de chœur. De toute façon, j'ai visionné beaucoup trop de porno pour être capable de bander devant un corps de femme couvert de poils. Ça ne m'excite plus. Pire… j'en ressens parfois des frissons de dégoût.

D'accord, c'est vrai que je n'ai jamais été très fidèle. Je n'ai pas attendu que mon ex décide de se laisser pousser le poil pour la tromper. À plus d'une reprise. C'est ce que je suis : un foutu enfoiré.

Il me semble bien que c'est aussi à cette époque que j'ai commencé à jouer tout notre argent sur les tables clandestines de Fred. Sans qu'elle le sache. Du moins, pas avant d'avoir reçu un relevé de la banque indiquant que mon compte était vide. Tout comme le sien. Et bien sûr, notre compte conjoint.

Ouais, je… j'avais tout dépensé pour essayer de me refaire. Sans succès. Je me suis même un peu – beaucoup – mis dans la marde en empruntant au propriétaire des lieux ce qui me manquait pour le simple plaisir d'aller m'asseoir au moins une heure ou deux à une de ses tables.

Et finir pour la première fois dans une ruelle sombre, les yeux renfoncés et le nez dégoulinant de mon propre sang. Pas chic, j'en conviens.

Après, Mélanie m'a donné une chance. Puis une autre. Et ainsi de suite… jusqu'à ce qu'elle me surprenne au lit avec la voisine. C'est là qu'elle m'a quitté. En criant et en braillant que j'allais le lui payer. Je ne savais pas trop avec quel argent j'allais pouvoir réussir ça. Ç'a été ma réponse. Mais elle ne l'a pas trouvée drôle. Et j'ai perdu la garde de mon ado de dix-sept ans et de ma fille de six ans. Comme ça, en claquant des doigts. Supposément parce que je suis trop irresponsable pour prendre soin de Théo et d'Angélie.

Ce n'est pas faux.

N'empêche que ça ne me plaisait pas du tout. Parce que malgré ce qu'on pourrait en penser, mes enfants, je les aime. Mal, oui. Sans être assez présent, c'est vrai. Et de façon très immature..., ça aussi, c'est la stricte vérité. Sauf que je n'allais pas laisser mon ex me voler mes *kids* simplement parce que je pourrais gagner le trophée du pire père de l'année. Je les ai conçus, ces enfants-là ! J'ai amplement le droit de les voir !

C'est pourquoi j'ai traîné Mélanie en cour. Ça m'a pris un peu de temps, vu que je n'avais pas vraiment l'argent pour me payer un avocat – quels voleurs, ceux-là ! Enfin, il y a quelques semaines à peine, un juge clément – ou parfaitement imbécile, à chacun de se faire sa propre idée – a décidé que je pouvais reprendre les petits deux week-ends par mois. Sans supervision. À la condition d'avoir un lieu pour les accueillir. Un toit sur leur tête, donc. Et de la bouffe dans le frigo. Au moment de l'énoncé du jugement, j'avais bon espoir d'y arriver.

Deux semaines après ma dernière raclée, les poches vides, le visage encore un peu amoché et le moral à plat, j'étais moins sûr de moi.

J'ai même songé que si on m'avait accordé la garde partagée, j'aurais été coincé. Pourtant, c'était ce que j'avais d'abord demandé, question de ne pas avoir à payer de pension. Non... il était assurément mieux pour tout le monde que Mélanie ait encore l'emprise majeure sur notre couvée.

Puisque je tenais tout de même à revoir mes enfants, le temps commençait à presser. J'aurais dû aller les chercher le soir même, à dix-sept heures sonnantes. Pas une minute de plus, sous peine que mon ex ne m'ouvre pas.

Elle m'avait averti.

La salope.

Sans une place pour vivre, la chose était impossible.

Ça m'a ramené dans la réalité. Si je me trouvais sur la galerie de cette maison de style bungalow, c'était pour remplir la première demande du juge : un toit sur la tête. Avec un sourire avenant pour le proprio, qui était en train de me faire visiter, je suis entré. Deux chambres au rez-de-chaussée, un salon grand comme ma main et une cuisine – pas de salle à manger – datant des années quatre-vingt. Un palace pour un gars comme moi, quoi.

J'ai parcouru les pièces en moins de deux. C'était vieux. C'était sale. Et ça puait. Normal, avec la moisissure que j'avais cru apercevoir dans un coin de la minable salle de bain. Mais ce serait parfait. Parfait pour mes finances, en tout cas. Maintenant, il ne me restait plus qu'à convaincre le proprio que je pouvais le payer. Facile. J'ai toujours été un expert dans l'art de bluffer. Il suffisait d'avoir l'air sûr de soi.

— Bon, si ça t'intéresse, faut payer les deux premiers mois tout de suite, a indiqué l'homme à la chevelure aussi abondante que crasseuse.

Fuck.

Je lui ai pourtant adressé mon plus beau sourire avant de répondre :

— OK, pas de trouble. Mais je l'ai pas sur moi. Va falloir que je passe à la banque.

L'homme a toussé, s'est étouffé dans ses sécrétions. Charmant. Il s'est raclé la gorge durant un temps interminable, puis a fini par marmonner :

— Non. Ça marche pas de même. J'ai une autre personne qui attend pour visiter. Si tu me paies pas maintenant, je peux pas te réserver la place.

— Écoute, comme je te le dis, j'ai les sous. Donne-moi juste une heure ou deux, pis c'est réglé. En fait, si tu me laisses les clés, je pourrais…

Il a ricané tout bas. Le gars n'était pas si con, finalement.

— Ben non ! Je te donnerai pas les clés si t'as pas payé. Tu me prends pour un cave ou quoi ?

Non… bien sûr que non, aurais-je dû lui répondre, tout en pensant le contraire. Mais il s'attendait trop à cette réponse. À la place, je suis tout de suite passé à la deuxième étape : les accusations. Ça marchait à tout coup.

— Coudonc ! J'ai-tu l'air d'un voleur ?

Sans attendre, j'ai enchaîné avec la flatterie…

— En plus, est vraiment belle, cette maison, pis j'aimerais ça emménager au plus vite.

… accompagnée d'un soupçon de manipulation…

— J'en ai besoin si je veux ravoir la garde de mes enfants. Mon ex a essayé de me les prendre, mais je me suis pas laissé faire ! As-tu des enfants ?…

J'ai croisé les doigts pour que ce soit le cas. Bingo ! Mon futur propriétaire a changé d'air pour hocher la tête en grimaçant.

— J'en ai trois. Mais je les vois pas trop, moi non plus. Crisse d'ex…

Il a soupiré, a semblé réfléchir en se grattant le fond de la tête. Je le soupçonnais de ne pas s'être fait de shampoing depuis belle lurette. Pour finalement abdiquer. *Yes !* Encore une victoire pour bibi !

— Bon, bon… ça va. Je peux te laisser une heure pour aller chercher l'argent. Mais pas plus, hein ?

— Génial ! J'adore l'endroit. Je sens que je vais être ben, ici. Donc, on s'arrange comment ? Restes-tu là pendant que je vais à la banque ?

Il a secoué la tête – pour mon plus grand bonheur – et a indiqué :

— Nan. Faut que je retourne chez nous. Je vais t'attendre là-bas. T'as l'adresse ?

— Han, han. Tu me l'as donnée, tantôt. OK, ce sera pas long, promis.

Je m'apprêtais à partir, puis je suis revenu sur mes pas en donnant l'impression de me souvenir seulement maintenant d'un détail.

— Ah ouin… tant qu'à perdre du temps, je pourrais le signer tout de suite, ton bail. Ce serait fait.

Il a hésité. Pas complètement con, comme je disais. J'ai ajouté :

— Pas obligé, là. Je peux le faire rendu chez toi, aussi. Au pire, je dînerai plus tard, c'est pas grave.

L'homme a jeté un coup d'œil à sa montre et a réalisé que l'avant-midi touchait à sa fin. Pour lui-même, il a marmonné :

— Ché pas… Y a mon boss qui doit m'appeler dans pas long… Mon cell est presque mort, pis je pourrais rater son appel…

J'ai gardé un visage neutre. Ne pas lui laisser croire que je voulais l'influencer. C'est ce moment qui est le plus délicat. Tout peut faire basculer un bluff. Cette seconde où on sent qu'on est sur le point de gagner ne m'a pas échappé. Je ne pourrais pas dire si c'était dans le regard de l'autre, dans un mouvement qu'il venait d'effectuer ou si c'était dans ma tête, mais je savais qu'il allait abdiquer avant même qu'il ouvre la bouche.

Et comme prévu…

— Ah, pis de la marde. Tiens, v'là le bail, a-t-il lâché en sortant le document chiffonné de sa poche arrière.

Il l'a appuyé sur le mur, a attrapé le crayon qu'il avait mis derrière son oreille et a signé d'un geste rapide. Il m'a ensuite tendu la pile de feuilles en me disant de remplir les infos me concernant, puis de la lui remettre en même temps que l'argent. J'ai souri gentiment. Sauf que j'ai refusé son crayon, qui me paraissait aussi gras que ses cheveux. Bien sûr, j'ai promis de le faire – promesse d'ivrogne, me diraient certains… avec raison.

Nous sommes sortis de la maison et, tandis qu'il verrouillait la porte, je l'ai salué et me suis éloigné vers ma voiture. J'ai démarré le moteur et me suis engagé dans la rue. Avant de tourner le coin, j'ai jeté un œil à mon rétroviseur afin de voir où il allait cacher sa clé.

Dans la boîte à fleurs fanées. Pas très original.

En sifflotant, j'ai fait le tour du bloc dans mon auto, puis je suis revenu me garer dans l'entrée en vérifiant que j'étais seul désormais. Aucune trace du proprio. En sortant de mon véhicule, je me suis assuré que les voisins n'étaient pas postés à leur fenêtre. Il y a bien eu un mouvement à travers celle de la maison de droite, mais après quelques secondes pendant lesquelles plus rien ne bougeait, je suis passé à l'action. J'ai attrapé la clé de ma nouvelle demeure et l'ai insérée sans hésiter dans la serrure. Elle était un peu rouillée et ça m'a pris un moment pour arriver à la faire tourner.

Faudrait arranger ça.

Pas maintenant, cependant. J'avais bien d'autres choses à organiser, avant. Dont mon déménagement. Je n'avais pas énormément de meubles, mais je croyais pouvoir dire que ça me prendrait deux ou trois heures pour les récupérer chez mon chum Will et les apporter sur place. Pour les électroménagers, à part la laveuse et la sécheuse, il y en avait déjà dans la maison, ce qui me simplifiait la vie. De plus, je traînais des boîtes dans mon auto, que je me suis empressé d'aller chercher.

J'ai effectué plusieurs voyages entre l'intérieur et mon coffre arrière avant de décider qu'il était temps de boire une bonne bière. Je la méritais, après ce coup de maître. J'avais désormais un royaume juste pour moi, qui m'accueillait les bras grands ouverts. Ouais... royaume... je charriais un peu. N'empêche que l'endroit me plaisait. Assez, du moins, pour m'éloigner du quartier pourri où vivait Will et où je risquais à tout moment de croiser Fred et ses deux amateurs de baseball.

J'ai souri après avoir avalé une bonne rasade de ma bière tablette. Ça, il faudrait y voir au plus vite, car la bière tiède, très peu pour moi. Je suis donc allé ranger le reste du *six-pack* dans le frigo. Je ne me suis pas rendu compte tout de suite qu'il n'était pas froid, mais j'ai malgré tout constaté avec dégoût qu'il allait avoir besoin d'un bon nettoyage.

Hum... ce serait pour un autre jour. Là, je devais encore appeler Mélanie et confirmer avec elle qu'elle me laisserait les enfants dès ce soir. Avant de me pogner avec elle, j'ai tout de même décidé de brancher la petite télé que j'avais apportée. J'ai gossé quelques secondes avec les postes en espérant pogner une chaîne quelconque.

Rien. L'écran est resté noir.

J'ai soupiré. Puis, je me suis dit qu'il faudrait peut-être que je songe à rappeler le proprio pour lui demander de rouvrir le *breaker* d'électricité... À moins que je n'aille voir dans le sous-sol ?

Une autre chose à laquelle je devais penser: me brancher sur le câble du voisin pour réussir à avoir Vidéotron…

J'ai vérifié que la maison d'à côté n'était pas trop loin pour ça. Ce n'était pas le cas. Satisfait, je suis revenu dans le salon où j'avais posé mes boîtes et quelques sacs-poubelle sur le plancher. J'ai saisi ceux-ci et les ai balancés dans ce qui serait ma chambre. J'ai ensuite décidé que j'avais assez travaillé pour la journée. J'avais prévu m'installer à même le plancher du salon pour finir les bières, mais je me suis arrêté en passant devant une porte que je n'avais pas remarquée auparavant. Le proprio ne m'avait pas montré ce qu'il y avait de l'autre côté. Ça ne devait pas être du joli, pour qu'il se soit abstenu.

Je l'ai ouverte et j'ai compris qu'elle menait au sous-sol. Intéressant, me suis-je dit. J'ai essayé d'allumer la lumière par réflexe, mais je me suis souvenu que je n'avais toujours pas d'électricité. Je me suis donc débrouillé avec l'éclairage de mon cellulaire, que je tenais haut devant moi alors que je descendais lentement l'escalier en bois. Ça craquait de partout et ça sentait fort l'humidité. N'empêche que ce que je découvrais me plaisait. Une large pièce dont le sol était recouvert de linoléum. Bon… il n'était clairement pas au goût du jour, mais c'était loin d'être dans mes priorités.

Et le plus important : connaissant mon ado de fils, il n'en ferait pas de cas lui non plus.

J'avais en tête de l'amadouer en lui offrant de s'y installer. Ça me prendrait plusieurs semaines à rendre l'endroit habitable, mais Théo apprécierait sûrement. Et peut-être ainsi me laisserait-il entrer dans sa vie. Avec sa sœur, ç'a toujours été plus facile qu'avec lui. Elle est jeune et ignore encore à quel point son père est un bon à rien, tandis que Théo s'en est rendu compte il y a longtemps déjà.

Je suis remonté, le cœur léger. J'ai fait l'erreur de téléphoner à Mélanie dans cet état. Alors que je savais très bien qu'elle ne risquait pas d'apprécier mon appel.

— Salut, ma belle ! C'est moi. Ça marche toujours pour ce soir ?

Sa voix sèche m'a vite ramené sur terre :

— Je te rappelle que t'es supposé avoir un endroit où vivre, avant de ravoir la garde des enfants.

— Justement ! Bonne nouvelle : j'ai une belle petite maison qui sera parfaite pour les accueillir.

— Crécher chez ton chum Will compte pas, Dom, a-t-elle répliqué.

— Mais non ! J'habite pus chez lui !

— Depuis quand ? m'a questionné Mélanie, inflexible.

— Bah… depuis… un moment. Écoute, c'est pas ça l'important. Là, j'ai une vraie de vraie place. Pis si tu me crois pas, viens voir !

Elle a soupiré et a fini par répliquer qu'elle allait bel et bien venir vérifier. Mais que si je lui faisais perdre son temps, je n'étais pas près de revoir les enfants. Elle a ajouté que ce n'était pas possible pour ce soir. Ils avaient déjà quelque chose de prévu. Ça devrait aller à samedi. J'ai écouté avec peu d'attention le reste de son monologue, pas très intéressé par ce qu'elle avait à me raconter. Je me suis décapsulé une seconde bière en tenant mon cellulaire coincé entre mon épaule et mon oreille, tandis qu'elle continuait de m'accuser de tous les maux. Elle s'est toutefois arrêtée pour me demander :

— Tu viens de t'ouvrir une bière ?

— Ben non, voyons. Y est à peine midi. C'est la télé.

Soupir de sa part.

— Peu importe, a-t-elle repris. J'espère que t'as bien compris, cette fois. Si les enfants me disent que t'es sorti pendant qu'ils étaient chez toi ou que t'as fait venir du monde pas d'allure dans ta maison, je… je vais en parler à mon avocat !

— Écoute, t'as pas à t'en faire, Mel. Je suis un homme nouveau !

— Je le croirai quand je le verrai.

— C'est ça. Bon, alors j'habite sur De Lalancette. Numéro de porte 32. Tu vas venir à quelle heure ?

— Je serai là en matinée. Mais je te rappelle que les autres fois – s'il y en a d'autres –, c'est toi qui devras venir les chercher. Tu pourras les prendre le vendredi, comme le juge l'a décidé, et non le samedi matin.

— Évidemment ! *Good !* Ah, attends… Ils sont en pédago, c'est ça ? Je… je peux leur parler ? ai-je dit en me laissant choir par terre, près des boîtes qui traînaient tout autour de moi.

Elle a soupiré. A hésité. Ne paraissait pas très encline à passer son téléphone aux enfants. Je m'apprêtais à lui rappeler qu'elle n'avait pas le choix, quand elle m'a coupé pour déclarer :

— Théo veut pas te parler. Je sais même pas s'il va accepter d'aller chez toi.

— Ben là ! C'est pas à lui de décider ça !

— Justement, oui. Il est assez vieux pour refuser. De toute façon, ça se peut qu'il travaille, en fin de semaine.

J'ai aussitôt réagi :

— Il travaille ? Depuis quand ? Pis où ? Pourquoi je suis jamais au courant de...

— Relaxe, il a même pas encore commencé. Je l'ai fait rentrer au comptoir de la pharmacie, avec moi.

— Y faut pas des études, pour ça ? Y est juste en secondaire cinq...

— Ben non. Ils engagent des étudiants. Mais c'est pas le propos. Pour tout te dire... il va pas fort, ces temps-ci.

Elle commençait à m'énerver avec toutes ses excuses. J'ai tout de même réussi à me contenir et à lui demander :

— Comment ça ?

— C'est son ami... Jules. Ses parents divorcent et il prend ça assez mal. Théo l'aide parce que...

— Parce qu'il est passé par là lui aussi, ai-je murmuré.

Je me suis frotté le menton. J'ai réfléchi. J'allais devoir ruser. Mais puisqu'il le fallait, aussi bien utiliser ma plus jeune. Ce que je me suis empressé de faire...

— Bon... pis Angélie ? Elle est là ?

— Minute, a répondu Mélanie en lâchant un long soupir.

Dès que la voix de ma fille m'est parvenue, je n'ai pas pu m'empêcher de sourire. Elle a toujours eu cet effet sur moi. Ma petite merveille. Elle est la seule à qui je n'ai jamais osé mentir. Pas toujours, du moins.

— Hééé ! Ma plus belle !

— Salut, papa !

— Maman t'a dit que vous alliez venir chez moi demain matin ?

— Ben… je pense pas que Théo va vouloir.

— Mais toi, ça te tente ?

— Ça dépend.

— De quoi, ma *peanut ?*

— Si Théo vient.

Fuck. J'ai serré les poings, inspiré un bon coup pour ne pas que la petite se rende compte de ma frustration. Puis, j'ai repris :

— Pis si je te dis que j'ai acheté des chips ?

Elle n'a pas répondu…

— Avec de la crème glacée ?

— À quoi ? a-t-elle fini par murmurer.

Facile…

— Au chocolat ?

— Avec des pépites ?

— Hum, hum…

— OK, ben… je vais dire à Théo que moi, je vais y aller, en tout cas ! s'est-elle écriée joyeusement.

Aussi facile que ça. Je l'ai flattée encore un peu, lui ai promis des tas de sucreries avant de raccrocher sans demander à reparler à sa mère. De toute façon, c'était dans la poche. Si Angélie venait, Théo n'aurait pas le choix de se pointer aussi. Il ne laisserait pas sa petite sœur se rendre toute seule dans le repaire du grand méchant loup. Je le connaissais.

Et lui aussi, il me connaissait.

Il savait que je n'étais pas fiable. Que lorsque l'appel du jeu se montrait plus fort que tout, je ne pouvais pas me contrôler. Ce n'était pas ma faute. Même si Mélanie s'entêtait à croire que oui.

J'ai déposé mon cellulaire par terre, près de moi, pour reprendre une longue gorgée de ma bière. Content de ma journée, je me suis récompensé en buvant mon *six-pack* en entier. Lorsque mon nouveau proprio m'a rappelé pour savoir si je comptais lui apporter son argent bientôt, j'ai trouvé une excuse bidon en lien avec ma voiture et lui ai assuré que ce serait réglé dès le lendemain.

Il s'est énervé. Supposément que je lui avais fait perdre son temps, aujourd'hui. Il m'a menacé de louer à quelqu'un d'autre, mais je lui ai rappelé que le bail était déjà signé et que je ne pouvais lui parler plus longtemps. La remorqueuse venait d'arriver.

Ouaip. Belle journée.

Et si je la terminais avec un petit tour aux tables de jeu ?

Samedi matin, 7 septembre

Posté à la fenêtre de mon nouveau salon, je les ai regardés descendre de la voiture. Angélie tenait un vieux toutou contre sa petite poitrine tandis que ma charmante ex jetait des regards sévères à ma rue. Elle jugeait le quartier, les voisins, la maison... Je pouvais quasiment lire dans sa tête ce à quoi elle était en train de réfléchir :

« Miteux. Gazon trop long. Maison décrépie. Voisin peu fréquentable. »

Ouais, et alors ? Le juge avait mentionné un toit, rien d'autre. Il n'avait pas dit que l'herbe avait intérêt à être impeccablement tondue et que la toiture devait être en parfait état.

Pour le reste, par contre, il m'avait bien recommandé de diminuer ma consommation d'alcool...

J'ai jeté un coup d'œil aux alentours pour réaliser que c'était loin d'être reluisant. Sans attendre, je me suis précipité pour balancer les bouteilles de bière bues la veille par la porte arrière. Je les ramasserais plus tard. Si j'y pensais. Et même là...

Je suis revenu vers le salon, ai passé les mains dans mes cheveux pour leur donner une apparence respectable, puis je suis allé ouvrir. J'ai pris soin de remettre mon masque de papa idéal, ce qui était plutôt difficile considérant la nuit dernière. J'aurais dû arrêter de jouer à la table de poker beaucoup plus tôt. Mais j'étais convaincu que je pourrais me refaire et...

Bref, j'étais là, non ? C'était tout ce qui comptait. Mélanie devrait s'en contenter.

Je lui ai adressé mon plus beau sourire – même si un bon brossage de dents n'aurait pas été du luxe – et je l'ai invitée à entrer. Elle s'est exécutée avec un air de dédain pour tout ce qui l'entourait.

Moi y compris.

Allez, ma belle... arrête de faire la fine bouche. Je t'ai déjà connue moins regardante, ai-je eu le goût de lui dire. Je m'en suis abstenu. Il valait mieux la laisser parler en premier. Ce qu'elle a fini par se résoudre à faire après avoir émis un petit grognement d'impatience.

— Ouin… t'as réussi à te trouver quelque chose, a-t-elle dit en faisant référence à la maison.

Je me suis forcé à prendre un ton joyeux.

— Ouais ! Les meubles sont supposés rentrer aujourd'hui. J'en ai acheté pour la chambre de chacun des enfants, ai-je déclaré, même si c'était encore une fois un foutu mensonge.

— Avec quel argent ? s'est-elle dépêchée de me demander.

Quand on ment, le truc, c'est de donner le moins de détails possible. Sinon, on se retrouve pris à devoir se justifier par la suite. C'est pourquoi j'ai balayé son commentaire d'une main, pour simplement indiquer :

— Un magasin, pas loin. OK, Angélie, tu veux voir ta chambre ?

La petite a hoché la tête, non sans jeter un œil vers la porte demeurée ouverte. Elle attendait que Théo vienne nous rejoindre. Moi aussi, d'ailleurs, je me demandais ce qu'il fabriquait. Remarquant mon interrogation, Mélanie m'a expliqué avec plaisir :

— Y veut pas sortir de l'auto. J'ai tout essayé, mais… Y a pas le goût d'être là, a-t-elle conclu en haussant les épaules.

Elle s'en crissait. J'aurais parié qu'elle était même plutôt contente de la réaction de notre aîné. Et côté pari, je m'y connais. Pour cacher mon agacement, j'ai saisi la main d'Angélie et l'ai guidée jusqu'à sa future chambre. Elle a observé la pièce sans grand enthousiasme. Je n'allais pas me laisser décourager pour autant, alors je lui ai fait miroiter un grand lit double, une commode avec un énorme miroir et un coffre à jouets rempli à craquer.

La petite a souri timidement, signe que j'étais en train de l'amadouer. Je lui ai ensuite demandé de me dresser la liste de tout ce qu'elle voudrait pour embellir l'espace. On irait l'acheter tout de suite après le dîner. Elle a hoché la tête et s'est mise à réfléchir avec sérieux. Je l'ai abandonnée pour retourner dans le salon. En chemin, j'ai croisé Mélanie, qui était allée vérifier de quoi avait l'air la cuisine. Dès qu'elle m'a aperçu, elle s'est écriée :

— Le frigo, tu vas le remplir, j'espère ?

— T'as fouillé dedans ?

— Fallait ben que je vérifie si t'avais de quoi nourrir les enfants. T'as même pas encore l'électricité !

— T'es gossante, Mel. Faut juste que je trouve le *breaker* pour tout rouvrir. Ben oui, ils vont manger à leur faim ! D'ailleurs, je pensais les amener dîner au resto pour fêter leur arrivée ici. Arrête de mettre ton nez partout pis viens. Je vais aller jaser un peu avec Théo.

Après avoir soupiré, elle m'a néanmoins suivi à l'extérieur, où je marchais d'un bon pas vers sa voiture, garée derrière la mienne. Tout en me suivant de près, elle m'a indiqué :

— Je vais t'apporter des vieux draps pis des oreillers pour les enfants. Ça traîne dans le sous-sol, pis je pense que tu vas en avoir plus besoin que moi.

J'ai acquiescé, sans trop porter attention. Notre fils était assis à l'avant, des écouteurs vissés sur les oreilles, le regard tourné vers la rue. Je me suis penché vers sa fenêtre, qu'il avait laissée ouverte. Les paumes posées sur le rebord, je l'ai salué :

— Hé ! Si c'est pas mon fils préféré !

Aucune réponse. Un simple reniflement.

— *Come on*, Théo... Tu dis pas allô à ton père ?

Cette fois, il a tourné la tête de l'autre côté pour ne plus me voir. J'ai serré les poings. Sans me relever pour autant, j'ai repris :

— Écoute... je le sais que tu m'en veux. Mais... j'ai changé. Pis je compte ben te le prouver. Là, ta petite sœur est en train de décider comment elle va décorer sa chambre. T'as le choix de te joindre à nous ou de retourner chez ta mère. C'est toi qui décides. Mais Angélie, elle, elle reste.

Sur ces mots, je me suis redressé et je suis revenu sur mes pas. Je n'étais qu'à moitié sincère. Oui, Angélie allait demeurer avec moi pour le week-end. Théo aussi. Il ne le savait pas encore, mais il était mieux de faire les bons choix et de sortir de cette voiture. Sinon, je pouvais très bien décider de transformer sa vie en enfer. J'ai toujours été un expert dans le domaine.

J'ai rejoint Mélanie, restée près de la porte. En passant à sa hauteur, je lui ai soufflé :

— Arrange-toi comme tu veux, mais Théo est mieux de sortir de l'auto... Si tu respectes pas l'arrangement du juge, ça pourrait te revenir dans face, tsé.

Elle m'a lancé un regard noir. N'empêche qu'elle est tout de même allée s'asseoir dans son auto. Je l'ai vue échanger quelques mots avec Théo, qui venait d'arracher ses écouteurs de ses oreilles. Il s'obstinait, rageait, mais a fini par comprendre qu'il n'avait pas le choix. Quelques secondes plus tard, il a ouvert sa portière et a sorti son grand corps d'adolescent de la voiture. J'ai retenu un sourire victorieux et l'ai laissé monter les marches de la galerie pour ensuite entrer dans la maison en reniflant.

Je lui ai donné le temps de trouver ses repères, de se demander où il allait pouvoir s'écraser en attendant que le week-end se termine. Angélie est sortie de sa chambre sur ces entrefaites. Son visage s'est éclairé en voyant Théo se tenir un peu maladroitement dans le salon toujours aussi vide. Une fois assuré que leur mère était bien partie et ne reviendrait pas, j'ai tapé dans mes mains pour annoncer :

— *Good!* Maintenant que vous êtes là, ça vous tente-tu d'aller manger un morceau au resto ?

— On a déjà bouffé, a marmonné Théo.

J'ai remarqué seulement à ce moment que sa voix avait mué. Ça faisait un moment que je n'avais pas vu mon fils. Et surtout, qu'il n'avait pas ouvert la bouche devant moi. Il devenait un homme. Je lui souhaitais d'en être un meilleur que moi…

Je ne me suis toutefois pas attardé à de si bons sentiments. Heureux d'avoir mes enfants avec moi, je n'ai pas perdu ma bonne humeur si facilement. Ils avaient déjà mangé ? Peu importe ! On trouverait autre chose pour passer le temps, alors.

Tiens… pourquoi ne pas aller acheter quelques meubles, comme promis ? De toute façon, il allait bien falloir que je trouve une solution pour la nuit. Je doutais que Théo et Angélie acceptent de dormir directement sur le plancher, comme moi-même la veille. Will, à qui j'avais texté durant la nuit, m'avait demandé de lui foutre la paix et d'arrêter de lui réclamer mes meubles. Supposément qu'ils serviraient à payer ce que je lui devais quand il les revendrait. Sale con !

J'ai donc proposé:

— OK, pas grave. Plan B: on s'en va au marché aux puces!

— Pour faire quoi? m'a aussitôt questionné mon fils, avec sa joie de vivre légendaire.

— Parce que, au cas où tu l'aurais pas remarqué, il manque pas mal d'affaires, ici. Ça fait qu'on va aller en acheter une couple.

Sur ces mots, j'ai rouvert la porte et leur ai signifié de sortir de la maison. Ils m'ont obéi. Angélie sans rien dire et Théo en ronchonnant. Bientôt, nous étions en route pour le marché extérieur le plus près. Chaque week-end, ce genre d'endroit est bondé. Celui-là ne faisait pas exception. J'ai même dû garer ma voiture derrière une autre, puisque je ne voulais pas avoir à marcher plusieurs kilomètres. Évidemment, mon fils a pris un malin plaisir à me le faire remarquer:

— Tu bloques l'autre char, là.

— Occupe-toi pas de ça. Alors... vous êtes prêts? Je sens qu'on va s'amuser!

— J'en suis pas si sûr, moi, a grogné Théo, sans que je renchérisse.

Angélie, pour sa part, s'est mise à fureter entre les rangées, à la recherche de la perle rare ou d'un trésor caché. Je l'ai observée un moment, un sourire aux lèvres. Puis, je suis revenu à Théo, qui semblait s'ennuyer à mourir. N'en pouvant plus d'endurer son air de bœuf, j'ai sorti un dix dollars de ma poche. Il me restait si peu que, pour moi, ça représentait beaucoup. Je le lui ai tendu en indiquant :

— Tiens, cadeau. Achète-toi ce que tu veux.

Mon fils a hésité. Je voyais qu'il avait le goût de le prendre, mais que ça lui coûtait d'accepter mon argent. Comme s'il ne voulait rien me devoir. Éviter d'avoir affaire à moi. J'ai soupiré, m'apprêtant à remettre le billet dans ma poche, quand Théo a enfin levé la main et l'a saisi en vitesse. Il a ensuite tourné les talons, sans même un merci.

J'aurais pu le talonner et l'obliger à être reconnaissant, mais je savais que j'avais une méchante pente à remonter si je voulais réussir à l'apprivoiser. Autant ne pas mettre d'huile sur le feu et lui laisser avoir l'impression qu'il avait gagné. Reculer pour mieux avancer. Un coup facile. Prévisible. Donner du lousse pour mieux installer la laisse.

Pendant que mon fils se croyait libre de ses propres choix, je me suis assuré qu'Angélie, de son côté, s'achète quelque chose qui lui faisait plaisir. Elle hésitait, n'osait pas se prononcer. Allait et venait. Ça lui a donc pris trente bonnes minutes avant de me pointer un couvre-lit rose avec des cœurs. Il était affreux, mais je me suis abstenu du moindre commentaire. À la place, j'ai fièrement sorti un vingt dollars, que j'ai offert au marchand.

Ce dernier a grimacé en retirant sa propre main, qu'il avait d'abord avancée.

— C'est cinquante piasses, mon gars. Pas vingt, a-t-il marmonné.

Voilà la partie que je préférais. Quand on doit négocier serré. Je suis un as, là-dedans. C'est pourquoi j'ai déclaré avec plaisir :

— Écoute… c'est pour ma fille. Sauf que j'ai juste vingt piasses sur moi. On n'avait pas prévu venir ici. Je voulais lui faire la surprise en finissant de dîner.

J'ai baissé les yeux vers Angélie pour qu'elle comprenne bien qu'elle ne devait pas dire un mot. Je l'ai vue se mordre les lèvres en se retenant de parler. Satisfait, j'ai replongé mon regard dans celui du vendeur, qui fixait ma fille à son tour. Sans que ça paraisse, j'ai passé la main sur la tête de la petite, me suis arrêté dans son cou et ai tiré sur une de ses mèches. Doucement. Pour ne pas qu'on remarque mon geste.

Ses yeux se sont vite remplis de larmes, ce qui a rendu l'homme derrière son comptoir un peu mal à l'aise. Je voyais bien qu'il n'était pas insensible à la peine de ma fille. Sauf qu'il n'en connaissait pas les raisons. Il croyait que la petite était triste de ne pas pouvoir acheter son couvre-lit. Pour en rajouter, j'ai déclaré :

— Bon... ben le monsieur veut pas, ma *peanut.* C'est pas grave, tsé. Ta vieille douillette est encore correcte. Si maman était toujours là, elle pourrait recoudre les trous qu'il y a dedans, mais...

Ouais... j'y étais allé un peu fort, c'est vrai. Parfois, il faut ce qu'il faut. D'ailleurs, ç'a eu son effet. Le marchand a tapoté sur sa table d'une main, pour finalement déclarer :

— Vingt-cinq. Je peux pas aller en dessous de ça.

— Ah, vous êtes ben fin ! OK, alors v'là tout de suite un vingt.

Je me suis penché vers la petite, et lui ai demandé :

— As-tu pensé à apporter ton portefeuille ? Tu dois ben avoir un peu de sous dedans, non ?

Sa bouche s'est tordue, car elle ne savait pas trop quoi répondre à ça. Elle me faisait quasiment pitié. Je n'étais pas le seul à le penser. L'homme a fait claquer sa langue et s'est exclamé :

— C'est beau. Laisse faire. Prends-la, la couverte.

Il a ensuite adressé un sourire un peu impatient à ma fille, avant de se préoccuper du prochain client qui furetait dans son kiosque. J'ai attrapé le couvre-lit, j'ai glissé ma main dans celle d'Angélie, et je me suis dépêché de l'éloigner du stand. Je l'entendais continuer de renifler, signe qu'elle pleurnichait. Pour éviter qu'elle se donne en spectacle, je l'ai attirée dans un coin, me suis agenouillé, et j'ai posé une main sur son épaule.

— Hé… voyons, ma *peanut.* Tu l'as, maintenant, ton couvre-lit. Pourquoi tu pleures de même ?

— J'aim… j'aim… j'aime pas ça, meeeentir ! s'est-elle écriée au moment où les larmes se mettaient résolument à couler sur son visage.

— Oh là là… c'est une grosse peine, ça. Allez, viens ici, lui ai-je dit en la serrant contre moi.

Si je me sentais coupable de faire vivre ça à ma fille ? Je mentirais si je répondais non. Par contre… Elle avait maintenant une douillette qu'elle aimait, alors… J'étais plutôt satisfait du résultat.

Lorsqu'elle a enfin cessé de brailler – et que mon chandail a été bien mouillé à la base du cou –, je l'ai repoussée un peu pour m'assurer qu'elle allait mieux. Elle s'est essuyé le bout du nez avec sa manche. Un peu dégueu. Mais je n'allais pas la réprimander pour si peu. Sa mère se serait exécutée avec fierté, pas moi. Ça me passait bien au-dessus de la tête que son chandail soit bon pour le lavage. Mélanie s'en chargerait au retour des enfants chez elle. Mon ex a toujours été obsédée par le lavage. L'important, c'était qu'Angélie cesse de sangloter et qu'elle retrouve sa bonne humeur.

Pour cela, je lui ai promis un cornet. Alors qu'on se dirigeait vers le kiosque de crème glacée, j'ai cependant détourné son attention vers un kiosque rempli de toutous comme elle les aimait. Elle en a bien vite oublié le cornet, pour mon plus grand bonheur. Oui, j'avais encore un peu d'argent dans les poches, mais je ne tenais pas à tout dépenser en moins d'une journée...

De toute manière, il me restait encore les lits et les matelas à me procurer. Pendant qu'Angélie s'extasiait devant les peluches, je me suis approché d'un vendeur de meubles usagés. Je lui ai pointé un divan-lit et lui ai demandé s'il livrait.

— Ouais, mais y a des frais de plus.

J'ai fait baisser le prix autant que je le pouvais, et on a fini par s'entendre. Il viendrait me porter le meuble à la fin de son *shift*. Ça me ferait un très bon lit, ça. Maintenant, les lits des enfants. J'avais déjà ma petite idée sur la façon de régler la situation. La veille, j'avais noté l'adresse d'un dépôt de meubles et de cossins à vendre pour quelques piasses, pas trop loin, où je pourrais sûrement jeter un œil. Les chances étaient bonnes pour que j'y trouve des trucs intéressants. Si je m'y rendais la nuit, m'arrangeais pour que les caméras soient étrangement défectueuses, ça ne me coûterait rien.

Tsé, quand on est débrouillard...

Cela étant réglé, j'ai appelé Angélie pour que nous allions rejoindre son frère. Je ne savais pas dans quelle rangée il traînait, alors ça nous a pris au moins vingt minutes avant d'apercevoir sa grande silhouette au bout d'une allée. J'ai permis à ma fille de courir à sa rencontre, mais elle s'est arrêtée à mi-parcours pour examiner une table remplie de bibelots de licornes. J'ai poursuivi mon chemin et me suis rendu jusqu'à Théo. Il venait de terminer une transaction avec un vendeur et s'en éloignait rapidement.

— T'as acheté quoi ? lui ai-je demandé en le rattrapant pour essayer de voir ce qu'il tenait dans ses mains.

Pour une raison que j'ignore, il semblait réticent à me montrer ce que c'était. Il a même calé l'objet entre son bras et son torse en pressant le pas.

— Hé, je te parle. Je peux savoir ce que t'as pris ?

— Pas de tes affaires, a-t-il répliqué.

— Sois poli, Théo. Et oui, ce sont mes affaires, vu que tu l'as payé avec mon argent.

Je ne sais pas trop pourquoi j'étais si insistant. Normalement, je n'en aurais pas fait de cas, mais sa réaction m'embêtait. Je voulais savoir de quoi il s'agissait, c'est tout. Puisqu'il s'entêtait à me le cacher, j'ai tendu le bras pour m'emparer de l'objet. Théo a lâché un cri de frustration, et des feuilles se sont détachées de l'album.

Car c'était bien un album. Rempli de vieilles photos en noir et blanc. Un truc sans intérêt, autrement dit. Pourquoi avais-je réagi de la sorte, dans ce cas ? C'était stupide de ma part. Je me suis accroupi pour aider mon fils à tout ramasser, mais il m'a repoussé. Il se relevait déjà en refermant son livre.

— Laisse-moi tranquille ! a-t-il ragé. Tu comprends jamais rien !

— OK, du calme. Je voulais juste... je... je m'excuse. Veux-tu ben me dire pourquoi tu paniques pour un simple album ? En quoi t'as besoin de ça, en plus ?

Le visage fermé, Théo inspirait maintenant très fort. J'avais l'impression qu'il s'agissait seulement d'un jeu de pouvoir entre nous deux. De savoir qui, de lui ou de moi, gagnerait cette guerre. Si ce n'était que ça et que ça lui faisait plaisir, je pouvais lui céder la victoire. Qu'il le garde, son foutu album. Je m'en sacrais !

Comme si elle avait senti que quelque chose clochait, Angélie est venue nous rejoindre. Elle a essayé de glisser sa main dans celle de son frère, mais il l'a elle aussi repoussée sans ménagement en grommelant :

— Lâche-moi ! Je... je veux m'en aller. Je m'emmerde ici.

J'ai acquiescé. Il avait raison. Il était temps de dégager.

Ce n'était pas en restant sur place que je réussirais à arranger mes relations avec mes enfants.

J'étais encore convaincu que la chose était possible...

Plus tard dans la journée

Même si ce n'était pas encore la nuit, nous avions effectué un détour par le dépôt de meubles en revenant du marché aux puces. Malheureusement, il n'y avait pas grand-chose de potable là-bas. Ça ne valait même pas la peine d'y retourner plus tard, incognito. Seul point positif, Mélanie était revenue porter de la literie et l'avait déposée devant la porte pendant que nous étions au marché aux puces.

Ne sachant tout de même pas trop comment installer mes enfants dans leur chambre vide, je me suis plutôt décapsulé une bière tiédasse – j'en avais racheté en revenant à la maison – et je me suis planté devant la fenêtre du salon pour fixer la rue.

Angélie s'était assise dans un coin et jouait avec le toutou qu'elle avait apporté de chez sa mère, tandis que Théo avait disparu je ne savais trop où. Mais j'ai fini par le savoir assez vite, car il m'a hélé de la cuisine.

— Dom… Doooom ! Viens ici !

Je détestais qu'il m'appelle ainsi. J'étais son père, après tout. Je méritais bien ce titre, non ? Pour ravaler ma frustration, j'ai pris une seconde gorgée du liquide de plus en plus chaud, puis j'ai tourné les talons et je suis allé le rejoindre. Il était collé à la petite fenêtre de la cuisine qui donnait sur la cour du voisin et m'indiquait justement celle-ci. On pouvait apercevoir une statue de Marie intégrée à une minichapelle.

— Ta voisine… c'est une folle de Jésus ou quoi ?

J'ai haussé les épaules, moi-même surpris de découvrir mon voisinage. Devant mon indifférence, Théo a ajouté :

— Ta maison, c'est de la merde.

Je m'apprêtais à lui rétorquer de se la fermer, quand je me suis moi-même intéressé au cabanon qui tenait à moitié debout, au bout de ma propre cour. C'était un truc en planches, assez massif, qui prenait quasiment la moitié de l'espace. Tiens… pourquoi ne pas aller voir ce qui se cachait à l'intérieur ? Je suis sorti sans plus attendre par la porte moustiquaire et j'ai traversé le terrain jonché d'objets hétéroclites. Je n'avais pas pris la peine de vérifier l'état de la cour, la veille, et je constatais que mon cher proprio n'en avait pas pris grand soin…

Lorsque je suis parvenu au cabanon, j'ai vite constaté qu'il était verrouillé avec un cadenas des plus faciles à briser. Je m'y connaissais assez dans le domaine. Je me suis dépêché de le casser en lui assénant un bon coup de pied. Mon fils, qui s'était approché, n'avait rien perdu de la scène. Il a soupiré, sans ouvrir la bouche pour autant.

Il ressemblait de plus en plus à sa mère, celui-là.

Je lui ai souri d'un air angélique, puis je lui ai laissé le plaisir d'ouvrir la porte. Il a à peine hésité. Les lieux n'étaient évidemment pas éclairés, mais Théo a sorti son téléphone – cadeau de sa mère, j'imagine – pour dévoiler une bonne quantité de meubles amoncelés.

Bingo ! On venait de trouver le *jackpot !*

Avec un clin d'œil, j'ai fait comprendre assez rapidement à fiston qu'on allait rentrer tout ce qui nous plaisait à l'intérieur. Il n'a pas rouspété longtemps en apercevant une vieille console de jeux vidéo. Nous nous sommes exécutés sans plus attendre et bientôt, notre nouveau chez-nous m'a semblé bien rempli. Le salon possédait désormais un vieux sofa renfoncé, ainsi qu'une table basse dont la peinture s'écaillait. La chambre d'Angélie était munie d'un petit lit en aluminium et d'un matelas couvert de taches. Avec son couvre-lit fraîchement acheté, ça n'y paraîtrait plus. Il y avait aussi une table ronde que nous avions installée dans la cuisine, avec quatre chaises dépareillées. Pour la chambre de Théo – qu'il devait à la base partager avec sa sœur –, nous avions déniché un divan-lit. Avant de le faire passer par la porte de la pièce, il m'a demandé :

— Est-ce que je peux m'installer dans la cave ?

J'ai hésité. L'endroit était plutôt humide et pas encore prêt à devenir une chambre. Je comptais la nettoyer de fond en comble d'abord, mais avec l'arrivée des enfants, je n'en avais pas eu le temps. Théo a fourni l'argument qui m'a forcé à abdiquer :

— Chez maman, Nick a tout rénové le sous-sol, l'année passée…

Bon… d'accord. Si ça pouvait lui rendre son sourire. Et si ce cher Nick – alias le gars qui couchait avec mon ex depuis quelques mois – s'était donné la peine d'aménager une chambre pour mon gars, je pouvais bien me grouiller le cul moi aussi. J'ai pivoté et fait signe à Théo de se diriger vers la porte menant à la cave. Qu'il ne vienne pas se plaindre plus tard qu'on gèle et qu'il ne me dise pas qu'il a changé d'idée parce que c'est trop sombre, par contre ! Ce ne serait déjà pas une sinécure de descendre ce divan-lit par l'escalier.

Avant, je suis retourné en bas en éclaireur, afin de trouver les fichus *breakers*. Puis, nous avons réussi à poser le divan-lit sur le sol poussiéreux, trente minutes plus tard. Le tout, non sans moult jurons et quelques poques sur les murs, cependant. En nage, je me suis essuyé le front avec le bas de mon chandail, avant d'indiquer à Théo, qui venait de tirer les rideaux pour y voir plus clair :

— Je te laisse nettoyer la place. Moi, ça me tente pas.

Sur ces mots, je suis lentement remonté vers le rez-de-chaussée. Une deuxième bière ne serait pas de refus. Je n'ai pas eu le temps d'atteindre la cuisine que je me suis arrêté dans le couloir. De là où je me trouvais, j'aurais dû apercevoir Angélie, assise dans le salon un peu plus tôt. Elle n'y était plus. Peut-être qu'elle se trouvait dans sa chambre, maintenant que le mobilier y avait été placé.

Je ne sais pas ce qui m'a décidé à aller vérifier plutôt qu'à me contenter de me prendre une bière d'abord. Un mauvais pressentiment ? Je ne pourrais dire… Chose certaine, j'ai tourné les talons et me suis dirigé vers les chambres. La porte de la sienne avait été laissée grande ouverte. J'ai tilté en ne voyant pas ma fille à l'intérieur. Les toilettes, alors ? Je suis revenu sur mes pas. Encore une fois, ma fille brillait par son absence.

Mon cœur a commencé à battre un peu plus vite. Pas trop. Juste un peu. Suffisamment pour me rappeler que si je perdais ma fille, mon ex m'arracherait les yeux. Mais c'était impossible. La petite était là à peine quelques minutes auparavant. Angélie ne pouvait pas être bien loin. Je suis allé voir dans ma chambre. Encore là…

Personne.

Voyons. C'était ridicule ! Une enfant de six ans, ça ne disparaissait pas si facilement, me suis-je convaincu. Je veux dire… ma fille n'avait plus quatre ans, quand même ! Elle ne se sauverait pas comme ça. Pas sans raison. Pas sans…

Mon regard a été attiré par la fenêtre de la cuisine. Oui ! Elle était sûrement dehors. Elle avait dû nous suivre dans la cour et peut-être qu'elle fouinait quelque part par là. De plus en plus énervé, je suis sorti en trombe pour atteindre la porte du cabanon quelques secondes plus tard. Je l'ai fait claquer en la repoussant pour ensuite saisir mon cellulaire afin d'y voir un peu mieux.

— Angélie ! Ma *peanut ?* C'est pas drôle, là ! T'es où ?

J'ai eu beau fouiller dans chaque recoin, je ne la voyais toujours pas. Ce n'était pas si grand, j'aurais dû la repérer rapidement. J'ai pivoté en parcourant la cour des yeux. La seule chose que j'ai remarquée, c'est le visage d'une femme – ma voisine – postée à sa fenêtre. Elle me fixait d'un regard mauvais. La vieille *bitch.* C'était le genre à surveiller ses voisins, ça, et à les juger sans vergogne. J'étais pas mal certain qu'elle m'avait vu, la veille, quand j'avais subtilisé la clé dans la boîte à fleurs. Peu importe. Je doutais qu'elle entretienne de bons rapports avec mon proprio.

Je suis tout de même sorti du cabanon pour me diriger vers sa maison. Je voulais au moins lui demander si elle avait vu une petite fille. Mais dès que j'ai avancé d'un pas dans sa direction, la vieille a tiré les rideaux d'un geste sec.

Bon… merci bien. Très sympa.

Peu importe. Je n'avais pas besoin d'elle pour retrouver une enfant de six ans ! Angélie ne pouvait pas être loin, quand même. Où serait-elle allée, d'abord ? Elle ne connaissait pas le quartier et n'avait pas d'amis dans le coin. Sentant mon cœur s'emballer de plus en plus, je suis revenu à l'intérieur et me suis arrêté dans la cuisine, où j'ai posé les mains sur mes hanches. Je devais réfléchir. Pour ça, il me fallait d'abord boire. Une bière m'aiderait, me semblait-il.

Je m'apprêtais à en attraper une sur le comptoir quand j'ai cru entendre le bruit d'une page qui se tourne. Je me suis immobilisé. Rien. Puis, de nouveau le même bruit. Oui. Quelqu'un était en train de feuilleter un livre. Ça ne pouvait pas être Théo, toujours en bas, à ma connaissance.

J'ai jeté un coup d'œil autour de moi, quand le bruit s'est reproduit. Un sourire s'est épanoui sur mon visage. Lentement, je me suis penché et j'ai ouvert une porte pour découvrir ma fille, recroquevillée dans une armoire. Qu'est-ce qu'elle fabriquait là ? Dès qu'elle a réalisé que sa cachette avait été découverte, elle a mis la main sur sa bouche pour ne pas crier.

— Hé…, lui ai-je murmuré doucement, avec un regard complice, tu joues à la cachette ?

Elle n'a pas répondu et s'est contentée d'essayer de cacher ce qu'elle avait posé devant elle. Je n'étais pas dupe. Pour ne pas la brusquer cependant, j'ai fait semblant que je n'avais rien vu. Ce n'est que quand je lui ai tendu les bras pour la sortir de là que je me suis permis un coup d'œil à ce qu'elle tentait de dissimuler. Angélie a déplié le bras pour le saisir. J'ai évidemment été plus rapide et je l'ai attrapé le premier.

Il s'agissait tout simplement de l'album de photos que Théo s'était acheté au marché aux puces. Il avait dû l'oublier, tandis qu'il m'aidait à entrer les meubles dans la maison. J'y ai jeté un coup d'œil désintéressé. Qu'est-ce qui pouvait bien l'attirer là-dedans ?

J'ai ouvert l'album pour y apercevoir de vieilles photos en noir et blanc. Elles devaient dater du début du siècle dernier. Quoique je ne sois pas un expert là-dedans non plus. Sur celle de la page de droite, on pouvait voir deux petites filles assises sur un canapé. Leurs yeux étaient grands ouverts, et l'une d'elles avait un drôle de regard. Comme si elle était un peu figée. C'était limite malaisant. Mais je me suis dit que c'était le cas de toutes les vieilles photos, non ?

Ma fille semblait penser comme moi. En effet, elle a parlé d'une petite voix, toujours dans mes bras :

— Je les aime pas, ces photos-là. Elles sont laides.

— Bah… les gens commençaient à apprendre à en faire.

— Pourquoi elles ont pas de couleurs ?

— C'était comme ça, avant. Mais t'as raison, ma *peanut*, moi aussi je les trouve laides. Bon ! Et si on remettait son album à Théo ? C'est pas très gentil de le lui avoir pris, tu sais.

Elle a caché son visage dans le creux de mon épaule. Puis, elle m'a soufflé, si bas que j'ai dû tendre l'oreille pour l'entendre :

— Tu devrais pas le lui redonner. C'est pas une bonne idée.

— Il l'a acheté avec son argent… Enfin, avec celui que je lui ai donné. Et c'est seulement un vieil album, Angélie. T'as juste à plus le regarder s'il te fait peur.

Elle a hoché la tête en la détournant. Pour lui faire plaisir, je l'ai portée jusqu'à sa chambre, afin qu'elle découvre ses nouveaux meubles, trouvés dans le cabanon. Puis, je l'ai abandonnée sur place et je suis redescendu à la cave. J'ai ensuite déposé l'album sur ce qui allait servir de lit à mon fils.

Ce dernier l'a remarqué et s'est écrié aussitôt :

— Hé ! C'est à moi, ça ! Qu'est-ce que tu fais avec ça ?

— Du calme, Théo. Tu l'avais oublié en haut. De toute façon, je vois même pas ce qui t'intéresse autant dans ces photos-là. Je les trouve… je sais pas. Macabres ?

Il a haussé les épaules et s'est emparé de l'album pour le faire disparaître sous son oreiller. Je ne me suis pas attardé à la question. À la fois parce que, très franchement, je m'en foutais – à ce moment-là –, mais aussi parce que Théo m'a demandé :

— C'est quoi le code du wifi ?

Encore une autre dépense à prévoir… Je m'en serais bien passé, mais si je voulais ramener mon ado ici toutes les deux semaines, je n'aurais pas le choix d'y voir. C'est d'ailleurs ce que je lui ai répondu, mine de rien :

— Ils sont supposés me brancher lundi.

— Lundi ? Mais je vais être parti ! Pis demain, je fais quoi ? J'ai pas assez de données, moi !

— Tu peux bien te passer d'Internet durant deux jours, quand même !

Il m'a renvoyé un regard indiquant que c'était vraiment la pire torture à lui infliger. J'ai soupiré – pour la forme – en lui promettant de les appeler dès le lendemain pour tenter d'accélérer le processus. En mon for intérieur, je me suis dit que je trouverais bien le moyen d'utiliser le wifi d'un de mes voisins. Je n'avais certainement pas les moyens d'accumuler les factures de la sorte. Autant essayer de trouver le code du réseau de quelqu'un pas trop loin. Ça devrait être facile.

Parlant de choses à payer… La sonnette de l'entrée a résonné justement à ce moment. J'ai juré tout bas en songeant que je n'avais toujours pas eu le temps de me prendre une deuxième bière. Je suis remonté en vitesse pour que ma fille ne réponde pas la première. On ne sait jamais qui peut se pointer chez moi…

J'étais à demi soulagé d'apercevoir le visage rouge de mon proprio qui tapait du pied sur la galerie. Une bonne inspiration et je lui ai ouvert la porte, un large sourire étampé sur mon visage.

— Ah ben, salut ! J'ai presque fini de m'installer, et justement, je voulais te montrer un truc.

Sans lui laisser le temps de me reprocher de ne pas lui avoir donné son dépôt, je suis sorti, j'ai refermé la porte derrière moi et l'ai entraîné vers le rebord extérieur de la fenêtre du salon.

— Les joints sont en train de s'effriter. J'ai un peu peur que l'eau s'infiltre. Penses-tu que tu pourrais réparer les...

Il ne m'a pas laissé finir qu'il mordait déjà solidement à l'hameçon :

— Ben là ! Si tu t'imagines que je vais changer toutes les fenêtres juste pour te faire plaisir, tu te fourres le doigt dans l'œil. Sont ben correctes !

J'ai hoché la tête pour lui donner l'impression de réfléchir. Finalement, j'ai déclaré :

— J'y connais pas grand-chose. Je te fais confiance. Au pire, j'ajouterai du *caulking*.

Voyant qu'il s'apprêtait à revenir à l'assaut avec l'argent que je lui devais, je me suis dépêché de lui pointer les gouttières :

— Sont pas mal pleines... Veux-tu que je monte pour les débloquer, ou c'est toi qui t'en charges ?

Il s'est gratté la nuque, hésitant. J'ai ajouté :

— Mon ado va m'aider. Ça va être facile.

— Ah ben... OK, merci.

Puis, avant qu'il ne puisse me reprocher d'avoir emménagé sans son accord, je me suis exclamé :

— Merci de m'avoir laissé la clé, hier. Après mes problèmes d'auto, j'ai pu venir porter mes affaires, pis...

— La clé ? a-t-il répété, un peu perdu. Justement, je comprends pas ce que tu fais en dedans. Je t'ai pas laissé...

— Ben oui. Tu m'avais dit où la trouver.

C'est si facile de jouer avec la mémoire des gens. Il faut cependant savoir ne pas exagérer non plus. C'est pourquoi j'ai repris :

— Ah pis je m'excuse pour les sous, hein ? J'avais prévu t'appeler tantôt, mais t'es venu avant.

Son visage a dévoilé un soulagement qui faisait presque pitié. Ne désirant pas immédiatement détruire ses espoirs, j'ai hoché la tête pour mentionner :

— J'ai mis ça dans une enveloppe, pis je suis passé la porter chez vous, un peu plus tôt aujourd'hui. Tu l'as ben trouvée ?

— Aujourd'hui ? Mais j'étais là tout le temps. Je t'ai pas vu.

— Tout le temps ?

— Ben... c'est vrai que je suis sorti pour dîner, mais...

— C'est pour ça, d'abord. Il devait être à peu près midi quand je suis...

— Mais j'ai mangé à treize heures...

— Midi cinquante, ouin. C'est pas mal à c't'heure-là que je suis allé chez toi.

Un peu mélangé, il a fini par acquiescer, puis a vérifié :

— Fait que l'argent est dans ma boîte aux lettres ?

— C'est ça. Appelle-moi si tu la trouves pas.

Il a froncé les sourcils, me laissant le temps de continuer :

— Mais ça m'étonnerait ben gros que quelqu'un l'ait prise !

Il a soudain semblé plus pressé de partir. Il devait avoir hâte de vérifier mes dires. Et de récupérer son argent. Aucune chance qu'il le trouve dans sa boîte aux lettres, par contre, puisque rien de tout ça n'était vrai. Je n'allais certainement pas lui expliquer que je ne faisais que lui mentir depuis que nous nous étions rencontrés.

À la place, j'ai prétexté la présence de mes enfants pour qu'il comprenne que je devais rentrer. Il m'a salué sans plus de cérémonie. J'ai attendu que sa voiture ait disparu au coin de la rue pour retourner à l'intérieur. Le tout, en espérant qu'il ne me rappelle pas dès qu'il se rendrait compte que l'enveloppe pleine d'argent s'était mystérieusement volatilisée...

Au pire, je lui raconterais que je l'avais plutôt mise dans sa cour arrière. Je gagnerais du temps pendant qu'il fouillerait. Comme je le répète toujours : du temps, c'est de l'argent.

Lundi matin, 9 septembre

J'avais à peine ouvert mon cellulaire pour le porter à mon oreille qu'une voix stridente me hurlait après.

— C'est quoi, ton problème, de le laisser s'acheter des affaires de même ?

— Hum… il est quelle heure, là ?

— Il est midi, Dom ! MIDI ! Viens pas me dire que je te réveille parce que je sens que je vais pogner les nerfs ! a répliqué Mélanie, sans baisser d'un ton.

J'ai plissé les yeux pour constater qu'effectivement le soleil pénétrait déjà largement par la fenêtre de ma chambre. Sans rideaux pour bloquer les rayons, la pièce était si claire que j'en avais mal à la tête. Avec ma dernière nuit…

Je ne me sentais pas coupable. Les enfants étaient déjà repartis et j'avais bien le droit d'occuper mon temps comme je voulais, il me semble ! Ce n'était pas mon ex qui allait me dire quoi faire de ma vie ! Elle semblait toutefois croire le contraire, vu qu'elle a continué sur sa lancée :

— C'est rendu qu'il veut une chambre noire dans le sous-sol, maintenant ! Tu crois peut-être que j'ai les moyens de lui arranger ça ? Je suis pas riche, je te rappelle ! Si au moins tu payais une pension ! Je les ai pas faits toute seule, ces enfants-là, au cas où t'aurais oublié !

— Mel ! Tu veux arrêter de crier deux minutes, s'te plaît ? Je comprends rien à ce que tu racontes. C'est quoi, le problème, au juste ?

Elle a inspiré longuement, puis a repris :

— Le problème, c'est que ton fils veut faire de la photo !

— Euh… ouin, pis ?

— De la photo ! Pour le moment, il dit qu'il va se contenter d'utiliser son cell, mais il veut un vrai appareil, pis toute !

— OK, mais je comprends pas trop ce qui…

— Qui va lui acheter ça, hein ? Moi ? Bien sûr, môôônsieur croit que je peux tout payer tout le temps.

Ben j'ai des petites nouvelles pour toi, Dom : tu vas t'arranger avec ça ! Moi, je veux plus en entendre parler ! Compris ?

J'ai repoussé mes couvertures et me suis lentement assis sur le rebord du lit. J'essayais d'éviter le plus possible de me retrouver avec un mal de crâne. Très franchement, je ne saisissais pas bien la frustration de Mélanie. C'est seulement lorsqu'elle a ajouté les mots suivants que la lumière s'est faite dans ma tête.

— La photo... comme si ça pouvait être un métier payant. Je peux pas croire... Non, je peux pas croire qu'il veuille suivre tes traces ! C'est ridicule, Dom ! Tu les prends une seule fin de semaine, pis tu réussis à leur mettre des niaiseries dans la tête ! J'en reviens pas !

Aaaah... Voilà ! Mon ex s'imaginait que j'avais voulu influencer Théo, étant donné que je m'y étais moi-même adonné, dans les années passées. Sauf que ce n'était absolument pas le cas. Même que je n'avais rien à voir avec sa décision de faire de la photo. Afin de la rassurer, je l'ai coupée pour lui demander :

— Il est parti pour l'école ?

— Non ! Il est revenu dîner à la maison.

— Ben passe-le-moi. Je vais lui parler.

Elle a soupiré. A reniflé un coup. Mais a fini par accepter. Je l'ai entendue marcher dans le couloir, pour ensuite s'adresser à notre fils. Enfin, la voix de ce dernier m'est parvenue.

— Quoi ? a-t-il simplement lâché, sans me saluer.

— Salut, Théo. Ta mère vient de me dire que… que tu voulais apprendre la photo ?

— Ben là ! Rapport. Je veux juste développer des clichés ! Mais maman veut pas que j'utilise de pièce, ici. Elle dit qu'il y a pas de place.

Il n'a pas osé me le demander, mais je sentais qu'il aurait aimé que je lui offre d'utiliser ma cave. Je n'y voyais aucune objection. Si ça pouvait le motiver à venir chez moi… Sans compter que son intérêt soudain pour la photo me faisait un petit velours. Ce que je me suis empressé de lui mentionner.

— En tout cas, c'est le fun que tu veuilles être photographe comme moi, mon gars…

— T'es pas photographe, Dom, a-t-il répliqué en claquant de la langue.

— Bien sûr que je le suis !

— Ah ouais ? C'est quand la dernière fois que t'as eu un contrat ?

— Écoute, c'est pas…

— T'as genre photographié le mariage de mon oncle Sébas, pis tu penses que ça fait de toi un professionnel. T'as pas rapport pantoute.

C'est une expression qu'il avait tendance à utiliser pas mal souvent pour parler de ses parents, ça: «pas rapport». J'aurais pu m'offusquer de ces propos, mais... Mon fils n'avait pas complètement tort. De toute façon, je n'ai pas eu le temps de placer un mot qu'il a ajouté:

— Pis *anyway*, tu comprends rien. Je veux pas... Je veux juste... C'est un genre de... d'expérience, que je fais. C'est tout.

— Une expérience?

— Pour l'école. J'ai un projet à terminer avant la fin de l'année pis je me suis dit que ça pourrait être une bonne idée. Jules va m'aider. *Anyway*, maman capote pour rien. Tu pourras la rassurer: je vais pas devenir un *loser* comme toi. Content?

Là-dessus, il s'est mis à gueuler après sa mère, qui devait être postée devant lui, à épier notre conversation. Je les ai entendus se disputer avant qu'une porte ne claque, signe que Théo s'était enfermé dans sa chambre. Mélanie m'est revenue, la voix lasse, pour ajouter:

— Il va me rendre folle... T'es fier de toi, là ? Je te jure, Dom, si le juge m'obligeait pas à te laisser les enfants un week-end sur deux, je...

— OK, OK, OK... J'ai compris. T'as fini ton numéro ? C'est pas ma faute si t'as de la misère à gérer ton ado ! Chez nous, ç'a très bien été. D'ailleurs, faut que je te laisse, j'ai envie de pisser. Bye !

Pas trop de classe. C'était néanmoins vrai : j'avais la vessie qui menaçait d'exploser. Sûrement le surplus de bières bues la veille. Je suis donc allé me vider durant un long moment aux toilettes, sans même lever le siège de la cuvette. Ç'a éclaboussé partout, ce qui ne m'a pas dérangé le moins du monde. J'étais tout seul à vivre dans cette maison, que je sache, alors qu'est-ce que ça pouvait bien faire ? Et ç'aurait le temps de sécher avant le retour de ma fille et de mon fils.

Je suis sorti de la salle de bain en me frottant les yeux pour bien me réveiller. Le coup de téléphone matinal de Mélanie ne m'avait pas mis de très bonne humeur. Je préférais de beaucoup sortir des bras de Morphée en me vidant les couilles et non en me faisant engueuler par une ex hystérique. J'aurais dû me trouver une femme, la veille, aussi, au lieu d'aller jouer au poker. Toutefois, ça ne m'aurait pas permis de récolter les quelques billets de cent piasses qui attendaient de faire des p'tits dans les poches de mes jeans.

J'ai ramassé mes pantalons, me suis assuré que l'argent s'y trouvait, puis je suis allé fouiller dans la cuisine à la recherche de quelque chose à grignoter.

Sauf que je n'avais toujours pas rempli le frigo. Un café ne serait pas de refus, même sans lait. J'ai démarré la machine trouvée dimanche dans les objets à donner, au dépôt de meubles. J'étais plutôt satisfait de ma trouvaille, qui ne m'avait pas coûté une cenne. Bon, elle faisait un drôle de bruit quand le liquide se mettait à couler et une vague odeur de brûlé s'en échappait quelques secondes après la mise en marche, mais c'était mieux que rien.

Pour ne pas être incommodé par l'odeur persistante, j'ai ouvert la fenêtre au-dessus de l'évier. Ça n'a pas été long que j'ai grimacé. Ça puait encore davantage dehors que dedans. Et pas que le brûlé, cette fois. D'où venait cette puanteur ? On aurait cru qu'une moufette était venue arroser un chien sous ma fenêtre !

Afin d'en avoir le cœur net, j'ai laissé le café continuer de s'écouler tandis que je sortais par la porte arrière. L'odeur semblait provenir du terrain voisin. Sans avoir à m'approcher, j'ai commencé à croire qu'une moufette n'avait pas seulement envoyé son jet dans le coin. Elle était sûrement venue y mourir.

J'arrivais à la clôture quand la porte de la maison voisine s'est ouverte. Une dame âgée en est sortie avec un petit chien dans les bras. Ainsi, c'était elle, ma voisine qui avait passé son temps à m'espionner depuis mon arrivée dans le quartier.

Elle ne m'avait pas aperçu, alors j'ai inconsciemment cessé de bouger. Aucune idée pourquoi j'agissais ainsi. J'aurais au contraire pu la héler et lui parler, mais... Je préférais ne pas devenir trop intime avec elle. Elle ne me faisait pas très bonne impression. D'ailleurs, j'ai mentalement pris note de m'assurer qu'Angélie ne joue pas trop près de chez elle. On ne sait jamais...

La vieille dame – clairement, elle n'était plus dans sa prime jeunesse ! – avait le visage aussi fripé qu'une pomme pourrie. Ses cheveux bouclés étaient blancs, quasiment bleus. Son dos était courbé vers l'avant, et une bosse lui couvrait le haut des épaules. Elle marchait d'un petit pas fragile, son chien reniflant l'air autour de lui.

Bref, la vieille avait sûrement remarqué l'odeur incommodante, elle aussi. Elle s'est rendue jusqu'à l'animal, que j'avais remarqué en m'approchant de la clôture, qui se trouvait dans l'herbe et s'est penchée vers lui. Elle a dû faire un effort pour que son cabot ne lui échappe pas des mains. Il s'était mis à gesticuler pour sauter à terre. C'était un chien de style minicaniche. Sûrement pas très lourd, quoi, mais dans les bras de la dame, il paraissait l'être. Le corps noir et blanc, par terre, semblait raidi et ne laissait aucun doute quant à son état: décédé depuis un moment déjà. C'est fou ce qu'il empestait! Depuis combien de temps était-il là? Ce week-end, ça ne sentait pas tant la moufette, il me semble. À peine un relent, quand j'étais sorti pour aller reconduire les enfants en fin d'après-midi, la veille.

Je m'attendais à ce que ma voisine pousse un cri de dégoût. Au lieu de cela, elle s'est penchée encore davantage, a tendu un bras. J'ai alors remarqué qu'il était ganté. Puis, elle a…

Oh…

Elle…

Elle a saisi la bête par la queue. Comme ça, sans grimace ni moue de dédain. Quelle étrange femme…

Le corps était rigide. J'ai avalé ma salive avec difficulté en me disant que cette femme était folle. Je voulais bien croire qu'elle désirait ramasser la bête morte afin de l'enterrer je ne sais où, mais tout de même. La façon dont elle la manipulait était particulièrement malaisante.

Elle la laissait pendre au bout de son bras, malgré sa lourdeur, pour éviter que son propre chien se mette à la mordiller. J'ai plissé le nez malgré moi, tout en réussissant, je ne sais comment, à rester silencieux et à ne pas lâcher un cri de dédain. Ma voisine a continué son chemin vers le fond de son terrain. Le plus étrange, c'est qu'elle paraissait davantage offusquée d'avoir trouvé un cadavre sur son terrain que dégoûtée par la bestiole. Comme si elle considérait qu'on l'y avait mis volontairement, dans le seul but de la mettre en colère.

Moi, je suis resté sur place, perplexe.

Elle était vraiment bizarre... J'ai tout de même haussé les épaules. Après tout, il ne s'était rien passé de grave. Des animaux sauvages mouraient tous les jours. Il fallait bien les enterrer si on ne voulait pas que ça pue indéfiniment ou qu'un enfant tombe dessus. Tout ce qu'il me restait à faire, c'était de rentrer chez moi et de boire un bon café, qui devait d'ailleurs être en train de refroidir. Puis, j'allais oublier que ma voisine était une folle de Jésus, comme le disait mon fils. Ainsi va la vie. Si je commençais à m'énerver avec celle des autres, je n'avais pas fini ! La mienne était déjà assez compliquée comme ça.

N'empêche que des images me sont revenues. Des images du passé. Des images que je ne tenais absolument pas à revoir.

Je me suis secoué pour que ça n'arrive pas et, quelques minutes plus tard, je dégustais un café plutôt tiédasse. J'y ai ajouté pas mal de sucre afin d'en atténuer l'amertume. J'aurais dû acheter du lait au dépanneur en revenant chez moi, cette nuit, mais ça m'était sorti de la tête. J'ai fait contre mauvaise fortune bon cœur et suis allé m'écraser sur le divan du salon. Cependant, j'avais beau essayer de penser à autre chose, j'étais incapable de me sortir de la tête les réminiscences de mon passé.

Mes week-ends chez ma grand-mère, quand mon père devait travailler et qu'il ne pouvait pas s'occuper de mon frère et moi. Nouvellement veuf, il peinait à prendre soin d'un gamin comme moi en plus de devoir mettre du pain sur la table.

Je n'avais pas le goût de repenser à ça. Alors j'ai abandonné le café désormais froid sur le plancher et j'ai sorti mon cellulaire de ma poche. Dans le but de me changer les idées, j'ai effectué une rapide recherche sur Internet. De quelle façon créait-on une chambre noire pour le développement des photos ? Fiston changerait sûrement d'air si je lui en construisais une avant son retour. J'avais près de deux semaines devant moi, ça me paraissait amplement suffisant. De plus, mon récent gain d'argent me poussait à voir les choses en grand. Je sais, je sais, j'aurais dû l'utiliser pour payer mes créanciers, mais… Je n'y pensais plus.

Ça ne semblait pas si compliqué, cette chambre noire. Ni très coûteux à construire. J'ai noté les choses dont j'allais avoir besoin à même mon téléphone intelligent, puis j'ai sauté sur mes pieds. Je devrais pouvoir trouver le tout rapidement. Mais avant, je comptais bien dénicher un appareil photo qui ferait plaisir à Théo. Je ne comprenais pas trop pourquoi il tenait tant à développer lui-même ses photos. Les jeunes d'aujourd'hui ne jurent que par le numérique. C'était sûrement lié à son achat au marché aux puces. Ce vieil album avait dû lui donner envie de s'y mettre.

Par chance, je connaissais un endroit où on pouvait mettre la main sur à peu près tout, à prix très raisonnable. Un petit *pawn shop* dont le proprio – Jack – aimait bien tirer parti des malheurs humains pour s'emplir les poches. Lors de ma dernière visite, je l'avais supplié de me redonner la bague de mariage que je lui avais laissée en dépôt après avoir tout parié au poker. Il avait refusé. Et Mélanie avait fini par s'en rendre compte, avec les conséquences que l'on connaît. Après ça, j'étais trop en colère contre le gars pour y retourner. Aujourd'hui, c'était différent. Ma séparation était chose du passé et je ne me remettrais avec mon ex pour rien au monde. C'était donc plutôt un service qu'il m'avait rendu, quand on y pense.

Sur place, je devrais dénicher de vieux appareils photo. Exactement ce qu'il fallait à mon fils. Je suis sorti de la maison sans me soucier de mon apparence. Je portais le même chandail depuis trois jours, et alors ? Pas ma faute si je n'avais pas encore de laveuse. De toute manière, je ne comptais pas en acheter une non plus. Je n'avais même pas assez de vêtements pour que ça en vaille la peine. J'irais à la buanderie une fois de temps en temps. Ou je prendrais ma douche avec mon linge.

Cours d’économie 101 par Dominic Fortier. Merci bonsoir.

Je me suis laissé choir sur le siège de ma voiture. Le banc était de plus en plus défoncé. L’hiver dernier avait été rude pour ma vieille bagnole. Pas certain qu’elle survive à une autre année. Je n’avais cependant pas du tout envie de dépenser pour m’en acheter une autre. Pas pour le moment. Il faudrait qu’elle tienne le coup.

J’ai tourné la clé, mais le moteur peinait à produire un bruit rassurant. *Fuck*… j’espérais que ma batterie n’était pas à plat. J’ai réessayé à deux autres reprises, puis mon cellulaire a vibré dans ma poche. J’ai lâché la clé pour le saisir en me tortillant. Sans le vouloir, j’ai décroché, ce qui m’a fait rager mentalement.

C’est qu’il faut toujours vérifier qui appelle avant de répondre. Dans mon cas, c’est plus souvent qu’autrement une question de vie ou de mort… Surtout que la date limite pour rembourser mes créanciers approchait et que je n’avais toujours pas amassé la somme nécessaire.

Heureusement, il s’agissait seulement de mon proprio, qui désespérait une fois de plus de retrouver « l’enveloppe » contenant mon premier loyer. Je lui ai suggéré de retourner voir si le vent n’avait pas trimballé l’enveloppe dans un coin de sa cour. Il s’impatientait, alors je me suis excusé. Il a grogné qu'il était mieux d'avoir son argent bientôt, sinon il me foutrait à la porte. Je l'ai rassuré et lui ai promis que même si ça ne m'amusait pas du tout, j'étais prêt à lui apporter la moitié du loyer perdu, afin que nous nous séparions les pertes.

Étonnamment, il a fini par accepter, et je lui promis de passer dans l'heure. Il devait comprendre que c'était mieux que rien pantoute.

Lorsque j'ai raccroché, satisfait, j'ai lancé mon cellulaire sur le siège à côté de moi. Si je pouvais mentir de la sorte à ce proprio et me sauver des prochains loyers, je serais gagnant sur toute la ligne !

J'ai de nouveau saisi la clé de la voiture. Sans trop d'espoir, j'ai une fois de plus essayé de la démarrer. Par miracle, elle a obéi sans se faire prier. Il n'y avait pas à dire : j'avais un très bon karma, ce matin-là. Tout sourire, je me suis engagé dans la rue à reculons, en jetant un œil dans mon rétroviseur. Puis, mes yeux l'ont lâché un instant pour se poser sur la maison de ma voisine.

Elle était sortie sur son perron. J'en ai profité pour l'observer en douce. Vraiment, elle avait l'air d'être centenaire depuis longtemps. Ce n'était pas permis d'être si ratatinée… On aurait dit une vieille patate germée. Ses cheveux étaient plus bleus que jamais. Peut-être était-ce un effet de son shampoing. Ou le reflet du soleil.

Pas très chic, en tout cas. Normalement, ça ne m'aurait fait ni chaud ni froid. Mais depuis que je l'avais vue à l'œuvre avec la dépouille de la moufette, elle m'écœurait un brin. Un coup de klaxon dans mon dos m'a fait sursauter. Tout à mes observations, je bloquais la moitié du chemin. J'ai lâché la voisine des yeux et suis revenu en marche avant pour m'engager dans la rue.

Un petit salut au chauffeur qui venait de me klaxonner, ainsi qu'un sourire repentant. Il m'a répondu avec un doigt d'honneur. Merci, vieux. J'appréciais.

Juste pour le faire suer, je l'ai suivi dans le cul, mine de rien. Je freinais au dernier moment et je le collais vraiment de très près à chaque stop. Il s'impatientait, gesticulait et m'envoyait chier, la vitre baissée. Je ne me suis pas laissé impressionner, mais j'ai tout de même fini par lui lâcher la grappe quelques kilomètres plus loin, lorsque j'ai considéré qu'il avait compris le message.

Et aussi parce que je venais d'apercevoir un véhicule noir, dans mon rétroviseur. Un pick-up que je connaissais très bien. Je me doutais que ceux assis à l'intérieur ne me voulaient rien de bon… Le chauffeur et son compagnon travaillaient pour celui à qui je devais de l'argent.

J'ai juré tout bas quand les hommes m'ont signifié de tourner à droite. *Fuuuuck…* Pas le goût ni le temps de me faire enculer par une batte de baseball aujourd'hui, moi !

Parce que je n'avais pas trop le choix, j'ai docilement tourné dans la ruelle. J'ai ensuite arrêté le moteur en espérant ne pas avoir trop de difficulté à le redémarrer, tout à l'heure. Puis, j'ai attendu que les hommes viennent me rejoindre, les mains posées sagement sur le volant.

Le cœur battant et les fesses serrées...

Lundi, peu après midi

Les deux gars sont descendus de leur camion avec un large sourire. Les hommes de main de Fred. Le plus gros s'est appuyé sur ma vitre baissée, tandis que l'autre s'est positionné du côté passager. J'ai rapidement passé la langue sur mes lèvres devenues sèches. Puis, question de ne pas montrer ma nervosité, je me suis écrié :

— Hééé ! Salut, vous deux ! Quoi de neuf ?

Pas le moindre froncement de sourcil indiquant qu'ils étaient sensibles à ma fausse bonne humeur.

— Sors de l'auto, a sobrement rétorqué le plus costaud.

Un dénommé Serge, qui avait la mauvaise habitude d'uriner sur ses victimes. Comme quoi la grosseur de ses biceps n'était pas un indicateur de sa force mentale…

J'ai soupiré intérieurement et me suis résolu à obéir. J'avais à peine mis un pied dehors qu'on m'agrippait à la gorge pour me frapper durement contre la portière.

— Attends, attends ! me suis-je exclamé en tentant de ne pas m'effondrer, à moitié étourdi. C'est pas la date qu'on avait fixée, ça. Y me reste trois semaines !

— Le boss a changé d'idée, a marmonné son homme de main.

Celui-là, c'était le plus sournois des deux. Jean-François ou Jean-Francis. JF pour les intimes. Lui, ce qui le faisait bander, c'était de fourrer des objets insolites dans le cul de ses victimes. Je détestais avoir à lui tourner le dos. Avec lui, on ne savait jamais à quoi s'attendre…

— Il t'en laisse deux, vu qu'il te fait pas confiance, a continué JF. C'est de même, pis c'est toute. Débrouille-toi comme tu veux, mais arrange-toi pour rembourser ta dette.

— OK, OK, ai-je dit en étouffant de plus en plus, car Serge appuyait sur ma carotide. Je vais payer. Juré ! Tu… tu peux me relâcher, là ?

Le costaud a collé son visage au mien, comme pour le renifler, puis a murmuré à mon oreille :

— T'as besoin d'une bonne douche, toi... Bouge pas, je m'en occupe.

Là-dessus, il m'a poussé par terre et a posé un pied entre mes omoplates afin de m'empêcher de bouger. À plat ventre, j'arrivais à peine à relever la tête. J'essayais surtout de ne pas m'érafler le visage. Je l'ai entendu dézipper son pantalon, pousser un petit gémissement, puis j'ai senti un liquide chaud me ruisseler sur le crâne et la nuque. Câlisse ! Pas encore ! J'ai fermé les yeux à demi afin que ça ne me brûle pas. Je me suis aussi assuré d'avoir les lèvres closes. Côté narines, par contre, je n'y pouvais rien, l'urine s'y infiltrait. Ce qui m'a donné un haut-le-cœur.

Dès que le jet s'est tari, j'ai risqué un coup d'œil, mais tout ce que j'ai récolté, c'est une dernière goutte directement dans la cornée. *Fuck !* Ça brûlait en calvaire ! Comme le poids sur mon dos venait de se retirer, j'en ai profité pour me retourner avant de me redresser sur mes coudes et de m'essuyer sommairement le visage, bien barbouillé par la pisse de l'autre. Si j'avais eu le moindre cran, je ne me serais pas laissé faire, mais ce n'était pas le cas. Oh, j'étais très bon quand venait le temps de m'ouvrir la trappe. Pas mal moins quand je devais la fermer et lever les poings. Chacun ses points forts.

Pendant que je me sermonnais pour ma couardise, le molosse ne se souciait déjà plus de moi. Il a simplement fait signe à son compagnon de fouiller ma voiture, à la recherche d'argent. Évidemment, ils n'en trouveraient pas. J'avais pris soin de tout garder sur moi, bien roulé dans mes sous-vêtements. J'espérais juste que JF ne prendrait pas la peine de se pencher pour vérifier. Avec l'odeur de pisse que je dégageais désormais, je doutais cependant qu'il se donnerait tant de mal.

En effet, quelques minutes plus tard, j'ai eu le plaisir de les voir abandonner leur fouille et retourner dans leur pick-up de gros débiles. Ils ont détalé en faisant crisser leurs pneus bien avant que j'aie réussi à me remettre sur pied. Je suis donc resté sur la paille, le cul sur l'asphalte, la tête et le cou ruisselants d'urine.

Chic. Très chic.

J'aurais dû rebrousser chemin et me réfugier chez moi pour panser mes plaies. Ou, à tout le moins, pour me laver minutieusement. Mais une petite voix sur mon épaule me chuchotait de ne pas m'en faire avec ça. Peu m'importait de passer pour un clochard. Qu'est-ce que ça changerait ? Au pire, je trouverais bien une explication à l'odeur qui m'accompagnait. Je suis doué pour me creuser les méninges et donner des excuses.

Je me suis donc relevé et j'ai repris place derrière mon volant, conforté dans mon idée d'aller au magasin. Dans le petit habitacle, l'odeur de miction était encore plus forte, si bien que j'ai été obligé d'ouvrir la fenêtre pour arriver à respirer un peu mieux. Je ne prenais que de petites inspirations, question de ne pas m'asphyxier. Enfin arrivé à destination, j'ai déniché une place où me stationner au bout de la rue, que j'ai dû remonter à pied.

En chemin, j'ai croisé une dame qui a grimacé, un enfant qui a fait des simagrées, et même un chien qui est venu me renifler. Il a fallu que je lui refile un coup de pied dans le flanc pour qu'il me laisse tranquille. Devant le *pawn shop,* je me suis essuyé le front avec la manche de mon chandail. C'est le mieux que je pouvais faire pour être à demi présentable.

J'ai poussé la porte et une clochette a sonné au-dessus de ma tête. Le bruit a attiré l'attention de Jack, le proprio, qui m'a jeté un coup d'œil rapide, déjà occupé avec un autre client. Son coup d'œil s'est toutefois étiré pour devenir un examen en règle. Le gars m'a dévisagé un bon moment avant de réussir à me replacer. Quand il y est enfin parvenu, il a simplement haussé un sourcil pour me montrer qu'il savait qui j'étais. J'ai hoché la tête à mon tour et j'ai souri à demi, avant de me faufiler entre les rayons.

Je me suis dirigé sans attendre vers les caméras et autres appareils photo. Il y en avait une dizaine qui attendaient sur une tablette, véritables vestiges du siècle dernier. Je les ai abandonnés pour me rapprocher du comptoir, où il y en avait d'autres, derrière une vitre. Je devais d'abord attendre que le client disparaisse de ma vue pour demander à Jack de me les montrer de plus près. Posté dans le dos du visiteur, je me suis retenu de soupirer pour montrer qu'il me faisait perdre mon temps. Quand il a émis un commentaire sur la soudaine mauvaise odeur qui flottait dans l'air, j'ai toutefois reculé de quelques pas.

J'en avais assez. J'ai tapé du pied et me suis frotté les yeux en attendant que l'autre parte. Il a fini par se retourner, visiblement de plus en plus incommodé par l'urine qui me recouvrait. Ce n'est qu'à ce moment que nos regards se sont rencontrés. Qu'il m'a reconnu. Et moi de même...

Fuuuck... Le chum de Mélanie. Nicolas.

Le voilà qui fronçait les sourcils, ne s'attendant sûrement pas à me voir là. Ni à ce que j'empeste à plein nez. Étonnamment, ça ne semblait pas être ce dernier détail qui le dérangeait le plus. J'ai penché la tête de côté en essayant de comprendre ce qu'il était venu vendre ou acheter, mais il a fait un pas de côté pour me cacher ce qui se trouvait sur le comptoir, derrière lui.

Tiens, tiens... Intéressant. Le parfait Nick qui avait quelque chose à cacher.

Pour ne pas l'effrayer, je me suis contenté de sourire et de m'exclamer :

— Eh ben... Salut. Je pensais pas te voir ici.

— Ouais, je… j’avais un truc à… Toi, ça va ? Les enfants avaient l’air contents d’être allés chez toi, en fin de semaine.

Bullshit…

Angélie s’était mise à s’ennuyer de sa mère après une seule journée et Théo avait failli foutre le camp à cause de l’absence de wifi. Contents mon œil… Je me suis cependant abstenu d’émettre ce genre de commentaire pour plutôt revenir à ce qui m’intriguait à ce moment précis. Qu’est-ce que Nicolas tentait de me cacher ?

— Beau p’tit magasin, hein ? On y trouve vraiment de tout. D’ailleurs, toi tu…

Pas le temps de finir ma phrase. Le chum de mon ex est passé en mode panique et s’est emparé de l’argent posé sur le comptoir, pour ensuite fuir à grands pas vers la porte. Avant de la pousser, il a remercié le proprio – resté stoïque – puis s’est tourné vers moi et m’a lancé :

— Bon ben… c’était le fun de te croiser. Je dois y aller, on m’attend à la job. À la prochaine, Dominic.

Sur ces mots, il a disparu comme un voleur. Je suis resté là sans bouger un instant, à fixer l’endroit où il se tenait un peu plus tôt. Le problème avec Nick, c’est que je n’avais jamais eu confiance en lui. Bon, plusieurs pourraient dire la même chose de moi, mais dans son cas, c'était différent. Moi, je suis très doué à ce petit jeu, alors que lui, c'est un amateur. Ce qui est doublement frustrant puisqu'on sait très bien qu'on est en train de se faire mener en bateau, mais par un parfait imbécile, et non par un pro.

Toutefois, il ne m'était jamais arrivé, avant, de vouloir savoir ce qu'il tramait. Je me suis demandé si ça valait la peine que j'enquête un peu sur lui. C'était tout de même l'adulte qui passait le plus de temps avec mes enfants, à part leur mère et leurs profs. S'il cachait un lourd secret, j'aimais autant le savoir tout de suite. Avant que j'aie pu me décider, le proprio s'est écrié :

— Tu vas me dire ce que tu crisses ici, Dom ? Tu pues, alors dépêche-toi de me montrer ce que t'as à vendre pour t'en aller au plus vite.

Je me suis avancé sans me préoccuper de ses propos. Puis, je me suis appuyé sur le comptoir afin de le contredire :

— Je suis pas là pour vendre quoi que ce soit. Je cherche un appareil photo pour mon gars. Un truc qui fonctionne bien. Tsé, pour développer soi-même des photos, là… Je veux pas un numérique. T'as ça ?

Il a acquiescé avant de pivoter pour saisir deux appareils, qu'il a posés devant moi. Il m'a ensuite pressé d'en finir :

— Envoye, dépêche-toi de choisir.

— Relaxe, Jack… Je vais te prendre celui-là, mais seulement si tu me fais un bon prix, ai-je dit en lui pointant l'appareil de droite.

L'autre n'était qu'un simple polaroïd, ce qui risquait de déplaire à Théo.

— Il est soixante-quinze. Je peux pas descendre en bas de ça.

J'ai soupiré pour la forme et ai saisi la deuxième caméra. L'ai reposée. Ai hésité. J'ai feint de me poser mille et une questions. Je le faisais languir le plus longtemps possible. Il faut dire que je connaissais les points faibles de Jack. Et… je dois avouer que de l'énerver un peu m'emplissait de joie, vu la façon dont il m'avait traité, la dernière fois. Impatient, il a secoué la tête, s'apprêtant à reprendre les appareils, mais je l'en ai empêché aussitôt.

— Hé ! J'ai pas dit que j'en achetais pas un. C'est juste que soixante-quinze piasses… c'est cher, tsé.

— C'est mon dernier prix, Dom. L'autre est à quarante-cinq, si tu préfères.

Encore une ronde d'hésitations, de tergiversations. Je sentais bien que Jack était sur le point de me jeter à la porte, quand la chance s'est enfin pointée. Elle était là en la personne d'un homme qui venait d'entrer dans le commerce et qui fronçait déjà le nez. Mon odeur devait lui parvenir, même à plusieurs mètres. Ça pouvait faire perdre une vente à Jack s'il ne se décidait pas à être accommodant. Sans surprise, il s'est penché vers moi et a murmuré, en colère :

— Combien tu peux payer ?

— Trente...

— Ben là !

J'ai haussé les épaules pour lui montrer ma bonne foi. Le nouveau client s'est approché lentement, le visage chiffonné par le dégoût. J'ai décidé de m'aérer légèrement en bougeant le col de mon chandail. Doucement. Juste pour que l'odeur se répande un peu plus. Ç'a marché. Jack a ragé tout bas, mais a tout de même acquiescé à ma proposition. J'ai fouillé en vitesse dans mes poches, de peur qu'il ne change d'avis, et lui ai tendu les billets. Il les a empochés, puis a attrapé le plus gros appareil pour le remettre sur la tablette.

— Hé ! C'est celui-là que je voulais ! L'autre, c'est juste un polaroïd.

— Désolé, Dom. Fallait être plus précis. La vente est réglée. Et ici, y a pas de retour.

— Mais je...

— Si tu veux que je reprenne la caméra, je te l'achète pour vingt piasses. C'est bon pour toi ?

Il m'avait eu. Je n'ai pas pu m'empêcher de sourire en coin en saisissant la caméra. Bon… Théo serait sûrement déçu. J'espérais qu'il s'en contenterait. Trente beaux dollars, ce n'était pas rien pour son vieux père fauché. Avant de sortir, je me suis assuré qu'il y avait bien des feuilles pour imprimer. Ça irait, une petite boîte en carton venait avec. Mon fils devrait pouvoir prendre une série de clichés avant de devoir en racheter. Avec SON argent, cette fois.

Je suis passé tout près du client, qui a grimacé de plus belle, tout en remerciant Jack pour son service. Il a grogné une réponse inaudible. La clochette au-dessus de ma tête m'a empêché de bien l'entendre au moment où je mettais le pied dehors.

Je n'allais pas perdre plus de temps dans ce quartier. La pisse avait séché sur mon chandail, le rendant un peu raide. Mais pas moins puant. Je me suis donc pressé de retourner chez moi. Une fois dans la maison, je n'ai pas pris la peine de me déshabiller. J'ai uniquement retiré mes souliers, avant de foncer vers la salle de bain. Je suis entré dans la baignoire et j'ai ouvert l'eau de la douche avec des gestes brusques.

Toute cette histoire me faisait chier. Mes dettes que je n'arriverais jamais à rembourser. Mon ex qui m'empoisonnait l'existence. Mon fils qui m'envoyait promener. Ma voisine qui ramassait un animal mort comme si c'était parfaitement normal. Et que dire de mon proprio, qui ne se laisserait peut-être pas berner éternellement.

Si, pour une fois, je prenais les bonnes décisions ? ai-je songé. Si je devenais respectable ? Si je cessais de vivre cette vie ridicule, pour plutôt me prendre en main ?

Mouais... et m'acheter une maison en banlieue, me trouver une petite bonne femme qui me ferait une pipe tous les matins, adopter un chien qui quémanderait une marche beau temps mauvais temps et avoir une voiture rutilante dans l'entrée ? Pas sûr que tout ça en valait la peine non plus... Surtout si je devais perdre mon temps à écouter les consignes d'un patron et à endurer des collègues hypocrites. J'avais déjà donné, et ça avait assez duré. Je préférais essayer de gagner mon argent en le jouant qu'en travaillant comme un esclave. Sans compter que je n'avais plus Mélanie sur le dos pour me pousser à retrouver une job.

Même si la plupart du temps, je ne faisais que le perdre...

Le jet d'eau n'était pas très puissant. Je l'ai laissé me nettoyer à son rythme. Puis, j'ai baissé la tête, fixé un instant la moisissure dans les coins du bain. J'ai fermé les yeux pour ne plus rien voir. Mais très bientôt, j'ai commencé à avoir froid. L'eau était devenue glaciale et je ne prenais plus aucun plaisir à rester là. De la marde, ce chauffe-eau pas assez gros ! J'étais un peu mal placé pour le reprocher à mon proprio, mais quand même... Je me suis résolu à fermer le robinet et j'ai cherché une serviette.

La seule que j'ai trouvée était en motton par terre. Elle devait dégager une sympathique odeur de moisi. Théo ne l'avait pas fait sécher comme je le lui avais demandé.

Pas le choix, il n'y en avait pas d'autre. Je l'ai ramassée et me suis essuyé le visage avant de retirer mes vêtements pour les étendre sur la tringle. Nu comme un ver, je me suis rendu à ma chambre en vitesse, où j'ai pris plaisir à m'enrouler dans mes draps. Un petit somme ne me ferait pas de tort, après toutes ces émotions.

De toute manière, je n'avais pas de boss qui m'attendait, ni d'obligations à part celle de trouver de l'argent au plus crisse. Je doutais cependant de pouvoir en dénicher dans l'immédiat. Il fallait que je réfléchisse à une solution, et c'était impossible si j'étais épuisé. Tout en me pelotonnant comme je le pouvais, j'ai laissé mes pensées vagabonder dans toutes les directions.

J'ai vaguement sommeillé. Des images du passé me sont revenues malgré moi. Peut-être était-ce à cause de l'accumulation de tous les malheurs qui me tombaient dessus depuis quelque temps. Je me sentais impuissant. Comme avant. Comme lorsque j'étais petit et que j'allais chez elle. Chez ma grand-mère.

Je l'ai revue, debout dans la cour, qui m'obligeait à regarder…

Quarante ans plus tôt

Elle me tient par la main. Je ne peux pas me défaire de sa poigne. Ses ongles me rentrent dans le creux de la paume. Ça fait mal, mais je sais que je n'ai pas le droit de me plaindre. Si je le fais, ce sera encore pire. Alors je la suis. Elle m'entraîne sans douceur vers la porte arrière. Vers son jardin. Elle me dit que je vais aimer ça. Que si ce n'est pas le cas, je ne dois pas pleurer. Un jour, j'apprendrai à apprécier les cadeaux que la nature nous offre.

Nous débouchons à l'extérieur. Je trébuche, car le lacet de mes petits souliers s'est défait. Ma grand-mère ne s'en préoccupe pas. Elle soulève mon bras pour que je reste sur mes pieds. Elle passe près de me déboîter l'épaule, à force de tirer.

Finalement, je retrouve l'équilibre et me mets à courir pour la suivre. Jamais elle ne me jette le moindre regard. Nous avançons encore quelques minutes, jusqu'à la limite du terrain. Les racines du grand chêne ressemblent à des serpents qui chercheraient à me mordre les chevilles.

Je n'aime pas venir ici…

Grand-maman le sait. Je crois qu'elle le fait exprès.

Lorsque nous arrivons enfin à destination, elle ne me lâche pas pour autant. Au contraire, elle tourne la tête vers moi et surveille ma réaction. Elle veut voir de ses yeux à quel point je suis un gamin sensible. Pour mieux pouvoir me châtier par la suite…

Elle retire sa main de la mienne, la glisse sur ma nuque. Elle me force à baisser la tête. Elle a bien vu que j'essayais de lever les yeux vers elle. Je n'ai plus le choix. Je dois examiner la bête morte, couchée à mes pieds.

Un chat.

Une tache rouge lui barre le flanc. Ses yeux sont exorbités. Sa langue est sortie. De petits vers lui sortent du nez. Il pue. Ça ne m'empêche pas de me rappeler de quoi il avait l'air, vivant. Car je le reconnais. On le voit souvent, dans le quartier, chassant les oiseaux et les souris. J'ignore comment il est mort, mais du haut de mes quatre ans, je comprends qu'il ne jouera plus jamais avec ses proies. Qu'il ne viendra plus renifler mes doigts, quand je tentais de l'attirer à moi.

Il ne bougera plus jamais. Je ne saisis pas très bien le concept de la mort, mais je peux d'ores et déjà dire que ça me fait peur.

Sauf que je sais que ce n'est pas la réaction que grand-maman attend de moi. D'ailleurs, elle ne cesse de me fixer. Elle me surveille. Après un long moment, elle finit par retirer ses doigts de ma nuque. Mes épaules se détendent. Je crois que le danger est passé.

Alors que je relève les yeux et croise ceux de grand-maman, je réalise mon erreur. Son bras est déjà dans les airs. Sa main s'abat sur ma joue. Je tombe par terre. Tout près de la bête morte. J'ai le goût de pleurnicher, mais je me concentre très fort pour m'en abstenir, tandis que j'entends prononcer les mots suivants :

— Si tu crois que je ne sais pas à quoi tu penses… Tu n'es qu'une mauviette. Il faut t'endurcir, mon petit Domi. Et je vais me faire un plaisir de m'en charger…

Mercredi après-midi, 11 septembre

C'est encore un coup de fil qui m'a réveillé, le mercredi suivant, alors que je faisais de nouveau un somme en après-midi. J'ai vérifié le numéro. Ça ne me disait absolument rien. À part que l'indicatif régional était le même que le mien. L'appel ne provenait donc pas d'outre-mer ou de je ne savais trop où. J'ai hésité encore un peu, pour finalement me décider à répondre à la dernière seconde.

— Ouais ? ai-je dit sans me présenter.

— Monsieur Fortier ? Je suis la secrétaire de l'école d'Angélie. Elle a eu un petit… incident, mettons, à la sortie des classes, et il faudrait venir la chercher.

Je me suis redressé à la mention du nom de ma fille. Un incident ? De quoi est-ce que cette femme parlait ? J'ignorais si c'était l'inquiétude ou la curiosité qui me gagnait en premier, mais j'ai tout de même pris la peine de demander :

— Pourquoi vous avez pas appelé sa mère ?

— Elle ne répond pas à nos appels. Et de toute façon, Angélie préférait que ce soit vous qui veniez. Pensez-vous pouvoir passer bientôt ? Elle n'est pas inscrite au service de garde, alors il faudrait vous dépêcher. Sinon, il y aura des frais...

J'étais déjà debout, direction les toilettes, pour vérifier si les vêtements que j'avais lancés dans la corbeille de lavage étaient potables. *Fuck*, c'était loin d'être le cas. Je suis revenu dans ma chambre en marmonnant :

— Non, non, c'est beau, j'arrive.

Elle a ajouté, avant que j'aie eu le temps de raccrocher :

— Vous pourrez passer par la porte arrière. Simplement sonner et on vous ouvrira.

J'ai grommelé un oui distrait tout en dénichant une paire de pantalons dans un des sacs que je n'avais toujours pas pris le temps de défaire, ainsi qu'un t-shirt qui ne sentait pas les roses. Au moins, il n'était pas couvert d'urine. Le combiné collé à l'oreille grâce à mon épaule, j'entendais la dame me répéter de faire vite. Lorsqu'elle a enfin raccroché, j'ai pu lancer mon téléphone sur le lit et ainsi zipper plus facilement la fermeture éclair de mon jeans.

Sans prendre le temps de chercher des bas, j'ai glissé mes pieds dans mes souliers, puis je me suis penché pour reprendre mon cell avant de sortir en vitesse de la maison. Ce n'est qu'une fois sur la route que j'ai constaté que je ne savais pas du tout où était située l'école de ma fille. Ni celle de mon fils. Je n'y étais jamais allé. Mélanie s'était toujours occupée d'aller aux rencontres de parents.

Je me suis arrêté en bordure du chemin et j'ai effectué une rapide recherche sur Internet pour dénicher l'école la plus près de chez mon ex. Oui, ça devait être celle-là. Enfin… je l'espérais. Je me suis réengagé sur la route, pas tellement fier du père que j'étais. N'empêche… au moins, moi, j'étais là pour les urgences !

D'ailleurs, qu'est-ce que Mel fabriquait ? Depuis quand elle ne répondait pas aux appels de l'école ? C'était sa job, ça ! Si je payais une pension, j'aurais eu de quoi être furieux. Puisque ce n'était pas le cas, je me contenterais d'aller chercher ma fille et de fermer ma gueule. Ça valait mieux. Je comptais tout de même remettre cet événement sur le nez de mon ex à la moindre occasion : elle non plus, elle n'était pas aussi parfaite qu'elle essayait de me le faire croire !

J'ai zigzagué à travers le trafic de fin de journée, pour finalement me garer à un endroit où je n'en avais sûrement pas le droit. C'était la seule place disponible, car des tas de voitures s'agglutinaient déjà devant l'école. À croire que plus un seul enfant ne marchait, de nos jours, me suis-je dit en remarquant le nombre de parents présents qui attendaient dans leur auto. De mon côté, j'ai pris le temps de descendre et je me suis rendu jusqu'à l'endroit indiqué par la secrétaire. J'ai appuyé à plusieurs reprises sur la sonnette avant qu'on daigne enfin me déverrouiller la porte.

Deux pas plus tard, j'ai aperçu ma fille, recroquevillée sur un siège devant le secrétariat. J'ai prononcé son nom tout bas, et elle a levé le menton vers moi en vitesse. Ses yeux se sont remplis de larmes tandis qu'elle me tendait les bras pour que je la prenne.

— Hé… il se passe quoi, au juste, ma *peanut ?* Ça va pas ? ai-je demandé en m'accroupissant pour être à sa hauteur.

Elle a secoué la tête, mais avant qu'elle ait eu le temps de m'expliquer la situation, la secrétaire se pointait déjà. Des lunettes sur le bout du nez, des cheveux grisonnants relevés en chignon et un tour de taille impressionnant la résumaient bien. Rien de bien attirant, quoi. Peu m'importait. Ce n'était certainement pas pour son look qu'elle avait été engagée.

Toutefois, ce n'était sûrement pas sa discrétion qui la rendait charmante non plus… En effet, elle n'a même pas baissé la voix pour mentionner :

— Angélie a fait pipi dans ses culottes. Comme elle n'avait pas de vêtements de rechange, il était hors de question qu'elle prenne l'autobus dans cet état. Tenez…, a-t-elle conclu en me mettant un petit sac de plastique contenant l'objet incriminant – à savoir, une culotte souillée – directement sous le nez.

Mon regard est revenu à ma fille, dont le menton s'était résolument mis à trembler. Pour la consoler, je l'ai prise franchement dans mes bras. Tant pis si je sentais une fois de plus la pisse cette semaine. Je commençais à m'y habituer, il faut croire. Puis, je me suis relevé, la petite collée à moi, tenant le sac avec la culotte à bout de bras.

J'ai suavement remercié la dame. Après tout, c'est toujours bon d'avoir des alliés un peu partout. Je me suis ensuite dépêché de sortir de l'école. J'avais un peu l'impression d'être une maman kangourou, avec Angélie qui ne voulait pas se détacher de moi. Pas de doute qu'elle avait vécu un gros chagrin et que j'étais devenu sa bouée de sauvetage. Le feeling était agréable. Un peu moins quand est venu le temps de déposer ma fille dans la voiture pour l'attacher. Je devais carrément tirer sur ses petits doigts pour qu'elle accepte de me lâcher.

— On va aller chez moi, pis ensuite, je te ferai prendre un bon bain. C'est OK?

Elle a secoué la tête avant de murmurer:

— On peut pas...

— Pourquoi?

— Parce que t'as pas de banc d'auto.

— Bah... on va se dépêcher, pis personne le saura jamais, ai-je dit en haussant les épaules.

— Maman sera pas contente...

— Écoute, c'est ça, ou tu restes ici. C'est ce que tu préfères? Que papa s'en aille sans toi?

Ouais, bon... Je n'étais pas trop fier de ce petit chantage émotif, mais je n'avais pas trop le choix non plus. Angélie a fini par accepter, non sans se remettre à pleurnicher de plus belle. Je me suis dépêché de faire passer la ceinture devant sa poitrine, pour ensuite aller m'asseoir derrière le volant en me disant qu'il n'y en aurait pas de facile. Dès que j'ai jeté un œil à mon rétroviseur pour observer Angélie, je l'ai vue qui morvait et qui s'essuyait avec ses bras toutes les deux secondes. Le trajet s'est éternisé inutilement, alors que nous ne rencontrions que des feux rouges.

Une fois devant ma maison louée, j'ai enfin pu éteindre le moteur, puis je suis sorti pour reprendre mon souffle. Les larmes de crocodile de ma fille m'avaient – je dois l'avouer – un peu tapé sur les nerfs. Je n'avais pas la patience de sa mère, et j'avais eu, à quelques moments, le goût de balancer la petite par la fenêtre pour avoir la paix et ne plus l'entendre.

Par chance, elle semblait enfin réussir à se calmer. Je l'ai abandonnée dans le portique pour aller faire couler le bain promis. Elle a trottiné derrière moi, comme apeurée à l'idée de se retrouver seule. Je l'ai laissée enlever ses vêtements souillés. Elle a ensuite glissé une jambe, puis l'autre, dans la baignoire où je venais de fermer le robinet. Elle a grimacé un peu. L'eau était peut-être un peu trop chaude, après tout. Elle a refusé une fois de plus que je m'éloigne en me demandant :

— Papa... tu peux me laver les cheveux ?

— Euh... c'est que j'ai pas de shampoing pour enfants...

— Pas grave. Je pleure presque plus quand j'ai de la mousse dans les yeux maintenant.

Je n'ai pas osé lui avouer que je n'avais pas de shampoing tout court... À la place, j'ai attrapé la vieille barre de savon qui traînait ici à mon arrivée et que j'avais d'ailleurs utilisée pour tenter de laver mes vêtements souillés d'urine, le lundi d'avant. Je me suis demandé si c'était hygiénique de partager le savon d'un autre. Un savon, ça doit toujours être propre, non ? C'est pas mal la base du truc, après tout. Je n'en ai donc pas fait plus de cas et j'ai passé la barre dans les cheveux de la petite. Puis, j'ai frotté comme je le pouvais, avant de lui demander de se pencher pour que je puisse lui rincer la tête.

Elle s'est ensuite replacée plus confortablement, avant de plonger ses yeux dans les miens. Ils étaient rouges d'avoir trop pleuré. J'ai soupiré, pour finalement me décider à la questionner :

— Qu'est-ce qui s'est passé, à l'école ? T'as pas pu te retenir plus longtemps ?

Elle s'est mordu les lèvres. Comme si elle refusait de répondre. J'ai insisté, et elle a fini par murmurer quelques mots. Elle parlait si bas que j'ai dû la faire répéter pour être certain d'avoir bien entendu.

— J'avais peur…

— Peur ? De quoi ? Y a des élèves qui te font du mal ?

Elle a secoué la tête et les petites mèches de ses cheveux sont venues lui barrer le visage. Je les ai repoussées en douceur et j'ai passé ma main sur sa tête, comme pour l'inciter à se confier. Ce qu'elle s'est résolue à faire…

— J'avais peur d'aller aux toilettes.

Eh *fuck*... J'ai soudain eu la chienne que ma fille soit en train de développer une de ces phobies bizarres. Sans lui montrer mon agacement, j'ai repris mon interrogatoire :

— Je comprends pas. On est dans les toilettes, là, et t'es correcte.

Elle a claqué de la langue, comme si ma remarque était complètement stupide. Décidément, je n'arrivais pas à la suivre.

— Pas les toilettes d'ici ! Celles de l'école.

Celles de l'école... De mieux en mieux. Je ne voyais toujours pas ce qui justifiait sa soudaine crainte de cet endroit, alors j'ai poursuivi :

— Pourtant, t'étais déjà allée dedans, non ? Qu'est-ce qui a changé, depuis ?

Elle a baissé la tête, a joué dans l'eau un instant avec ses doigts, pour finalement avouer :

— C'est à cause de Théo et de son ami... Ils ont dit que... que si je me regardais longtemps dans le miroir des toilettes de l'école, j'allais devenir pareille comme les personnes sur les photos.

— Les photos ?

Elle m'avait perdu et ça devait d'ailleurs paraître sur mon visage.

— De l'album ! a-t-elle expliqué en élevant la voix. Il va m'arriver la même chose !

J'ai vraiment fait un gros effort, mais j'étais totalement largué. De quoi elle parlait, au juste ? Et surtout, qu'est-ce que Théo et son ami étaient allés lui raconter ? Ils voulaient clairement lui foutre la trouille. Sûrement dans le seul but qu'elle lâche l'album. Angélie avait manifesté un intérêt un peu trop grand pour ce truc que mon fils s'était acheté durant le week-end, ce qui ne devait pas lui plaire. Ce n'était cependant pas une raison pour terroriser sa sœur en lui racontant... En lui racontant quoi, je ne le savais pas trop encore. Toutefois, je comptais bien mettre ça au clair, et au plus vite.

C'est pourquoi je suis revenu à l'assaut :

— Et... il leur est arrivé quoi, aux gens sur les photos de l'album de Théo ?

— Ils...

Elle s'est mordu les lèvres. Encore. Elle peinait à le dire. Elle a difficilement avalé sa salive pour enfin chuchoter :

— Ils sont... morts.

Ça, je m'en doutais bien. Cet album devait dater de plus de cent ans ! Évidemment que tous ces gens étaient morts il y avait longtemps. Ce que je me suis empressé de lui faire réaliser. La petite s'est toutefois entêtée et a repris :

— Non, papa ! Ils sont morts SUR les photos !

Un long frisson m'a parcouru. Je n'étais pas certain d'avoir saisi tout à fait ce qu'elle venait de dire.

— Attends, que je comprenne : tu crois que les gens ont été photographiés alors qu'ils étaient DÉJÀ morts ?

Elle a hoché la tête.

— Mais non, ai-je dit pour la rassurer. Ça se peut pas. On prend pas des morts en photo, voyons. Pis même si c'était le cas, ils auraient pas les yeux grands ouverts !

— Je te dis que oui ! s'est-elle écriée en élevant la voix, fâchée de ne pas être crue.

— Bon, OK. Les médecins le font. Et peut-être aussi les policiers. Mais dans ce temps-là, ça paraît. Comme je te dis, les gens ont pas les yeux ouverts comme sur les photos de ton frère. Théo t'a raconté n'importe quoi, ma *peanut*. Faut pas croire tout ce qu'il dit, tu sais. Il a voulu te faire peur, et ç'a marché, voilà tout. Tu veux que je lui parle pour qu'il ne recommence plus avec ses his...

Je n'ai pas eu le temps de finir. Angélie s'était relevée d'un coup dans le bain, m'éclaboussant par la même occasion. Fâchée, les joues rouges, elle m'a pointé d'un doigt et m'a accusé de ne pas la croire. J'ai tenté de nier, mais elle est sortie du bain, puis de la pièce, en répandant de l'eau partout sur son passage.

Je me suis remis debout à mon tour pour la suivre. Je l'ai retrouvée enroulée dans une vieille couverture que j'avais posée sur le divan, les bras croisés et le visage fermé. Elle ressemblait à sa mère quand elle réagissait comme ça. Et je n'étais pas certain que ce soit une qualité. Afin de ne pas la mettre davantage en colère, je me suis rendu à la cuisine où j'ai fouillé dans le congélo pour en sortir le pot de crème glacée. Je l'avais acheté juste pour elle, dans le but de lui faire plaisir quand elle reviendrait. Au chocolat, avec tout plein de pépites. Ça devrait la remettre sur le piton dans le temps de le dire, et peut-être aussi lui faire oublier les histoires de peur de son frère.

D'ailleurs, lui, j'allais devoir lui parler, et au plus vite. Pas question qu'il continue de terroriser sa sœur en lui racontant n'importe quoi. Des photos de gens morts… C'était quoi, l'idée ? Très franchement, je doutais que ce soit vrai, mais ce n'était pas ça l'important. Angélie avait embarqué dans son jeu et résultat, elle avait pissé dans ses culottes à force de vouloir se retenir d'aller aux toilettes de son école. Théo allait m'entendre, c'était certain !

Avant tout chose, je commencerais par offrir un gros bol de crème glacée à ma fille. Elle s'est laissé tenter au bout de quelques secondes à peine. Je n'avais pas encore perdu la main avec elle, en ai-je conclu, et c'était parfait. Tout en la surveillant du coin de l'œil, je me suis installé sur le sofa et j'ai composé le numéro de mon ex.

J'espérais que cette fois, elle allait répondre. Après seulement une sonnerie, j'ai été soulagé d'entendre sa voix quasi hystérique dans le combiné.

— Dominic Fortier ! Je peux savoir où est passée ma fille ? As-tu une idée à quel point je me suis inquiétée en la voyant pas descendre du bus ?

— Relaxe... C'est l'école qui m'a appelé parce que tu répondais pas. Je suis allé la chercher, c'est tout.

— T'as pas le droit de faire ça ! C'est moi qui ai la garde des enfants, je te rappelle !

— J'étais supposé faire quoi ? Leur dire de se débrouiller ? Ben non, j'y suis allé, pis tu devrais me remercier, pas m'engueuler !

Elle ne se calmait pas pour autant. Mes propos me paraissaient pourtant tout ce qu'il y avait de plus sensé. Elle a plutôt continué de me crier des injures de toutes sortes. Je l'ai laissée se défouler un moment, en éloignant le téléphone de mon oreille. Lorsqu'elle a semblé s'être calmée, j'ai repris la parole :

— C'est bon ? T'as fini ?

— NON ! J'ai pas fi...

— PARCE QUE MOI AUSSI, J'AI DES CHOSES À DIRE ! ai-je lâché en parlant plus fort qu'elle pour l'obliger à se taire. De un, tu vas aller me chercher Théo, faut que je lui parle ! Et de deux, tu vas baisser d'un ton ! Mel, j'ai pas fait ça pour t'écœurer. Angélie a fait pipi dans ses culottes à cause de son charmant frère, pis l'école voulait pas la laisser prendre l'autobus dans cet état. Là, elle a pris un bain, elle mange une crème glacée pis elle va mieux, si tu veux savoir.

Un petit silence a accueilli mon éclat. Enfin, mon ex a changé de ton pour répéter :

— Elle a fait pipi ? Encore ?

— Comment ça, « encore » ? Ça lui arrive souvent ?

— Ben... elle a fait la même chose hier pis lundi, mais je pensais pas que... C'est quoi, le lien avec Théo ?

— C'est de ça que je veux discuter avec lui. Si tu viens chercher la petite, emmène-le donc avec toi. On en profitera pour tirer ça au clair.

— Je peux pas... il est pas là. Il travaille à la pharmacie, ce soir. Mais moi, je m'en viens.

— Parfait, je t'attends.

J'ai raccroché en soupirant. Ma discussion avec mon aîné aurait lieu plus tard. Mais il ne perdait rien pour attendre, celui-là. Pour le moment, j'allais moi aussi me servir un gros bol de crème glacée. Mon frigo était quasiment vide, alors ça me ferait un souper tout ce qu'il y avait de plus acceptable.

Ce soir, j'irais me refaire sur les tables de poker. Je sentais que j'avais besoin de faire sortir le méchant. Avec toutes les merdes qui me tombaient dessus depuis un bout, il fallait bien que la chance vire de bord et me soit favorable, non?

Jeudi après-midi, 12 septembre

Je n'étais pas trop surpris d'apercevoir mon fils en ouvrant la porte, le lendemain. J'avais bien averti Mel que je voulais avoir une franche discussion avec lui. Ce à quoi je ne m'attendais pas, par contre, c'est qu'il se présenterait chez moi avec son ami Jules.

Ce dernier, grand efflanqué de près de six pieds, me dépassait d'au moins deux pouces, ce qui lui permettait de me regarder de haut. Qu'il prenne cinquante bonnes livres, le grand, pis qu'il revienne me voir. Parce qu'à le voir plier dans le vent tel un roseau, je doutais qu'il résiste à la moindre poussée de ma part. Ses yeux étaient cernés et il n'arrivait même pas à fixer son attention sur quoi que ce soit. Mon ex avait eu raison de dire qu'il filait un mauvais coton, celui-là. Je me demandais d'ailleurs s'il n'avait pas fumé quelque chose avant de venir ici, tellement il semblait ailleurs.

Je n'allais cependant pas m'énerver juste parce qu'un jeune prenait de la drogue. Théo en prenait sûrement lui aussi, et ça ne faisait pas de lui un fils indigne. Je me suis tassé pour les laisser entrer, s'installer sur le sofa du salon et balancer leurs sacs à dos par terre, à leurs pieds. Les chanceux, ils arrivaient juste à temps pour dévaliser la petite épicerie que je m'étais permis de faire ce matin, après une nuit plutôt favorable aux tables de jeu.

Ça faisait plusieurs soirées que je récoltais des gains. Connaissant ma chance légendaire, ça ne durerait pas. Autant en profiter quand ça passait. Je suis donc allé chercher trois verres dans lesquels j'ai versé une liqueur brune. Les gars ont accepté mon offrande avec plaisir. Il était maintenant temps de passer aux choses sérieuses.

Une fois sa première gorgée avalée, mon fils a regardé partout, sauf dans ma direction. Voyant qu'il n'osait toujours pas m'affronter, je me suis résolu à prendre la parole le premier.

— OK. Maintenant, étant donné que tu me fais enfin l'honneur de ta présence, tu vas m'expliquer pourquoi tu as raconté toutes ces niaiseries à ta sœur. C'était quoi, l'idée, Théo ? Elle a six ans, pas seize !

Elle croit tout ce que tu lui dis. C'est pas sorcier à comprendre, me semble.

Je m'étais donné un ton assez sévère. J'étais fier de moi et du père que j'étais, à ce moment précis. Mon fils s'est mordillé l'intérieur des joues, avant de hausser les épaules, puis de déclarer :

— Elle nous gossait, à venir mettre son nez dans nos affaires. On voulait juste qu'elle nous laisse tranquille. *Anyway,* c'est Jules qui a eu l'idée de...

— Théo... c'est ta sœur, pas ton ennemie, ai-je dit en le coupant. Prends soin d'elle, un peu. Elle est toute petite.

Il a soupiré, puis a fini par hocher la tête. Je m'attendais à un peu plus de résistance de sa part. Ce qui m'a aussitôt amené à croire qu'il n'était pas ici simplement parce que j'avais demandé à sa mère de me l'envoyer. D'après moi, il voulait quelque chose. Ça se sentait. Surtout quand on est habitué à ce genre d'attitude.

Comme de fait, son ami lui a donné un coup de coude. Théo s'est raclé la gorge avant de se décider enfin à murmurer :

— P'pa, je...

Déjà, il m'appelait papa, et non Dom. C'était une amélioration notable, même s'il ne s'agissait que de manipulation de sa part. Je le savais, j'étais expert dans ce domaine.

— ... j'aurais besoin d'une place pour...

Il a jeté un œil à son compagnon, cherchant visiblement du courage là où il n'y en avait pas. En effet, l'autre a simplement terminé son verre d'un trait et a lâché un rot bien sonore. La grande classe. J'ai haussé un sourcil et me suis appuyé sur le dossier de la chaise que je m'étais tirée pour être face à eux. Allait-il s'excuser ? Avoir l'air mal à l'aise ? Même pas. Rien de tout ça. Il n'a fait que se gratter le dessous du nez, peu intéressé à ce qui passait autour de lui.

Eh ben... Vivement l'adolescence.

J'avais de beaux spécimens devant moi, et je n'étais pas certain d'avoir le goût de me réjouir. Surtout que l'un des deux était mon propre fils.

— ... pour installer notre *stock*, a-t-il continué en désignant leurs sacs à dos. Je sais que t'étais d'accord pour la chambre noire, mais l'affaire, c'est que Jules et moi, faudrait qu'on passe souvent ici, après les cours, pour travailler sur notre projet. Pis... ben... je me demandais si c'était OK pour toi, vu que...

Il s'est arrêté là-dessus, sans terminer sa phrase. Me laissant le choix d'y comprendre ce que je voulais. Vu que j'étais un père de marde ? Vu que sa mère risquait de vouloir m'étriper si je disais oui ? Vu que je n'avais pas la garde, et que je ne pouvais même pas m'occuper de moi-même convenablement? Comment croyait-il que je pourrais prendre soin de deux ados qui viendraient *vedger* ici plusieurs soirs par semaine?

Ce qu'il espérait, c'était que l'opinion de sa mère me laisserait assez indifférent pour accepter. Il n'était pas dans le champ. Au contraire. Je m'en fichais pas mal. Ces deux jeunes pouvaient bien venir ici à temps plein, tant que ça ne m'empêchait pas de me consacrer à mes petites affaires. Par là, j'entendais: passer mes nuits là où je le voulais. Fiston pouvait donc squatter le sous-sol, je m'en branlais. Son ami me tapait déjà un peu sur le système, mais si ça faisait plaisir à Théo d'endurer sa présence, je n'allais pas m'y opposer. Ça me paraissait un mince sacrifice pour que mon fils m'accepte un tout petit peu dans sa vie.

De plus, peut-être que s'il venait ici plus souvent, ça me permettrait de demander une pension à sa mère? Mouais... J'imaginais qu'elle allait me reprocher de ne jamais lui en avoir versé une. Mais qui ne demande rien n'a rien, non?

Je me suis concentré sur Théo, qui attendait toujours ma réponse, et j'ai gonflé les joues avant d'expulser l'air qu'elles contenaient. Pas question de lui faire croire que j'allais tout lui donner sans rouspéter. Il devait comprendre que c'était gros, ce qu'il voulait. Que j'étais vraiment un bon père d'accepter. Je me suis gratté le derrière de tête et j'ai fait mine de réfléchir durant de longues secondes. Pendant ce temps, mon fils se tortillait sur le sofa. Il était nerveux. Tout le contraire de son Jules, qui se grattait désormais à des endroits de plus en plus inconvenants, ce qui commençait à me mettre mal à l'aise. Chose certaine, ça lui tenait vraiment à cœur, à Théo.

Toutefois, dès que j'ai acquiescé, il a fait signe à son ami de le suivre pour qu'il lui montre les lieux en question. Même pas un merci. Ça m'apprendrait...

J'ai soupiré en me levant de ma chaise pour aller porter mon verre à moitié bu dans l'évier. Plus soif. J'aurais dû acheter du vrai Coke, au lieu de prendre le générique. Ça goûtait la marde, cette affaire-là. Du sous-sol me parvenaient des exclamations de joie tandis que fiston effectuait sa visite guidée avec bien du sérieux. Il rirait un peu moins quand il devrait annoncer la chose à sa mère... Ce n'était pas moi certain qui me taperais cette tâche ! Il voulait venir chez moi plus souvent ? Il devrait assumer. Moi, je m'en lavais les mains.

Je fouillais dans le frigo pour m'y prendre une bière quand mon fils et son ami sont remontés du sous-sol. J'ai vaguement entendu Théo discuter avec l'autre dans le portique, puis la porte s'est refermée. Des pas ont fait craquer le vieux plancher tandis que quelqu'un empruntait de nouveau l'escalier menant en bas.

Bon ! Son Jules était enfin parti ! Plutôt soulagé de me retrouver seul avec mon fils, je me suis dit que j'étais aussi bien d'en profiter afin de discuter franchement avec lui, sans son ami dans les jambes. Nous n'étions pas vraiment allés au fond de la question, tout à l'heure. J'aurais bien voulu savoir ce qu'il en était réellement des photos dans son album. La chose m'intriguait plus qu'elle aurait dû, mais c'était ainsi. De plus, je voulais lui remettre l'appareil que je lui avais acheté et voir s'il était content de mon cadeau.

J'ai descendu à mon tour une dizaine de marches avant de me figer sur place. Ce n'était pas la silhouette de Théo qui me faisait dos, au bout de la pièce sombre et humide. C'était plutôt Jules, en train de déplacer certains meubles, comme s'il était chez lui.

— Je peux savoir ce que tu fabriques ? lui ai-je demandé sans ambages.

Il a tourné la tête à demi vers moi, visiblement agacé autant par ma présence que par ma question.

— Ben… m'semble que ça paraît : j'arrange la place.

— Mais tu l'arranges pour quoi ? Théo est parti où, au juste ?

Le jeune a haussé les épaules et a déposé par terre ce qu'il tenait toujours dans ses mains, avant de pivoter enfin complètement vers moi.

— Ché pas, moi. Chez sa mère ?

— Comment ça, chez... Pis toi, qu'est-ce que tu fais encore ici ?

— Vous avez dit que c't'ait correct, tantôt. On va utiliser vot' sous-sol pour not' projet. C'est quoi, le problème ?

Je me suis retenu de lui répliquer que c'était sa face, justement, qui me posait problème. À la place, je suis remonté à l'étage et me suis dépêché de texter mon fils, qui m'avait bien eu. Le but, c'était que LUI vienne chez moi aussi souvent qu'il le voulait, et non que son ami se trouve un endroit où squatter à sa guise !

J'étais encore plus frustré de recevoir la réponse du fils ingrat, lorsque son texto a fini par rentrer :

Suis occupé. On se parle ce WE.

Ben oui ! Occupé à quoi ? À se décrotter le nez dans le bus ? J'ai inspiré lentement, de peur de faire quelque chose que je pourrais regretter par la suite. C'était moi, l'idiot de l'histoire, en fait. Parce que les jeunes avaient raison : je leur avais dit oui. Je n'étais pas pour leur retirer ce privilège aussitôt que ça ne faisait pas mon affaire. Théo ne me le pardonnerait jamais. Déjà que nos relations étaient pour le moins tendues. En rongeant mon frein, j'ai croisé les doigts pour que l'intrus dans mon sous-sol ne s'éternise pas.

Les minutes sont cependant devenues des heures et il était près de vingt-trois heures lorsque le jeune a finalement daigné monter à l'étage et déguerpir. Une heure avant, il m'avait créé une fausse joie en remontant pour se servir à même mon frigo et remplir son verre de liqueur. Je l'avais laissé faire, puisque je doutais de finir moi-même la bouteille. Il pouvait bien la boire en entier, s'il le voulait.

Enfin, il était parti. Sans me saluer. Comme un voleur. J'ai verrouillé la porte derrière lui. Honnêtement, j'avais un peu peur qu'il tente de rentrer durant la nuit. On ne sait jamais, il était peut-être juste parti s'acheter un truc au dépanneur. Une fois assuré qu'il ne reviendrait pas, j'ai décidé d'aller vérifier ce qu'il avait bien pu fabriquer durant tout ce temps au sous-sol.

C'était bizarre, mais j'étais légèrement mal à l'aise de me rendre dans le tout nouveau repaire de mon fils et de son ami. Comme si je craignais d'être pris en flagrant délit. Pourtant, c'était encore chez moi, ici, que je sache. Oui, bon, la maison appartenait au proprio, à qui je n'avais toujours pas versé le moindre sou, mais tout de même. J'avais signé un bail !

Parlant du proprio, ce n'était pas en bloquant ses appels que je parviendrais à me débarrasser de lui, j'en étais tout à fait conscient. Il faudrait que je pense à lui lâcher un coup de fil, le lendemain, pour le rassurer sur le fait que l'argent s'en venait, de cesser de s'inquiéter. Et surtout, de m'appeler… Ça n'accélérerait pas les choses. Si j'avais voulu être sincère, cependant, je lui aurais expliqué que cet argent, il n'en verrait jamais la couleur. La Régie du logement, je connaissais. Et toutes les ruses qui venaient avec afin de pouvoir vivre aux crochets des autres.

J'ai bien vite oublié mon loyer impayé en mettant le pied sur le plancher de linoléum de la cave. Ce Jules avait bien travaillé… Il avait installé de longs rideaux noirs en plein centre de la pièce, pour la diviser en deux. Les petites fenêtres avaient été placardées pour assombrir la place.

Tous les meubles – dont le divan-lit et la commode de Théo – avaient été repoussés dans un coin, d'un des côtés des rideaux. Il y avait aussi une petite chaise, que mon gars avait dû prendre en haut. Je n'avais même pas remarqué qu'il en manquait une à la table. J'ai hoché la tête, impressionné malgré moi. Quand les jeunes ont quelque chose dans la tête, ils sont motivés et ça donne des résultats. Dommage qu'ils ne travaillent pas ainsi plus souvent.

Tout cela m'a rappelé que je n'avais toujours pas offert la caméra achetée au *pawn shop* à mon fils. Je n'étais plus si certain qu'il la méritait, après ce qu'il avait fait à sa sœur, mais bon… Elle était déjà payée, et je n'avais pas envie de la revendre à Jack. Il me rirait en pleine face si je me présentais de nouveau devant lui.

Je m'apprêtais à aller la chercher en haut. Je voulais la poser sur la table, au centre de sa pièce noire, dans le but de surprendre Théo. Mon regard s'est toutefois arrêté sur une forme rectangulaire. L'album. Théo l'avait rapporté ici. Sûrement pour que sa sœur n'y fourre plus son nez.

Je n'ai pas résisté et je m'en suis approché. Du bout des doigts, j'ai effleuré la couverture rigide. Un frisson m'a parcouru. J'ai retiré ma main en hésitant, pour finalement me décider à l'ouvrir. Les photos étaient exactement comme dans mon souvenir. En noir et blanc. Pas toujours très claires. Avec des sujets assis soit sur des chaises, soit sur des sofas. Certains étaient carrément installés sur un lit, les jambes étendues.

Je ne saurais dire pourquoi, mais l'ensemble était morbide à souhait. Pourtant, il n'y avait rien de choquant dans ces photos, si ce n'était du regard fixe des sujets, de leur expression figée et de...

Ma gorge s'est serrée, alors que ma salive se faisait plus rare. Est-ce qu'Angélie avait raison ? Ces gens étaient-ils bel et bien morts ? Au moment où les photos avaient été prises, je veux dire. Je ne voyais pas comment ça pouvait être possible, puisqu'ils avaient les yeux ouverts et que leurs visages étaient tournés vers l'objectif.

Après un moment à examiner les clichés, j'ai refermé l'album, une moue de dégoût sur le visage. Peu importe dans quel état se trouvaient les sujets de ces photos, elles ne me semblaient pas très intéressantes. Je m'expliquais mal pourquoi Théo et son ami en faisaient toute une histoire. Je n'avais cependant pas de temps à perdre avec ça.

J'avais un plan pour la soirée : me trouver une petite femme pour réchauffer ma couette. Emballé par cette perspective, j'ai pivoté et accroché sans le vouloir le coin de l'album, qui a glissé de la table pour tomber au sol. *Fuck.* J'espérais que je ne l'avais pas abîmé. Il n'était déjà pas en super état. S'il fallait que je l'aie brisé, Théo m'en voudrait à mort.

Je me suis penché pour le ramasser. Une photo s'en est échappée pour voler jusqu'à terre. J'ai d'abord inspecté l'album de tous les côtés : ça devrait aller. Il n'était pas poqué ou brisé. Je l'ai remis sur la table, puis je me suis de nouveau penché pour reprendre la photo.

Sans réfléchir davantage, je l'ai approché de mon visage et l'ai scannée d'un coup d'œil rapide. On pouvait y voir un jeune garçon. Il avait sûrement l'âge de ma fille, mais c'était difficile à dire étant donné les habits qu'il portait. Il se tenait debout, la main appuyée sur une chaise. Il n'y avait rien d'autre comme élément de décor. Les murs étaient blancs et le plancher, couvert de planches de bois. Toutefois, il y avait bien ce... ce petit truc derrière le pied de l'enfant.

J'ai froncé les sourcils, me collant la photo sous le nez pour mieux voir. Dommage qu'elle ait été un peu floue. N'empêche...

Ça dépassait sur la droite et on aurait dit... on aurait dit une tige servant à...

Mes yeux sont revenus se poser sur ceux du garçon. Deux billes rondes. Fixes. Sans émotion aucune. La bouche rigide. La main dans une étrange position, maintenant que j'y portais attention. Le corps légèrement incliné, comme s'il peinait à tenir debout.

Se pouvait-il que...

Angélie avait-elle raison ?

J'ai penché la tête afin de me convaincre que je n'hallucinais pas.

Mais non.

C'était bien ça.

Le truc derrière la jambe, c'était un support.

Pour retenir le corps.

Le corps mort du gamin.

Wô...

J'ai tourné la photo et j'ai lu deux petits mots qui m'ont fichu la chair de poule : post mortem. La photo m'a glissé des mains. Elle a flotté dans les airs un instant avant de se déposer en douceur au sol une fois de plus. Je n'ai pas osé la ramasser. Prendre des cadavres en photo, les yeux grands ouverts. Je ne pensais pas que la chose était possible. Même à une autre époque.

Creepy as fuck...

Samedi matin, 14 septembre

Ce sont les mouches qui m'ont indiqué la présence d'un autre animal mort, deux jours plus tard. *Fuck...* Ça puait la mort entre ma maison et celle de la voisine bizarre. Je me demandais bien pourquoi les bêtes du quartier s'étaient donné rendez-vous pour crever à côté de chez moi !

Une main appuyée contre la clôture séparant mon terrain de celui de la voisine, j'ai observé le corps un peu obèse en me bouchant le nez. Il s'agissait cette fois d'un raton laveur. Des vers blancs lui sortaient du nez. C'était dégoûtant. Il était donc là depuis au moins... euh... Combien de temps ça prenait avant qu'un cadavre ne grouille de vies autres que la sienne ? Aucune idée. Je n'avais jamais pris le temps de me poser la question. Ni de l'inscrire dans le moteur de recherche d'un ordi. Fallait être complètement débile pour vouloir savoir ça.

J'ai abandonné le corps et suis revenu sur mes pas. Si je l'avais trouvé là, c'était parce qu'encore une fois, en ouvrant ma fenêtre de cuisine, l'odeur fétide m'était montée au nez. Si je le laissais sur place, je devrais garder mes fenêtres fermées. Et on crevait, aujourd'hui. Le mois de septembre ressemblait étrangement à celui de juillet. Pas question de rester enfermé dans cette vieille maison sans clim.

Même si ça ne me plaisait pas du tout, je devais d'abord enterrer le corps quelque part. Parce qu'appeler la Ville pour qu'elle vienne le récupérer, ça pouvait prendre des heures, sinon des jours. Les employés ne se pointeraient pas ici de sitôt. L'autre option était de balancer le raton dans une poubelle, mais l'odeur serait toujours là, étant donné que le camion à ordures était passé la veille et que le macchabée resterait dedans presque une semaine. Bonjour les mouches, les vers et les odeurs !

Nah... valait mieux l'enterrer avant que la voisine ne le voie dans cet état. La dernière fois, avec la moufette, elle ne semblait pas trop ébranlée, mais là... Deux bêtes en quelques jours à peine : elle risquait de le prendre mal. Et si elle venait m'accuser de lui avoir donné du poison, à ce raton ? Je n'avais pas de temps à perdre avec ça, alors autant m'en charger immédiatement. C'est pourquoi je suis allé fouiller dans le cabanon, au fond de ma cour, pour en sortir une pelle rouillée. Le manche branlait un peu, mais ça devrait tout de même faire la job. Je ne comptais pas refaire tout mon aménagement paysager. La seule chose qui m'importait, c'était d'enterrer cette bestiole pour ne plus la voir.

Ne plus la sentir, surtout.

En sortant du cabanon, ma pelle entre les mains, j'ai remarqué un mouvement chez la voisine. Elle était dehors. Trop tard, elle venait à son tour de découvrir l'animal. Je me suis arrêté et je l'ai observée alors qu'elle s'avançait vers la bête. Elle n'avait pas son caniche dans les mains, cette fois. Elle marchait plus vite que je ne l'en aurais crue capable.

Je m'apprêtais à lui proposer mon aide quand j'ai remarqué son visage, alors qu'elle s'agenouillait devant le cadavre.

Elle avait les yeux exorbités. Visiblement, elle le prenait mal.

Elle a fait un signe de croix sur sa poitrine avant d'inspecter le corps sans le moindre malaise ou haut-le-cœur. Finalement, elle s'est redressée, le raton pendant par une patte dans une main.

C'était qui, cette folle qui habitait à côté de chez moi ?

Normalement, je serais déjà allé me présenter à elle pour avoir l'air sympa et tout, mais là, je n'en avais absolument pas envie. Je préférais me tenir le plus loin possible. Toutefois, elle avait à peine avancé de deux pas qu'elle s'est immobilisée et a tourné la tête vers moi pour plonger son regard dans le mien. Nous nous sommes observés, à quelques mètres de distance l'un de l'autre. Simplement séparés par une clôture plutôt vétuste. Je ne savais pas ce qui avait attiré son attention vers moi : un pressentiment d'être observée ou mon hoquet de dégoût quand elle s'était mise à marcher vers son jardin en tenant le raton, son corps pendant sur le côté de sa cuisse ?

Je me suis appuyé sur ma pelle pour ne pas perdre contenance. Je suis du genre à rebondir très vite sur mes jambes. À ne pas me laisser impressionner facilement et à avoir la répartie facile. À ce moment précis, cependant, je ne savais absolument pas comment réagir. Ni quoi dire.

Au bout de ce qui m'a paru un très long silence rempli de malaise, je me suis raclé la gorge. Puis, j'ai posé la pelle contre le cabanon et me suis enfin décidé à rejoindre la vieille… tout en gardant une distance sécuritaire entre elle et moi. Une fois assez près pour que ça ne paraisse pas bizarre, je l'ai saluée avec ce qui me restait de savoir-vivre :

— Salut ! Je… je viens d'emménager ici.

Elle a pivoté complètement pour me faire face. Son visage était sérieux et ses lèvres, pincées. Elle m'a détaillé de la tête aux pieds. Lentement. En fin de compte, elle a esquissé une petite moue, toujours sans dire un mot. C'est plutôt moi qui me suis présenté :

— Je m'appelle Dominic. Et vous ?...

Je ne savais pas trop si elle allait me répondre. Elle semblait hésiter. Elle a baissé la tête vers son bras qui tenait toujours la patte du raton. Enfin, elle s'est décidée à indiquer :

— Il est mort.

— Ouais, je sais... Je l'avais remarqué, ce matin, en ouvrant la fenêtre de ma cuisine. Je suis désolé pour le trouble. Je sais qu'il était sur votre terrain, mais voulez-vous que je m'en occupe ?

— Hum... non. Ça va aller. Je sais quoi faire.

Elle a vaguement jeté un coup d'œil vers sa cour et j'ai frissonné en apercevant un monticule de terre. Sous celui-ci se trouvait sûrement le cadavre de la moufette de l'autre jour.

— Ah..., ai-je dit, ne sachant trop comment relancer la conversation.

Elle a décidé de se présenter :

— Moi, c'est Lucie. J'habite dans le quartier depuis un moment. Mon… mon mari est mort l'an dernier. Je vis seule. Seule avec Candy.

— Candy ?

— Mon chien. Il n'aime pas trop les bêtes mortes… C'est pour ça qu'il faut que je me dépêche d'enterrer celle-là.

J'ai hoché la tête. Je me suis concentré sur la dame, à qui j'ai une fois de plus proposé mes services :

— Je peux m'en charger, vous savez. Ça doit pas être facile pour vous de…

— Non ! m'a-t-elle coupé rapidement. Ça va aller. Par contre, si vous voulez me rendre service…

— Oui, bien sûr, ai-je dit avec un sourire avenant.

Elle a jeté un œil vers ma maison et a froncé les sourcils avant de mentionner :

— Vos jeunes, là… ce serait le fun qu'ils arrêtent de venir fouiner dans ma cour.

Ça m'a pris un moment pour comprendre. Mes jeunes ? Elle devait faire référence à Jules et à Théo… Mais que je sache, ils n'étaient pas venus traîner dans sa cour. J'ai tout de même pris la peine de lui présenter mes excuses :

— Ils ont fait ça ? Désolé, je savais pas. Je vais les avertir. Mon fils fait de la photo. C'est nouveau, mais... il est ben motivé. C'est pour un projet d'école, je pense. Il est pas malintentionné, je vous le promets. C'est un bon p'tit gars.

Elle n'a rien répondu à ça, n'a fait que continuer à me fixer, comme si elle me sondait. Alors que j'étais à deux doigts de lui souhaiter une bonne journée et de décamper, elle a ajouté :

— Votre fille...

Je me suis arrêté en plein mouvement et j'ai attendu qu'elle termine sa phrase. Quoi, ma fille ? Elle était seulement venue durant un week-end. Ah, et un après-midi, cette semaine, après l'épisode des culottes souillées. Cette femme ne pouvait pas avoir quoi que ce soit à lui reprocher, quand même ! Mais il semblait que oui, puisqu'elle a repris :

— Dites-lui de ne pas venir jouer sur mon terrain non plus.

— Écoutez, Angélie est pas du genre à...

— Ce n'est pas ça. Certains animaux ont peut-être la rage. Vaudrait mieux pour elle qu'elle ne s'approche pas d'eux.

La rage... ben voyons. N'empêche que j'ai souri gentiment avant de souffler :

— Je comprends. Je vais la surveiller, vous en faites pas. Bon, ben… je crois que je vais y aller, ai-je dit en baissant les yeux vers les mouches qui virevoltaient de nouveau joyeusement autour du cadavre. Vous… vous avez sûrement d'autres choses à faire. Bonne journée, en tout cas !

— Vous aussi.

Elle a hoché la tête, s'est éloignée, puis m'a interpellé de nouveau. Qu'est-ce qu'elle me voulait, encore ?

— Une dernière chose : vous êtes croyant, Dominic ?

Non, mais qu'est-ce que c'était que cette question ? On était au vingt et unième siècle ! Les croyants, ça ne courait pas les rues ! Mais je ne lui ai pas répondu un truc pareil. J'essayais de rester aimable malgré tout. Surtout qu'à voir l'apparence soignée de son jardin, je pouvais concevoir que c'était quelque chose d'important pour elle.

— Eh bien… on croit tous en quelque chose de plus grand que soi, non ?

— Oui, j'imagine. Mais ce n'est pas ce que je voulais savoir.

— Ah… euh… je… non, je le suis pas, alors.

Elle hésitait à me dire ce qu'elle avait en tête, c'était évident. Finalement, elle m'a soufflé :

— Vous devriez vous y mettre, Dominic.

— Euh… d'accord. Merci du conseil.

Sur ce, elle s'est enfin éloignée et a disparu vers l'arrière de sa maison. Je ne voulais pas savoir ce qu'elle y ferait. Elle avait dit vouloir enterrer le raton. Mais elle pouvait bien le brûler, le découper en rondelles ou le manger pour le souper, je m'en foutais. Tant qu'elle restait loin de moi et de mes enfants. Cette vieille était vraiment étrange, mais ça ne m'empêcherait pas de dormir.

Ce qui le pourrait, toutefois, c'était de croiser une silhouette efflanquée, alors que je contournais mon terrain pour entrer par la porte avant. Jules se tenait debout sur la galerie, impatient. Il était encore plus cerné que la dernière fois que je l'avais vu. Bon Dieu… pauvre jeune. J'ai quasiment eu pitié de lui. Pas longtemps cependant. Je me suis vite rappelé qu'une fois entré chez moi, il avait tendance à ne pas vouloir décoller.

Dès qu'il m'a aperçu, son visage a exprimé un certain soulagement, mais aussi un brin de frustration. Qu'est-ce qu'il faisait là aussi tôt ? Il n'allait pas à l'école, lui ? Ah non, c'est vrai. On était samedi. Sans emploi pour m'aider en ce sens, je perdais parfois le compte des jours. Et de toute façon, je n'étais pas son père. Ce n'était pas à moi de le surveiller et de gérer ses études. Sauf que, selon ce que j'avais vaguement compris, il était le cadet des soucis de ses parents.

Je ne suis pas un mauvais gars. Je n'allais pas le rembarrer sans ménagement. N'empêche que je l'ai à peine salué tandis qu'il me marmonnait je ne sais quoi. J'ai tout juste eu le temps d'ouvrir la porte qu'il se précipitait à l'intérieur et descendait l'escalier à toute vitesse. Je serais donc pogné avec lui une partie de la journée. Ce n'était pas ce qu'on pouvait appeler le « bon » moment. J'avais prévu me rendre chez mon proprio pour payer une partie de mon loyer. Eh oui, je suis un homme respectable, parfois. OK, en fait, ce dernier m'avait surtout menacé d'appeler la Régie. L'affaire, c'était qu'ils avaient plusieurs dossiers à mon nom, là-bas, et je préférais donc éviter de les avoir dans les pattes encore quelques mois, si c'était possible.

Bah… je me suis dit que je pouvais quand même faire mes commissions malgré l'ado dans mon sous-sol. Il n'avait plus besoin d'une gardienne depuis longtemps, celui-là. Je lui ai tout de même crié que je devais partir, et de bien fermer la porte s'il quittait la maison avant mon retour. Je n'ai eu droit qu'à un grognement en guise de réponse.

Tant pis ! Je n'avais qu'à me dépêcher. Je doutais que des voleurs s'introduisent ici pour me prendre quoi que ce soit. Ce n'était pas comme si j'avais entreposé des objets de valeur.

J'ai abandonné l'énergumène à son triste sort et me suis rendu jusqu'à ma voiture. En démarrant le moteur, j'ai senti la batterie hésiter comme jamais. Mouais... Elle ne survivrait sûrement même pas jusqu'au mois d'octobre, si ça continuait. Il faudrait vraiment que j'essaie d'en trouver une autre pour la remplacer. Mais pas aujourd'hui. L'argent qu'il me restait de ma soirée de la veille servirait à museler mon proprio.

Il n'habitait pas si loin de chez moi, alors je suis arrivé sur place en moins de deux. Dès qu'il a ouvert la porte et m'a aperçu, il a reniflé, a essuyé ses doigts sales – salis par quoi, je ne voulais pas le savoir – sur son chandail déjà beige, couleur crottée. J'aurais parié la chemise que je n'avais pas qu'il était autrefois d'un blanc immaculé. Avant qu'il ne m'engueule, je suis passé à l'attaque en le tutoyant :

— Hé ! Ça va bien, toi ? Moi, super ! Je roulais dans le coin pis je me suis dit que je pourrais t'apporter mon loyer. Bon... ça me tente pas de le payer en double, mais si jamais tu retrouves l'autre enveloppe, j'imagine que tu pourras m'accorder un crédit sur le prochain mois. Je te fais confiance. T'as l'air d'un gars ben correct.

Amadoué et un brin soulagé, il a accepté avec tout de même un peu de méfiance l'enveloppe que je lui tendais. Il s'est dépêché de l'ouvrir et de compter les billets de banque qui s'y trouvaient. Il avait à peine terminé qu'il s'écriait :

— Y a juste la moitié !

— Ouais… c'est le montant sur lequel on s'était entendu, non ? Comme t'as perdu mon argent, on se divise ça moitié-moitié. Je vais pas payer comme un épais dans le vide non plus parce que tu perds tes affaires, là.

— J'ai rien perdu pantoute ! Ton enveloppe, elle a jamais existé, j'en mettrais ma main au feu !

— Écoute, ai-je dit en soupirant. Si tu veux plus que ça, faudra attendre que je passe à la banque pis que je retire mes placements. Mais ça peut prendre quelques jours de plus.

— Tu parles, tu parles, mais tu fais pas grand-chose, toé ! a-t-il lâché en enfouissant l'argent dans la poche arrière de son jeans. On va dire que ça va être beau pour l'instant. Mais le prochain loyer, je veux que tu me le remettes en mains propres. Compris ?

— Bien sûr, bien sûr. T'inquiète pas pour ça.

Il a grommelé que j'étais un pas fiable et qu'il n'aurait jamais dû me laisser signer le bail. Je l'ai remercié pour sa gentillesse et j'ai quitté les lieux avant que ça dégénère et que je devienne un peu moins affable. J'avais mes limites, tout de même.

Arrivé chez moi, je n'avais qu'une envie : caler ma dernière bière et m'écraser sur le sofa pour quelques parties en ligne. Ça ferait sortir le méchant.

Avec tout ça, j'avais presque oublié l'imbécile qui se trouvait toujours dans mon sous-sol. Même s'il ne faisait aucun bruit, je savais qu'il était toujours là, la lumière étant encore allumée. Je n'ai descendu que les premières marches et j'ai élevé la voix pour lui mentionner que j'aimerais qu'il décrisse au plus vite.

Il ne m'a pas répondu. J'ai mis le pied sur une autre marche et me suis penché légèrement. Je n'ai aperçu que le haut de sa tête au-dessus du dossier de la chaise sur laquelle il s'était assis. Des écouteurs sur les oreilles, il ne risquait pas de m'entendre. Je n'avais pas l'énergie de descendre l'escalier en entier pour lui parler.

Je suis remonté au rez-de-chaussée en éteignant la lumière. Peut-être que ça le ferait réagir… Au même moment, la porte d'entrée s'est ouverte, attirant mon attention et me faisant oublier le vagabond qui avait atterri dans ma cave. Si c'était Théo, je n'allais pas me gêner pour lui dire ce que je pensais de son ami.

Sauf que ce n'était pas lui… J'ai été accueilli dans mon salon par un coup de matraque dans le front, ainsi qu'un direct dans les genoux pour me faire tomber. J'ai basculé vers l'avant sans avoir le temps de poser les mains au sol pour me protéger. Ç'a fait un mal de chien.

La bouche ouverte, j'ai craché du sang. Le plus costaud – alias l'homme qui pissait plus vite que son ombre – m'a saisi par les cheveux et m'a tiré la tête vers l'arrière pour que je plante mon regard dans le sien.

— Surpris de nous revoir ? a murmuré ce cher Serge à mon oreille.

— Qu'est-ce que... qu'est-ce que vous faites ici ?

— On est simplement venus te rappeler qu'il te reste pas grand temps pour payer ta dette...

— Et... et vous comptez venir me faire des petits rappels comme ça tous les jours ? ai-je dit en peinant pour garder une certaine fierté, vu la situation.

— Hum... ça se pourrait. Fred veut pas que tu l'oublies, étant donné que t'as la mémoire pas mal courte.

Là-dessus, il m'a asséné un coup de poing sur la mâchoire, alors que mes cheveux lui glissaient entre les doigts. J'ai roulé sur le côté en gémissant, mais il n'a pas semblé y être sensible. En effet, il m'a donné un coup dans le ventre, cette fois. Son compagnon s'occupait de faire le tour du rez-de-chaussée pour s'assurer de n'avoir aucun témoin. Puisque la lumière était éteinte, il n'a pas pensé à aller voir en bas, ce qui faisait bien mon affaire.

À mon plus grand désarroi, Serge et JF n'étaient pas sur le point de partir, malgré le fait que leur message avait été livré. Le premier a entrepris de descendre la fermeture éclair de son jeans – ah non… pas encore ! –, mais son compagnon a secoué la tête et l'a traité d'amateur. Oh… je sentais que je n'allais pas aimer la suite des choses.

JF s'est rendu à la cuisine. Je l'ai entendu ouvrir les portes d'armoires tandis que son compagnon me clouait au sol avec sa botte. Je savais ce qui s'en venait, et ça ne m'amusait pas pantoute. C'était quoi l'idée, au juste, d'avoir emprunté de l'argent à leur boss ? Je pensais pouvoir m'en sortir avec une pirouette, mais cette fois, il semblait bien que je n'allais pas avoir le choix de payer. Et pas seulement en sortant mon portefeuille.

De ma petite personne aussi…

Une trentaine de minutes plus tard, j'avais mal à l'âme autant qu'à l'anus. Se faire ramoner avec la poignée d'un poêlon durant une éternité n'avait jamais été un de mes fantasmes. Si j'étais une de ces femmes qui étalent leur vie sur les médias sociaux, je pourrais fièrement publier un statut en le terminant par un *hashtag* moiaussi.

À la place, je me suis péniblement relevé pour aller me faire couler un bain. L'eau qui s'y déversait était jaunâtre. La plomberie était tout autant sur le point de craquer que moi. Je me suis tout de même plongé dans la baignoire avec plaisir, mais non sans grimacer en essayant de trouver une position confortable.

Le pire, dans tout ça, c'était que Jules avait sûrement entendu mes cris de douleur, même si j'avais tout tenté pour les retenir. Mon humiliation risquait donc de se rendre jusqu'aux oreilles de Théo.

Vie de marde…

Dimanche midi, 15 septembre

Je devais me rendre à l'évidence : j'allais avoir besoin d'un coup de main pour régler mes petits problèmes d'argent. Et la seule personne que je connaissais qui pouvait m'aider, c'était Sébastien, mon frère aîné. J'avais bien tâté le terrain avec mon chum Will, mais il avait refusé net en me voyant venir sur mes grands chevaux.

« Je t'ai logé pendant deux mois, nourri, torché, sans que tu sortes une cenne de ton portefeuille, ça fait que là, débrouille-toi tu-seul ! »

Ouais, ouais, d'accord… C'était vrai qu'il avait été plus que généreux.

Quant à mes chances de voir surgir assez de billets de banque en jouant au poker, elles étaient plus que minces. En fait, je devais accepter l'évidence : c'était un échec sur toute la ligne. Oui, j'avais eu quelques bonnes soirées, mais à peine de quoi vivre au quotidien. Sûrement pas suffisamment pour rembourser Fred.

Les enfants allaient revenir le week-end prochain et j'aurais bien aimé que cette histoire soit réglée avant. Surtout pour Angélie. Je n'osais pas imaginer comment elle réagirait si les deux idiots se pointaient de nouveau chez moi alors qu'elle était là. Je doutais qu'ils lui épargneraient le spectacle de leur père en train d'être violé. Ça, c'est en imaginant qu'ils ne lui fassent pas de mal non plus. J'ai serré les poings à cette pensée.

Non. Je devais ramasser la somme nécessaire au plus vite, et mon frère pourrait m'aider là-dessus. Il était plein de *cash,* lui ! OK, il travaillait fort pour le gagner, son argent, mais ça me paraissait tout de même un peu injuste. Il était l'unique héritier de la compagnie de notre père, décédé quelques années plus tôt. Moi, je n'avais eu que des miettes ! Pourquoi je n'avais pas été désigné vice-président comme Sébastien, hein ? C'était du favoritisme, voilà ce que j'en pensais.

J'étais prêt à suivre un cours de commerce, s'il le fallait. Mais non ! Papa avait toujours cru dur comme fer que j'étais un bon à rien qui ne terminerait jamais ce qu'il avait commencé, ma séparation en étant la preuve suprême. Au fond, lorsqu'il était encore vivant, le paternel ne m'avait jamais pardonné ma minable déchéance. J'avais un peu trop enchaîné les mauvais choix, selon lui, et mes dettes n'étaient que le résultat de tout cela.

Bref, Sébas m'en devait une, ça me semblait évident.

Au pire, je lui remettrais son aventure avec cette serveuse sous le nez et le menacerait une fois de plus de tout raconter à sa femme. Il finirait bien par m'aider.

La matinée tirait à sa fin. J'avais toujours aussi mal après les mauvais traitements subis la veille, mais il était temps que je me grouille un peu. J'ai saisi mon cellulaire et j'ai trouvé le numéro de Sébas dans mes contacts. Je ne l'appelais pas très souvent, alors ça m'a pris un moment pour mettre le doigt dessus.

Mon frère ne m'a laissé aucune chance. Dès qu'il a décroché, il s'est exclamé :

— Si tu m'appelles pour avoir de l'argent, Dom, oublie ça ! La dernière fois que je t'en ai prêté, j'en ai jamais revu la couleur.

— Hé ! Content de te parler moi aussi... C'est le fun de voir ce que tu penses de moi.

— Viens me dire que c'est pas la raison de ton appel, juste pour voir ?

— Pantoute. Je... je me disais qu'on pourrait aller dîner, un de ces quatre.

— Pour que je te paie le repas ? *No way.* C'est quoi, là, t'arrives même plus à faire une épicerie ?

— Sérieusement, Sébas, tu deviens vexant, là…

— Non. Juste réaliste. Mais si tu dis que tu veux vraiment juste me parler, je t'écoute. T'as un truc en particulier à me dire ? C'est que j'ai prévu quelque chose avec ma femme, tu vois.

— Ben ouais, c'est ça… avec Micheline. Vous faites pus rien ensemble, fais-moi pas accroire le contraire !

— Va chier, Dom ! Je te ferai remarquer que moi, je suis encore en couple, contrairement à toi ! Pis ça va très bien !

— Hum, hum…, ai-je marmonné, sceptique.

— J'ai travaillé pas mal dans les dernières semaines, pis Micheline veut… *Anyway !* Pourquoi je te raconterais ça ? Dis-toi juste qu'il y a encore des gens qui travaillent pour faire vivre des paresseux comme toi.

— Personne me fait vivre, arrête un peu avec ça !

— Non, mais ce serait encore le cas si le gouvernement t'avait pas coupé le BS en découvrant que tu travaillais au noir. Je blague pas, Dom, je suis pressé.

— Ça va, ça va ! Me brusque pas. C'est… difficile à dire. Si tu veux tout savoir, je suis dans la marde. Y a un gars qui me court après pour me péter la yeule si je lui remets pas l'argent que je lui dois. Sauf que je l'ai pas, son *cash.* Je me demandais si tu accepterais de me refiler une partie des actions que papa t'a léguées. Moi, j'ai rien eu, tsé. Tu voudrais quand même pas que ton neveu pis ta nièce se retrouvent avec un père au cimetière.

Même si je ne pouvais pas le voir, je le sentais fléchir à l'autre bout de la ligne. Il faudrait que je pense à utiliser l'argument des neveux un peu plus souvent. Je n'avais jamais osé, auparavant. Je ne savais pas trop pourquoi. Je ne suis pas du genre à avoir des scrupules pour si peu, normalement.

Mon frère était moins sur la défensive. Il m'a alors demandé d'une voix lasse :

— Combien tu lui dois, à ce gars ?

— Ben…

— Combien, Dom ?

— Autour de vingt mille ?…

Il a lâché un juron avant de s'écrier :

— Tu me niaises ? Vingt mille piasses, Dom, c'est… c'est énorme !

— Ouais, pis là, j'ai pas calculé les intérêts non plus.

— Crisse ! Je sais ben pas comment tu vas te sortir de ça, cette fois, mais je peux rien faire pour toi.

— Voyons, Sébas ! Tu pourrais essayer de…

— Non. Aucune chance que ça passe au conseil. Je suis pas le seul à prendre des décisions. Pis il est hors de question que je sois accusé de fraude par ta faute. Désolé, mais il te reste plus qu'à aller voir la police.

— Tu sais ben qu'elle pourra rien faire. Le gars à qui je dois de l'argent va être encore plus en tabarnak. Déjà qu'il est pas très accommodant…

— Bon, ben t'as pas trente-six mille solutions…

J'ai fermé les yeux un instant, découragé. Mais je les ai rouverts brusquement, ressentant comme une décharge électrique quand il a ajouté :

— Y a grand-maman…

— Ah non, par exemple. Pas question !

— Comme tu veux, c'est toi qui vois. Mais elle serait contente d'avoir de tes nouvelles. Elle dit tout le temps que personne va jamais lui rendre visite.

— Pff… Elle m'a toujours haï, tu le sais ben ! Elle voudra même pas me voir.

— Tu dis n'importe quoi ! Elle me parle toujours de toi quand elle m'appelle. Elle se demande t'es où pis…

— Ben ça, c'est parce qu'elle en a oublié un bon boutte ! Elle est perdue pareille, la vieille !

Mon frère n'a pas semblé apprécier mes propos. Il s'est aussitôt insurgé :

— Dom, franchement ! Elle est vieille, pas folle ! Tu devrais pas...

— C'est elle qui aurait jamais dû...

— Bon, bon, bon, tu vas pas recommencer avec tes histoires. C'est dans ta tête, tout ça. Grand-maman aurait jamais fait de mal à une mouche. Elle est tellement douce. De toute façon, moi, je peux rien faire de plus. Mais si tu veux passer au centre où elle vit, je suis certain que tu vas réaliser ben des affaires.

J'ai grogné pour seule réponse. Sa solution à la noix, il pouvait se la garder. Je préférais encore me faire sodomiser par tout ce qu'un crétin pouvait trouver dans ma maison que d'avoir affaire à notre grand-mère. Sébastien se fourrait le doigt dans l'œil s'il croyait que j'allais m'abaisser à lui rendre visite. Elle avait bousillé mon enfance.

Finalement, j'ai senti tout le poids de mes problèmes m'écraser. Mon moral a chuté encore davantage. J'ai raccroché sans prendre la peine de saluer mon frère. En colère, j'ai lancé le téléphone sur le sofa, à côté de moi, en essayant de me creuser la cervelle à la recherche d'une solution miracle. C'était exactement de ça que j'aurais eu besoin, à ce moment : d'un miracle ! Et que je sache, je n'en accomplissais pas ! Je me suis renfoncé dans le canapé quand la porte s'est ouverte une nouvelle fois sans que personne n'ait été invité. J'ai sursauté malgré moi – je devenais nerveux, ma foi –, mais me suis calmé aussitôt en reconnaissant Théo. Il fonçait déjà en direction de l'escalier du sous-sol, sans même un petit salut pour moi.

Ben coudonc.

Salut, fiston. Content de te voir.

Et là, j'ai su ce que je devais faire.

Les comptes de banque des enfants… mais oui ! Théo ne travaillait-il pas à la pharmacie ? Comment y avoir accès ? J'allais de ce pas vérifier la façon de faire. Ça ne me semblait pas représenter un bien grand défi. Il suffisait que je trouve la carte de guichet de Théo. Puis, je pourrais essayer un NIP ou deux. Les ados sont si prévisibles… Ils ont tendance à prendre leur date de naissance, tout simplement. Je mettrais sûrement la main sur son argent dans le temps de le dire !

Retrouvant ma bonne humeur, je me suis levé pour aller voir s'il y avait moyen de fouiller dans ses affaires sans qu'il le remarque. Je n'ai pas eu le temps de me rendre jusqu'à la porte du sous-sol. Théo grimpait déjà les marches et passait une fois de plus en coup de vent devant moi. Il paraissait en nage. Son t-shirt était mouillé au niveau des aisselles et du cou. Je ne pouvais pas croire que c'était le simple fait de monter et de descendre l'escalier en vitesse qui l'avait mis dans cet état.

Bon… c'est vrai qu'il faisait plutôt chaud dans la maison. Mais je n'allais quand même pas acheter une clim portative simplement pour les quelques journées chaudes de septembre. J'ai hélé Théo avant qu'il pousse la porte d'entrée, mais il n'a fait que me jeter un coup d'œil rapide. Je n'ai pas trop su comment l'interpréter. Avant de sortir, il m'a soufflé :

— Je… je reviens.

J'ai hoché la tête, déstabilisé. Qu'est-ce qui se passait avec mon ado, au juste ? Mon regard s'est à nouveau posé sur la porte demeurée ouverte de la cave. Je me suis alors rappelé que Jules n'était jamais reparti. Il avait vraisemblablement passé la nuit ici, puis la journée d'aujourd'hui. Il devait donc toujours être là, tout à l'heure, lorsque Théo s'était pointé. Est-ce que mon fils avait été surpris de voir son ami encore ici ? Ou vexé ? J'en doutais.

Pour en avoir le cœur net, je me suis dirigé vers l'escalier, que j'ai lentement descendu. Les lumières étaient restées allumées, mais quelques ampoules devaient être grillées, au plafond. La pièce demeurait assez sombre malgré tout. Je n'avais pas atteint la dernière marche que j'ai de nouveau aperçu le dessus de la tête de Jules, toujours assis sur sa chaise. Ouf…

ça ne sentait pas les roses, par ici. J'en connaissais un qui aurait besoin d'une bonne douche !

Je me suis penché un peu pour apercevoir le visage du jeune squatter.

Je ne pouvais voir que son profil. Jules avait la tête penchée et fixait quelque chose qu'il tenait dans ses mains. Enfin… c'est ce que je me suis imaginé. Je n'ai pas pris la peine de vérifier. Ça devait sûrement être son cell. Puisque je n'avais pas envie de discuter avec lui, j'ai rebroussé chemin avant qu'il ne lève la tête et ne remarque ma présence.

Ce n'est qu'une fois au rez-de-chaussée que je me suis rappelé un détail : le cellulaire de Jules n'était pas allumé. Sinon, son visage aurait été éclairé, à travers la pénombre. Que fixait-il ainsi, dans ce cas ?

Aucune idée…

Mais très franchement, je n'en avais absolument rien à branler.

Je me suis secoué pour effacer la désagréable impression que je ressentais. Je n'avais toujours pas dîné. J'ai attrapé mon portefeuille que j'avais laissé traîner sur le comptoir de la cuisine. Je l'ai ouvert pour m'assurer que j'avais assez de *cash* dedans. Il ne me restait que cinq grosses piasses. À peine de quoi m'acheter un sandwich et une boisson énergisante.

J'ai soupiré, mais j'ai tout de même enfoui le billet au fond de ma poche arrière.

Je sortais au moment où la voiture de Mélanie se garait dans mon entrée. Je n'ai pas pu faire autrement que de m'exclamer de surprise en voyant Théo en descendre. Du côté conducteur. À ma connaissance, il n'avait même pas de permis de conduire ! Qu'est-ce qu'il foutait ? Encore une information que mon ex s'était abstenue de me transmettre…

J'ai voulu poser la question à fiston, mais il s'est précipité une fois de plus à l'intérieur, sans se soucier de moi.

Voilà qu'il me bloquait le chemin avec son auto, maintenant ! Au lieu de m'obstiner et de le forcer à tasser le char, j'ai fait avec. Il faut dire que fiston n'avait pas verrouillé ses portières. En m'assurant qu'il ne revenait pas sur ses pas, je me suis dirigé vers la voiture que j'ai inspectée, mine de rien. Il y avait du change dans le réceptacle prévu pour mettre un verre. Je me suis penché et j'ai tout pris. Mon regard s'est ensuite attardé sur le fond du siège, provoquant un frisson le long de ma colonne.

Le cellulaire de Théo y était tombé. Je l'ai ramassé et l'ai tourné pour l'examiner. J'ai même réussi à l'ouvrir, son code d'accès étant beaucoup trop simple. J'ai fouillé un peu à l'intérieur à la va-vite, mais me suis arrêté lorsque j'ai remarqué un nom dans sa liste de contacts.

Comment se faisait-il que ?... C'était bien la résidence où habitait ma grand-mère, ça ? Mais que ?...

Un bruit provenant de la maison m'a fait sursauter. Je devais me dépêcher si je ne voulais pas que mon fils me surprenne la main dans ses affaires. J'ai retourné l'appareil pour en retirer la coque.

Bingo ! Sa carte de guichet y était. Ainsi que son permis de conduire temporaire. Eh ben... je ne savais même pas qu'il avait commencé ses cours... Autant pour moi. J'ai pris la carte de guichet puis j'ai remis la coque en vitesse, avant d'abandonner le cell là où je l'avais trouvé. Le pas léger, je me suis ensuite dirigé en sifflotant vers le dépanneur, au bout de la rue. Il valait mieux disparaître un instant pour que Théo ne m'accuse pas de quoi que ce soit.

Je peux passer pour vieux jeu, mais je préfère encore que mon fils ne me traite pas de voleur. Peu importe que ce soit vrai ou pas.

Dans le commerce, que j'ai parcouru en vitesse, j'ai perdu un temps fou à attendre mon tour pour m'acheter un simple sac de chips. *Fuck* le sandwich. J'avais aussi pris une boisson énergisante, car je sentais que j'en avais besoin. Il y avait au moins cinq clients devant moi, qui s'impatientaient de plus en plus. J'ai soupiré à m'en fendre l'âme et me suis tassé vers la droite afin de voir ce qui prenait tant de temps. J'ai alors constaté que toute cette attente était due à ma voisine – alias la folle de Jésus. Elle s'obstinait avec le pauvre commis depuis une éternité.

Je n'entendais pas tout ce qu'elle lui reprochait, mais il semblait s'agir d'une histoire de gratteux qu'elle tenait absolument à échanger. J'ai tendu l'oreille, pour finalement me décider à dépasser les autres clients dans l'intention de la rejoindre. Il y a eu des grognements de frustration autour de moi, mais je n'y ai pas porté attention. Je me suis posté à côté de la vieille dame et lui ai demandé :

— Ça va pas ? Besoin d'aide ?

Elle m'a d'abord jeté un regard méprisant puis, me reconnaissant, elle a changé d'air. Elle s'est redressée, a attrapé la pile de billets de loto posée sur le comptoir avant de tourner les talons. J'ai haussé les épaules devant ce manque de savoir-vivre, même si je ne suis guère mieux, par moments. Sans prendre la peine de retourner à la fin de la file, j'ai déposé mes articles devant moi. Une dame dans mon dos s'est plainte que ce n'était pas mon tour, mais l'employé, trop content que je l'aie enfin débarrassé de sa cliente, s'est empressé de scanner mes choses.

J'ai payé avec le petit change trouvé dans l'auto de Mélanie, ce qui a pris un temps fou. En plus, j'ai échappé quelques pièces à terre et j'ai dû les chercher, car elles avaient roulé sous une étagère. Enfin, je suis sorti et j'ai ouvert mon sac de chips pendant que je marchais vers chez moi. Ça m'avait pris une éternité, cette petite excursion au magasin ! Lorsque j'ai tourné dans ma rue, quarante-cinq bonnes minutes plus tard, j'ai aperçu Théo en train de s'installer derrière le volant.

J'ai pressé le pas et suis parvenu jusqu'à lui avant qu'il n'ait pu reculer dans la rue. Pour savoir où il comptait aller comme ça, je me suis écrié :

— Hé, attends un peu…

— Quoi ?! a-t-il répondu, sur le gros nerf.

— Du calme, fiston… Je voulais te dire que j'avais un cadeau pour toi.

Il ne semblait pas super intéressé, alors je me suis dépêché d'ajouter :

— Je t'ai trouvé un appareil photo ! C'est juste un polaroïd, alors tu pourras pas faire développer de photos, mais je pense que tu devrais l'aimer. Laisse-moi juste le temps d'aller le chercher, ce sera pas long.

— Dom, j'ai pas le…

Je ne l'écoutais déjà plus. J'ai couru à l'intérieur pour prendre l'appareil, que j'avais rangé dans ma chambre. Théo tapotait nerveusement le volant quand je suis ressorti en courant pour lui tendre son cadeau. Le voyant, il s'est écrié :

— Ben là ! Ça prendra jamais des bonnes photos ! C't'un polaroïd !

— C'est ce que je viens de te dire. Pis c'est tout ce que j'ai pu acheter.

Il l'a balancé sur le siège arrière, déjà prêt à repartir. Curieux, j'ai repris :

— Au fait... depuis quand tu conduis, toi ?

Il a haussé les épaules, de plus en plus impatient à l'idée de lever son pied du frein pour reculer. Mais je n'avais pas terminé mon interrogatoire. J'ai donc posé la paume de ma main sur le rebord de sa fenêtre et j'ai poursuivi :

— Ta mère, elle te prête son char n'importe quand ? Elle t'a mis sur ses assurances, j'espère. En tout cas, je te le dis tout de suite, tu seras pas sur les miennes ! J'ai pas les moyens de payer pour ça, pis *anyway*, s'il t'arrive un accident, je vais être pogné sans...

— Ben non, j't'emprunterai pas ton auto ! C't'une vraie minoune. Des plans pour qu'elle arrête en plein milieu de l'autoroute... Tu capotes pour rien. Bon, je peux y aller ? On... on a des choses à faire, a-t-il conclu en jetant un rapide coup d'œil à son ami, assis sur le siège passager.

Je me suis penché encore un peu pour m'adresser à Jules. Ouais, l'odeur que j'avais sentie dans le sous-sol, tout à l'heure, provenait vraiment de lui. Il puait sans bon sens ! Mais Théo a brusquement appuyé sur l'accélérateur, faisant ainsi reculer la voiture à toute vitesse dans la rue. Tout aussi hâtivement, il est revenu en marche avant et s'est engagé dans la circulation sans plus se soucier de moi. Je me suis redressé, la main sur la hanche.

Mal à l'aise.

Je n'avais pas pu voir le visage de Jules. C'était étrange, mais j'avais eu l'impression que le jeune n'était pas éveillé. Pourtant, il était assis. Un peu raide, quand même, mais...

Ah, et puis peu importe ! Ça ne me regardait pas. Je me suis remis à piger dans mon sac de chips pour rapidement en toucher le fond. J'aurais dû en acheter un plus gros. Je me suis rabattu sur la boisson énergisante, que j'ai terminée en trois longues gorgées.

Théo avait laissé la porte déverrouillée, alors je suis entré sans avoir à sortir ma clé. Je me suis ensuite demandé si j'allais m'écraser sur le sofa pour jouer en ligne au poker, ou si je me décidais à prendre une bonne douche, question de me décrasser.

Gros questionnement du jour...

Pas facile, la vie de chômeur à temps plein.

J'ai choisi le jeu. Parce que je suis comme ça. Et parce que ça m'évitait de trop réfléchir.

Lundi après-midi, 16 septembre

La nouvelle est tombée le lendemain comme une tonne de briques. C'est Mélanie qui m'a téléphoné pour me l'annoncer, en fin de journée. Elle voulait que je sois au courant, au cas où je verrais Théo. C'est que notre fils ne s'était pas présenté en classe et personne ne savait où il se trouvait depuis son départ pour l'école.

Son ami Jules...

Il avait été retrouvé chez lui, sans vie, le matin même. Mon ex ne m'a pas fourni tous les détails, mais il semblerait que la mort remontait à un certain temps déjà quand ses parents s'en étaient rendu compte. J'ai voulu savoir comment il s'y était pris, mais Mélanie s'est écriée, hystérique :

— BEN VOYONS ! C'est pas nos affaires, ça !

— Non, mais… OK, ouin, t'as raison. Bon, et donc, c'est quoi le plan ? Avec Théo, je veux dire ?

Elle a eu l'air abattue quand elle a répondu :

— Je sais pas… Je… je me sens vraiment à bout de ressources, là. Peut-être qu'il faudrait qu'il consulte un psy ? Ça lui ferait sûrement du bien.

— Arrête avec tes thérapies de marde ! Les psys, c'est pas toujours la solution.

— C'est pas parce que ça nous a pas aidés que c'est la même chose pour tout le monde, tsé ! a-t-elle riposté, à fleur de peau.

Je la sentais sur le point d'éclater en sanglots. Pour calmer le jeu, et parce que je n'aurais pas su comment la consoler, j'ai fini par lui donner raison.

— Bon, ben si tu penses que c'est le mieux qu'il y a à faire, appelle-le, ton psy.

— Oui… oui, c'est ce que je vais faire. Ah, et Dom ?

— Quoi ?

— Si Théo se pointe chez toi, tu me fais signe ? Je suis inquiète, là.

— Ben oui, c'est sûr. Je t'appelle aussitôt que je le vois. Compte sur moi.

Elle a reniflé. Je ne sais pas si c'était parce qu'elle réagissait à mes derniers mots ou parce qu'elle avait vraiment de la peine. Jules... comment avait-il pu se rendre jusque-là ? Théo devait être dans tous ses états. Dire que les deux gars s'étaient vus pas plus tard que la veille.

J'ai tiqué.

Si Jules avait été retrouvé ce matin et que ça faisait déjà un moment qu'il était mort, ça signifiait... Ça signifiait quoi, au juste ? Qu'il était passé à l'acte la veille ? Tout de suite après avoir vu mon fils ? Pauvre Théo... il pouvait bien être catastrophé. Peut-être même se sentait-il coupable, alors qu'il n'y était pour rien. Je l'imaginais sans mal, mon grand sensible, essayer d'aider son ami depuis des semaines, voire des mois.

Pour ce résultat...

Le suicide de son meilleur ami. Théo devait trouver cette situation injuste. J'avais bien envie de lui texter que dans la vie, y a rien de juste. Rien du tout. À la place, j'ai tenté de l'appeler. C'est sans surprise qu'il ne m'a pas répondu. Je suis revenu à ma première idée, la façon préférée de communiquer des ados, et lui ai envoyé un texto.

Salut, fiston. Un petit mot pour te dire que si tu veux passer ici, ça va me faire plaisir qu'on jase ensemble. On est là pour toi, ta mère pis moi. Et on t'aime.

Mouais… ça devrait suffire. Il finirait bien par lire mon message et quand il serait prêt, il me répondrait. Étonnamment, à peine quelques secondes plus tard, je recevais une réponse.

Je peux venir tds ?

Tds ?

Maintenant.

Ah. Oui. Tu viens quand tu veux.

Il m'a envoyé un pouce en l'air et c'est tout. Visiblement, il ne m'écrivait pas pour discuter en long et en large. Au moins, il viendrait. Sûrement rapidement, en plus, selon ce que j'avais compris de cet échange. Je me suis posté devant la fenêtre du salon et effectivement, moins d'une dizaine de minutes plus tard, je voyais mon fils se pointer en remontant la rue à pied. Il ne devait pas être loin, pour arriver si vite. Peut-être traînait-il dans le coin, à ressasser des idées sombres.

Ça m'a fait de la peine pour lui.

Une fois qu'il a été près de la galerie, j'ai ouvert la porte, convaincu qu'il verrait ça comme une marque de bienvenue et qu'il s'empresserait de s'épancher sur l'épaule de son vieux père. Le temps était venu pour la grande réconciliation, et je dois avouer que ça faisait bien mon affaire. Remercier Jules pour ça aurait été un peu mal vu, mais… je n'en pensais pas moins.

Sauf que Théo n'a pas eu l'ébauche d'un sourire. Il a plutôt froncé les sourcils en m'apercevant, puis a grimpé les marches deux par deux avant de se frayer un chemin à l'intérieur. J'ai refermé derrière lui et l'ai suivi, attendant toujours qu'il me dise ce qu'il venait faire chez moi, mais il est resté silencieux. Il s'est plutôt dirigé vers l'escalier de la cave en s'assurant de bien faire claquer la porte dans son dos.

Le rejoindre en bas ou pas ? J'hésitais.

Après quelques secondes, j'ai préféré lui laisser un peu d'air. Et appeler sa mère pour la tenir au courant. Je ne tenais pas à ce qu'elle s'inquiète inutilement. J'ai composé son numéro, mais ce n'est pas sur elle que je suis tombé…

— Allô ?

— Ah, euh… Nicolas ? Tu réponds au cell de Mélanie ?

— Elle est dans le bain, s'est-il dépêché de se défendre. Elle essaie de relaxer. Tu veux que je lui fasse un message ?

— Dis-lui juste que j'ai retrouvé Théo. Il va bien et va sûrement dormir chez moi ce soir. Elle peut me rappeler si elle veut, mais c'est pas nécessaire.

— OK. Je le lui dirai.

— Parfait, ben… bye !

Il m'a cependant retenu avant que j'aie pu raccrocher. D'une voix nerveuse, il m'a murmuré :

— Dom ? Attends, je… tsé, pour l'autre jour ?

Il avait baissé la voix, si bien que j'ai dû lui demander de répéter. Je n'étais pas certain d'avoir entendu la fin de sa phrase.

— Je disais juste que… l'autre jour, quand on s'est croisés au…

— Au *pawn shop* ? ai-je terminé à sa place, vu qu'il semblait plus que réticent à prononcer le nom du commerce.

Cette conversation commençait d'ailleurs à m'intéresser. Est-ce que j'allais enfin savoir ce qu'il était allé trafiquer là-bas ? Il a vite détruit mes espoirs en me suppliant presque :

— Faudrait pas que Mélanie sache que j'étais là. Elle… elle me poserait ben des questions, pis avec votre histoire, tu la connais… Elle apprécierait pas.

De toute façon, j'étais là juste pour voir ce qui se vendait dans ce genre de place.

— Hum, hum... juste pour voir, hein ?

— Dom, mêle-toi pas de ça, a-t-il marmonné en changeant de ton. Je suis pas ton ennemi.

Il a soudain cessé de me parler. Sa voix me parvenait comme en sourdine. D'après moi, il couvrait le microphone de son cellulaire pour que je ne l'entende pas. Mélanie devait être sortie du bain. Mais il a soulevé sa main avant d'avoir fini sa phrase et j'ai entendu ses derniers mots :

— ... retourne au lit. Tout de suite.

Il parlait sèchement à ma fille et ça, je n'ai pas apprécié. Hum... le beau Nicolas était peut-être moins parfait qu'il en avait l'air. Lorsqu'il est revenu à moi, il m'a simplement répété qu'il ferait le message à mon ex, puis il a enfin raccroché. Je suis resté songeur un instant. J'étais de moins en moins certain qu'il avertirait bel et bien Mel. J'ignorais pourquoi j'avais cette impression.

Peut-être que, finalement, Nicolas n'était qu'un enfoiré qui avait profité de nos problèmes de couple pour séduire ma blonde...

J'ai lancé mon cellulaire sur le sofa, près de moi, avant de relever les bras pour les replier derrière ma tête. Je n'avais plus du tout envie de perdre mon temps à penser à cet imbécile. Ni à mon ex. J'avais tenté de la tenir au courant pour Théo : j'avais donc respecté ma part du marché. Je pouvais désormais passer à autre chose.

Sur ces pensées, j'ai pris mon courage à deux mains et me suis remis debout. Ce n'était pas une bonne idée de laisser mon fils ruminer toute la soirée. J'en connaissais un rayon sur le sujet, et je savais à quel point ça pouvait empêcher de dormir. Surtout que fiston, lui, ne pourrait pas s'épuiser dans les jeux en ligne pour oublier ses problèmes.

J'ai inspiré un bon coup puis j'ai ouvert la porte du sous-sol. Sans attendre, je me suis engagé dans l'escalier. J'entendais mon fils trafiquer je ne sais quoi là-dessous et j'étais curieux de savoir ce que c'était. Je me serais attendu à ce qu'il reste assis, prostré et déprimé. Je l'ai plutôt découvert agité comme une fourmi, à travailler sur des photos.

Il était en train d'épingler une de ses photos sur un grand tableau, au-dessus de son divan-lit. Je me suis approché sans même qu'il remarque ma présence et j'ai plissé les yeux pour essayer de déchiffrer ce que je voyais. Lorsque mon œil s'est habitué à la pénombre qui régnait dans la pièce, j'ai grimacé. Sur un des clichés, on pouvait voir une moufette, couchée sur le flanc. Elle reposait par terre, son petit œil fixant le vide. C'était macabre, il n'y avait pas à dire. Surtout que je reconnaissais cet animal. C'était celui qui était venu mourir chez la voisine, la semaine dernière.

J'ai dû avoir un mouvement de recul. Théo a alors tourné la tête et s'est écrié :

— Hé ! Qu'est-ce que tu fais ici ?! C'est ma chambre, t'as pas le droit de descendre !

Au lieu d'essayer de le calmer, la seule chose que j'ai réussi à lui répondre, c'est :

— Je suis quand même chez moi !

Il s'est aussitôt enflammé comme si je venais de l'insulter, et s'est mis à me crier après. Il était si près de moi qu'il me postillonnait au visage. Je n'avais pas réalisé avant ce moment que Théo avait tant grandi. Ni qu'il était quasiment devenu un homme, mine de rien. J'ai tenté de le calmer en lui saisissant les bras, mais il s'est débattu tel un diable et m'a repoussé vers l'escalier d'où je venais.

J'ai bien essayé de hausser le ton pour qu'il se taise et m'écoute, mais rien à faire. Sincèrement, je ne l'avais jamais vu dans cet état. Puis, de la même manière que sa colère avait explosé, sa voix s'est brisée et j'ai vu les larmes couler sur ses joues. Sa résistance s'est amoindrie et j'ai enfin pu le prendre dans mes bras. Et le bercer comme lorsqu'il était bébé et qu'il se réveillait d'un cauchemar en pleine nuit.

J'ai chuchoté des mots calmes dans son cou, qu'il n'a pas dû écouter.

N'empêche qu'il était beaucoup plus réceptif à mes paroles, si bien que je l'ai décollé de moi et l'ai observé un instant. Il avait les yeux rouges, mais son regard conservait une certaine... comment dire ? Instabilité. Comme s'il n'était pas là complètement. Pas mentalement, du moins.

En le soutenant par les épaules, je l'ai invité à monter au rez-de-chaussée avec moi. Il s'est exécuté sans rechigner. Une fois là-haut, je l'ai poussé pour qu'il prenne place sur une des chaises de la cuisine. J'ai constaté, sans vraiment y faire attention, qu'il n'y en avait plus qu'une seule autre. Théo en avait donc descendu une seconde en bas. Sûrement pour que lui et Jules puissent s'asseoir. Maintenant que son ami n'était plus là, ça ne servait à rien de la garder dans sa chambre. J'irais la reprendre plus tard. Ce n'était pas urgent du tout.

J'ai tapoté doucement l'épaule de mon fils, puis je suis allé ouvrir la porte du frigo. La seule chose qui s'y trouvait était les deux canettes de bière que je n'avais pas encore bues. Je les ai saisies et les ai posées sur la table, convaincu que c'était la meilleure chose à boire avec mon fils. Ce soir, en tout cas.

Il n'a esquissé aucun mouvement pour en ouvrir une, alors c'est moi qui m'en suis chargé. Je la lui ai ensuite tendue, et il a fini par la prendre pour la porter à sa bouche. Ce n'est qu'après ça que j'ai osé lui demander :

— Alors… tu veux m'en parler ? De Jules… et de ce qu'il a fait ?

Théo a abaissé le menton. Il a fixé ses doigts un instant, avant de marmonner :

— C'est pas… c'est pas ce que tu crois.

— Essaie toujours… J'ai déjà été jeune. Et con. Même si ça, je le suis encore souvent par moments, tu vas me dire.

Mon fils a eu ce petit sourire en coin, ce qui m'a fait très plaisir. Notre relation n'était peut-être pas une cause perdue, finalement. Après un moment, il a posé les coudes sur ses genoux et s'est penché vers moi. Il avait retrouvé ce regard enflammé, passionné. D'une voix rauque, il a soufflé :

— Jules, il… il était obsédé par la mort. Il… il en parlait tout le temps.

J'aurais pu lui dire que je m'en doutais, vu le geste posé, mais je m'en suis abstenu. Théo n'avait pas terminé, et j'ai eu un peu peur qu'il se taise pour de bon si je prononçais le moindre mot. Je l'ai donc laissé continuer :

— Ç'a commencé cet été, quand on est tombé sur… sur un chien écrasé dans la rue, près de chez maman. Jules était avec moi et est resté à le regarder pendant super longtemps. Il… il a même pris des photos du chien, quand je me suis tanné pis que j'ai voulu partir.

J'ai froncé les sourcils. Prendre une photo du cabot mort… Morbide à souhait. Théo a posé son front dans sa main, a semblé chercher ses idées, pour finalement reprendre :

— C'est pour ça…

Il s'est tu, ce qui m'a poussé à répéter :

— Pour ça quoi ?

J'étais impatient de comprendre.

— Pour l'album, a-t-il dit en soupirant. Que j'ai voulu l'acheter, je veux dire. Je pensais que Jules serait content. Qu'il… qu'il arrêterait de parler de tout ce qui allait mal dans sa vie. Il a eu l'air intéressé, en plus. Super intéressé… Un peu trop, même.

— Je me demandais… Les gens, sur les clichés, ils étaient déjà morts au moment de les prendre en photo, hein ?

Théo a simplement hoché la tête. Puis, il s'est redressé sur sa chaise, a semblé réaliser qu'il était en train de discuter de tout ça avec son vieux père qu'il détestait. Il a grimacé de dégoût, puis s'est levé. Il était en train de me filer entre les doigts, alors je n'ai pas pu faire autrement, je lui ai saisi le poignet pour le retenir. Je ne voulais pas qu'il redescende se cacher dans la cave. Ou pire, qu'il retourne chez sa mère. J'ai pris mon courage à deux mains afin de vérifier :

— Tu m'en veux encore ? Pour quand t'étais petit et que tu te faisais garder par… par elle ?

Il a baissé les yeux vers moi. Ses pupilles étaient dilatées. Je pouvais quasiment apercevoir mon reflet dans le noir de son regard. J'ai pris peur. Je n'ai pas été capable d'attendre qu'il me réponde. J'étais terrorisé à l'idée qu'il acquiesce. Ma gorge est devenue sèche. J'ai été le premier à détourner la tête.

Malgré tout, je l'ai entendu renifler. Je ne savais pas si c'était de peine ou d'écœurement envers moi. À voix basse, j'ai ajouté, parce que je ne pouvais tout de même pas rester là sans rien dire :

— Je t'ai déjà répété des centaines de fois que j'étais désolé. Que si j'avais su ce que tu subissais, je t'aurais jamais laissé seul avec…

Il a émis un bruit d'indignation. Puis, il a murmuré ces quelques mots :

— Tu le savais. Tu savais ce qui se passait quand tu me laissais là. Tu le savais. À. Chaque. Fois.

Une condamnation sans équivoque.

Je me suis mordu les lèvres. Pour m'empêcher de nier. Et de crier. J'ai finalement relâché son bras, et ma main est retombée mollement sur ma cuisse. Il a tourné les talons en silence. Mes épaules se sont affaissées lorsque j'ai constaté qu'il se dirigeait vers la porte d'entrée. Il l'a claquée en sortant.

Pour la première fois depuis bien longtemps, j'ai combattu les larmes qui menaçaient de couler sur mes joues.

Des larmes de remords.

Des larmes d'impuissance.

Des larmes inutiles...

Treize ans plus tôt

Je me gare devant la maison. Cette maison où j'ai été élevé. Où mon père me larguait constamment, supposément parce qu'il avait trop de travail. Sébastien, lui, pouvait s'en échapper. Il était assez vieux pour aider notre paternel au bureau. Pas moi. Je ne sais pas ce que j'aurais donné pour l'être.

Mais à ce moment précis où je viens déposer mon fils pour qu'il se fasse garder, je ne pense plus à ça. J'ai occulté une partie de ce passé. Plus simple.

Je tourne à peine la tête pour dire à Théo de détacher sa ceinture. Avec ses petites mains, il en est amplement capable. Fébrile, il essaie de s'exécuter, mais n'y parvient pas. Comme s'il avait trop hâte de descendre et de rejoindre sa grand-mère. Il se met à chigner après quelques secondes, ce qui m'incite à l'aider. Il attend impatiemment que je termine pour me repousser et sauter par terre.

Je le chatouille pour le retenir. Ça fonctionne à moitié.

Je n'en prends pas ombrage. À son âge, ça lui arrive souvent de se rebeller. De vouloir me prouver qu'il n'est plus un bébé. Je parviens à le prendre dans mes bras malgré ses petits poings qui tentent de se déprendre. Je pose ma main sur sa nuque et colle son visage sur mon épaule en douceur. Je lui chuchote à l'oreille qu'il aura droit à une surprise, à la fin de la journée. Que je lui achèterai un cornet s'il est gentil avec grand-grand-maman.

Il éclate de rire. Il est toujours gentil avec son arrière-grand-maman. Je ne vois pas pourquoi je m'en fais à ce point. Je remonte l'allée menant à la propriété. La porte est ouverte et le visage de ma grand-mère me sourit. Ses yeux me quittent vite pour fixer mon fils. Une fois à sa hauteur, elle passe une main sur sa tête. Lui caresse les cheveux.

Il frémit, se détourne de moi et tend les bras vers elle. Je le chatouille de nouveau, il se tortille comme il peut. Puis, je constate que le temps presse. Mon cellulaire sonne. Ça doit être Mélanie. Elle veut savoir si j'ai déposé Théo comme prévu et si je pars bientôt pour le travail.

Elle ne sait pas encore que je l'ai perdu depuis déjà deux semaines. Le boss m'a mis à la porte pour une histoire d'argent, que j'aurais supposément pris dans la caisse... Il a peut-être raison. Ou peut-être pas. Bref, en attendant de me retrouver quelque chose, je fais semblant de travailler, alors que je me rends au casino presque tous les jours.

D'ailleurs, je suis pressé de m'y rendre. D'abandonner mon fils dans la gueule du loup pour m'y précipiter. Le temps et l'argent commencent à manquer. Ma blonde pourrait remarquer les trous dans notre compte conjoint. Il faut que je me renfloue, et vite.

Mes mains tremblent. Je suis en manque de jeu. Alors je dépose Théo par terre. Il se colle à son arrière-grand-mère aussitôt. Elle le regarde tendrement, glisse sa main dans celle du petit. Elle sourit toujours.

Moi, j'ai oublié.

Je ne veux pas me rappeler ce sourire.

Cet air angélique, ce regard tendre qui savait pourtant si bien me terroriser.

Je savais ce qu'il y avait derrière.

Mais je ne sais plus.

Ou je ne veux plus savoir.

Je confie à ma grand-mère ce que j'ai de plus cher. Je permets au loup de manger le mouton.

Je ne suis qu'un lâche…

Mercredi matin, 18 septembre

Je revenais à peine de l'épicerie. C'est fou ce qu'on peut trouver en grattant les fonds de tiroirs. Ma voisine m'attendait sur ma galerie, visiblement en colère.

Depuis combien de temps était-elle là ? Sûrement un petit moment déjà. Après avoir éteint le moteur de la voiture, j'ai saisi quatre sacs en papier, puis me suis dirigé vers elle. Pas le choix. Je n'allais pas passer par-derrière pour l'éviter. De toute manière, ce n'est pas comme si elle me faisait peur non plus. Qu'est-ce qu'elle me voulait ? Malgré son visage trop rouge, elle ne me semblait pas représenter une grande menace.

Et dans ce domaine, je m'y connaissais…

J'avais à peine grimpé la première marche qu'elle m'interpellait :

— Il y en a eu un autre !

J'ai essayé d'atteindre la seconde marche, mais la vieille ne m'en a pas laissé l'occasion.

— Je savais que ça arriverait…

En soupirant, j'ai demandé :

— Bon… c'est quoi, le problème, au juste ? Y a un autre quoi ?

Elle a plissé les yeux. À cause de ses rides déjà existantes, ils ont disparu dans son visage, ne laissant place qu'à de minces lignes noires. J'ai attendu qu'elle m'explique, même si je commençais à m'impatienter. C'est que mes sacs étaient lourds, et que j'étais sur le point de tout échapper.

— L'oiseau ! Il était couché sur ma table de pique-nique, dans ma cour arrière. Il n'est pas arrivé là tout seul.

J'ai légèrement secoué la tête pour bien montrer que je n'en avais rien à cirer de son histoire d'oiseau, mais tandis que je faisais un mouvement pour poser le pied sur une autre marche, un des sacs s'est déchiré. J'ai basculé vers l'avant dans le but que rien n'en tombe, ce qui fait que j'ai bien failli heurter la voisine. Elle s'est tassée juste à temps, toujours aussi énervée.

Cette fois, pas le choix. J'ai déposé les sacs sur les planches de bois et j'ai essayé de rattraper les pommes qui avaient roulé vers les jambes de la vieille folle. Elle a donné un petit coup sur les fruits, comme pour m'aider, mais avec juste assez de force pour produire un petit «poc». Crisse…

Pour une fois que je m'efforçais de bien nourrir mes flos, cette fatigante était en train de tout ruiner! Je me suis redressé et, même si ce n'était pas dans mes habitudes, j'ai haussé le ton pour qu'elle en vienne au fait le plus vite possible. J'avais hâte qu'elle me laisse tranquille.

— C'est quoi, l'ostie de rapport avec moi?!

Peut-être a-t-elle enfin compris l'urgence de la chose, puisqu'elle s'est écriée:

— Il était mort! LUI AUSSI! Je parierais que c'est encore un de vos enfants qui l'a déposé sur ma table. S'ils se trouvent drôles, vous leur direz que…

— Minute, minute… mes enfants sont chez leur mère, ça peut pas être eux!

— Pourtant, c'est votre fils qui est venu vous voir lundi dernier, non? a-t-elle insisté.

— Oui, mais il est reparti aussitôt. De toute façon, j'aime pas trop vos insinuations. Mes enfants feraient jamais un truc pareil. Vous avez fini de chialer, maintenant? J'ai d'autres choses à faire!

Elle était si énervée qu'elle en tremblait de fureur. Je l'ai facilement repoussée pour atteindre la porte, que j'ai déverrouillée et ouverte rapidement avant de retourner chercher ce qui restait dans la voiture. La vieille ne m'a pas laissé tranquille pour autant. Elle restait là, inspirant et expirant difficilement, de toute évidence insultée par la manière dont je lui avais répondu.

J'ai alors remarqué le pick-up noir qui venait de déboucher dans notre rue. Il arrivait à toute vitesse. Ce n'est cependant pas ce qui m'a mis la puce à l'oreille. C'est plutôt les deux gros gars qui s'apprêtaient à en descendre pour me rendre une petite visite.

Fuck! Pas encore!

La vieille ne les pas vus tout de suite, si bien qu'elle s'est permis de continuer à laisser éclater sa rage:

— Je l'ai vu rôder près de ma cour! Il était tout seul, cette fois, mais je sais que c'était lui! L'autre, là, son ami, il n'était pas là. Mais je ne suis pas folle! Je sais encore reconnaître un ado quand je...

Elle a bien été obligée de se taire quand Serge et JF ont remonté l'allée, puis les marches de ma galerie pour se poster près de nous. L'obsédé de l'urine a posé sa grosse main sur l'épaule de ma voisine, l'obligeant ainsi à reculer d'un pas. Elle a levé son menton tremblant vers lui, mais il a lentement secoué la tête pour lui faire comprendre qu'il serait préférable pour elle de garder le silence. J'ignore ce qui s'est passé dans sa petite tête, mais elle s'est mise à tousser, plus choquée que jamais. Si je n'avais pas su que j'allais bientôt vivre un calvaire, j'aurais carrément éclaté de rire devant sa réaction. Mais j'étais plutôt occupé à grimacer intérieurement, de plus en plus nerveux.

Sûrement par pure bonté – *yeah right!* – les deux fiers-à-bras ont lâché la vieille des yeux et m'ont entouré de leur haute silhouette. À mon oreille, JF a murmuré :

— On règle ça ici ou on va faire un petit tour, tous les trois ?

— Non, non, je... j'arrive.

Peu importe ma réponse, ils ne m'auraient pas laissé partir, alors autant me plier à leur volonté. Ce serait moins douloureux..., me suis-je convaincu, les doigts croisés.

J'ai refermé la porte de chez moi et j'ai descendu les marches de la galerie, toujours bien encadré. Derrière nous, ma voisine reprenait lentement contenance. Elle m'a crié que ça n'en resterait pas là. J'ai pressé le pas, de peur que mes nouveaux amis ne décident de la faire taire pour de bon. Elle me tapait sur le système, mais pas au point de vouloir sa mort, tout de même.

Les gars n'allaient pas me permettre de marcher à mon rythme. J'ai senti des doigts s'enfoncer dans mon cou, appuyant fortement pour s'assurer que je souffrais. Mais j'ai été conditionné il y a longtemps... alors je n'ai rien dit. Ils m'ont ensuite poussé à l'intérieur du pick-up, où je me suis retrouvé pris entre les deux. Leurs épaules et leurs cuisses prenaient beaucoup de place, il en restait d'autant moins pour moi.

Les gars ne se souciaient pas trop de ma présence. Serge, qui conduisait, a allumé la radio, mais JF, assis à ma droite, a lâché un juron. Il ne s'est d'ailleurs pas gêné pour s'écrier :

— Pas encore ta crisse de musique ! Ferme ça ! a-t-il ordonné en tendant le bras vers le bouton.

— Hé, décrisse, pis mêle-toi de tes affaires ! J'aime ça l'entendre quand je chauffe, a répliqué Serge en assénant une tape sur la main de son chum.

— Tu m'énarves !

— C'est toi qui m'énarves !

J'avais quasiment l'impression d'assister à une chicane de couple. J'ai décidé de prendre mon mal en patience et de me faire le plus petit possible. Peut-être que par je ne sais quel miracle, on finirait par m'oublier...

Mon souhait n'a évidemment pas été exaucé. Moins d'une vingtaine de minutes plus tard, le pick-up s'est engagé vers le quartier industriel. J'ai senti mes poils se hérisser sur ma nuque. En gros, on allait là où il n'y aurait aucun témoin… Ce n'était pas bon, ça. Pas bon du tout.

Je me suis raclé la gorge pour demander d'une petite voix:

— Les gars, est-ce que…

— Ta yeule, m'a coupé mon adorable chauffeur.

J'ai hoché la tête. D'accord. Je pouvais faire ça. Me la fermer et attendre. Je savais être d'une patience exemplaire, quand il le fallait. Je me suis fait encore plus petit. J'ai rentré la tête le plus possible dans mes épaules.

Nous avons tourné dans une ruelle, derrière une ancienne usine de transformation de papier. Le stationnement était désert. La bâtisse, en décrépitude. Elle devait être vide depuis un moment déjà. Bref, comme je le disais, aucun témoin gênant. J'ai retenu un soupir. Je n'ai pas pu faire pareil avec le frisson qui m'a parcouru.

Dès que le moteur s'est arrêté, JF m'a agrippé par une épaule pour m'entraîner dehors à sa suite. Pas très doucement. J'ai même failli m'écraser le nez par terre, mais j'ai rétabli mon équilibre juste à temps. Serge a grogné un peu vu qu'en ouvrant la portière, sa fichue musique s'était arrêtée. Il est tout de même descendu du camion pour nous accompagner. Nous avons avancé de quelques pas avant qu'on me donne une poussée, que je trébuche et tombe durement sur les genoux. Je n'ai pas pris la peine de me retourner. Plus j'étais coopératif, moins ça ferait mal... Non ?

Sauf que les deux sbires avaient visiblement autre chose en tête. Puisque le temps s'éternisait, je leur ai jeté un coup d'œil. Serge a fouillé dans sa poche et en a sorti un paquet de cigarettes. Il en a pris une, qu'il a glissée entre ses dents pour l'allumer avec son briquet d'un geste habile du pouce. Il a ensuite longuement inspiré, puis a rejeté un mince filet de fumée. Pendant ce temps, son compagnon fixait l'horizon, comme s'il attendait quelque chose.

Ou quelqu'un...

Et ce quelqu'un s'est bel et bien pointé. Une quinzaine de minutes plus tard, pour être exact. J'avais finalement décidé de prendre une position plus confortable : assis, le dos courbé, les jambes allongées devant moi.

Le nouveau est arrivé en gros VUS. Le véhicule s'est arrêté à quelques mètres seulement de nous. On peut dire ce qu'on veut de moi, mais pas que je suis lent à comprendre. Avant même que la portière s'ouvre, je savais qui allait en descendre. Un homme a posé le pied à terre, et j'ai juré entre mes dents.

Fuck... Voilà Fred qui débarquait. Le boss, quoi.

Identique à toutes les fois où je l'avais croisé : les cheveux lissés vers l'arrière, un bouc bien découpé et toujours ce regard qui louchait. Un de ses yeux partait vers la droite, ce qui avait tendance à me déconcentrer quand je lui parlais.

La dernière fois que j'avais vu Fred, c'était quand il m'avait demandé de venir dans son bureau après une soirée désastreuse aux tables de poker. Il m'avait alors fait comprendre que je lui devais une petite fortune, et qu'il n'hésiterait pas à me trouer la peau si je ne remboursais pas ma dette.

S'il était là aujourd'hui, c'est qu'il en avait assez que je joue au mort sans lui donner de nouvelles. Il était clairement venu pour régler les choses pour de bon. Cette fois, ce ne serait pas mon anus qui allait souffrir le plus.

Je n'avais jamais autant souhaité qu'on me sodomise de ma vie…

J'ai haussé les sourcils en le regardant avancer vers nous. Vers moi. Il m'a fixé un long moment avant de lever une main pour claquer des doigts. Aussitôt, un de mes deux meilleurs amis s'est précipité vers le VUS. Il a agrippé quelque chose… pardon, quelqu'un, et l'a balancé hors du véhicule.

Un jeune homme. Pas un ado, mais tout de même à peine adulte. Il ne devait pas être tellement plus vieux que mon Théo. C'est sûrement ce qui m'a fait le plus mal. Comment avait-il pu se retrouver dans une telle situation à son âge ? Moi, j'avais au moins attendu mes quarante ans avant d'être dans la marde jusqu'au cou.

Le jeune a tenté de ramper au sol, mais le costaud lui a plaqué un pied entre les épaules, s'assurant de lui aplatir la tête bien comme il faut sur l'asphalte. Puis, il a sorti un *gun* de sa ceinture.

Fuck, fuck, fuck !

J'ai avalé de travers. Fred, lui, a enfin daigné m'adresser la parole.

— Ah, mon cher Dom... Je suis venu m'assurer que le message passerait bien, cette fois...

Il a pointé le jeune avant d'ajouter :

— Tu le vois, lui ? Il s'appelle Félix. Dis bonjour au monsieur, Félix.

Le gamin a grogné sans pouvoir prononcer le moindre mot tant le soulier de Serge lui écrasait la gorge. Le boss a soupiré, puis a repris, pour moi :

— Félix a des petits problèmes d'argent, lui aussi. Et il peut plus payer. Comme tu sembles être visuel, je me suis dit que j'allais te montrer ce qui t'attend si la semaine prochaine, tu règles pas ta dette...

Il a signifié à son homme de main de s'exécuter. Serge ne s'est pas fait prier. Il a abaissé son *gun* et l'a posé sur le front du jeune, qui a bien essayé de marmonner quelque chose. On n'a pas trop compris ce que c'était...

Parce que quand on est mort, étonnamment, nos cordes vocales cessent de fonctionner assez vite merci.

J'ai sursauté au moment où la balle est sortie. Moins que le jeune, par contre, dont le corps s'est figé après un soubresaut, tandis que son sang éclaboussait l'asphalte derrière lui par la même occasion, répandant fluides et bouts de cervelle.

Je me suis tourné à demi pour bien vomir la bile qui me remontait dans l'œsophage.

Fred, insensible à mon malaise – et à la mort du dénommé Félix –, a ricané tout bas. Il a fait un signe à un de ses sbires. JF a sorti un couteau et s'est avancé vers le cadavre avant de s'accroupir. Grâce à la lame, qu'il a glissée sous un œil, il a... il l'a fait *popper* comme un bouchon de champagne.

Je me suis remis à vomir.

Fred a alors fait preuve d'empathie puisqu'il a attendu que je m'essuie la bouche pour souligner :

— C'est drôle... Félix doit avoir le même âge que ton fils. Théo, c'est ça ?

J'ai figé. Et je n'ai pas pu me retenir de lui lancer un regard menaçant.

Bon… « Menaçant » est un bien grand mot, mais disons que j'essayais de l'être. Un peu. Fred n'a pas apprécié. Il s'est approché à grands pas de moi et s'est incliné bien bas. En bon couillon que j'ai toujours été, j'ai rentré le menton, de peur qu'il me touche. Sans me laisser une chance de reculer, il a saisi le col de mon chandail et m'a traîné jusqu'au cadavre. Puis, comme un chien qu'on veut obliger à renifler le caca qu'il vient de faire dans la maison, Fred m'a frotté le nez contre le crâne troué. J'ai senti mon visage se couvrir de sueur. Mes lèvres effleurer la peau de Félix.

J'ai grimacé et fermé les paupières, sans toutefois me défendre. Fred, énervé, m'a secoué, avant de crier à mon oreille :

— OUVRE LES YEUX !

Avant même d'obéir, je me suis revu.

Des années plus tôt.

Dans une situation quasi similaire…

Quarante ans plus tôt

Je n'aime vraiment pas ce que je vois. Je déteste quand ma grand-mère fait ça. Me forcer à les examiner sous toutes les coutures. Tous ces corps, raidis par la mort. Ces animaux, étrangement venus mourir dans la cour. Surtout que je commence à me douter que c'est ELLE qui les empoisonne. Je suis jeune, pas idiot.

L'animal est posé sur la table. À la hauteur de mon nez. Je ne suis pas bien grand encore et je ne la dépasse guère de plus d'un centimètre ou deux. Alors je peux observer la fourrure tachée de sang. La langue pend mollement. Et les yeux… les yeux qui me fixent. Sans me voir.

Les yeux morts, ça ne voit rien.

J'ai rapidement compris ça même si les premières fois, c'est ce dont j'avais le plus peur. Comme si le fait de me fixer, une fois décédé, pouvait être une façon de m'entraîner de l'autre bord à mon tour. Ou de me jeter un sort horrible.

Ma grand-mère chantonne derrière moi. Elle est de très bonne humeur. Ça se sent dans sa voix. Je sais reconnaître les rares moments où elle est heureuse. Où elle croit qu'une connexion s'est établie entre elle et moi. Où elle est fière de moi.

À cet instant précis, après m'avoir ordonné de rester là sans bouger, elle l'est.

Oh oui, elle l'est…

Je me doute bien que le pire reste à venir. Elle nettoie sa coutellerie dans l'évier. J'entends les couteaux s'entrechoquer. Elle les essuie toujours minutieusement. Elle en a encore pour plusieurs minutes. Pourquoi me demande-t-elle toujours d'assister à ça ?

L'odeur me lève le cœur. J'ai envie de vomir. Un spasme me surprend. La voix de ma grand-mère se tait aussitôt. Je ravale l'acide qui monte dans ma gorge. Mes yeux se remplissent d'eau, mais elle ne peut pas les voir. Tant que je ne bouge plus, tout va bien aller.

Une longue minute plus tard, grand-maman chantonne de nouveau. Elle a tous ses couteaux dans une main et se poste à ma droite. Elle les dépose près du cadavre. Près de moi. Elle tapote sur la table. Je prends une grande inspiration.

Puis, je lève le bras et saisis l'arme qu'elle me pointe…

Mercredi, suite…

Un des yeux de Félix me fixait. JF avait pris soin de retirer l'autre, qui avait dû rouler je ne sais où. Celui qui restait était pour le moins intimidant. J'ai essayé de détourner le visage une fois de plus, mais Fred, au-dessus de moi, ne m'en a pas laissé la chance. Ses doigts se sont immiscés dans mes cheveux et les ont serrés fermement.

J'aurais bien émis quelques réserves face à la manière dont il me traitait, mais mon instinct de survie m'a clairement fait comprendre que j'étais mieux de fermer ma gueule. Je lui ai obéi. À mon instinct, je veux dire. Parce que je ne suis pas un sombre crétin. Pas toujours, en tout cas.

Je me suis concentré sur autre chose. Sur cette couleur vermeille, qui n'était pas si laide, au fond.

Sur le blanc de l'œil, en train de s'assécher. L'envie de vomir m'avait quitté. J'étais à peu près certain de ne pas avoir de malaise. Je pouvais gérer.

Mon agresseur s'en est rendu compte, et ça ne lui convenait pas. Il semblait apprécier son emprise sur ses endettés. Comme si cela sortait de nulle part, il m'a murmuré :

— Allez... lèche...

J'ai soupiré. Foutu désaxé.

C'était quoi, l'idée ?!

Bien sûr, je n'allais pas argumenter. Il voulait que je lèche, j'allais lécher. J'ai entrouvert mes lèvres et sorti un petit bout de ma langue. Serge et JF ont échappé de gros rires gras, signe qu'ils prenaient leur pied, eux aussi. Quelle belle bande de décérébrés !

J'ai donné un coup de langue, puis je l'ai rentrée aussi vite. Évidemment, ça n'a pas plu à mon tortionnaire, qui s'est écrié :

— Wô, wô ! Recommence, mais plus lentement ! Prends ton temps, cette fois...

Je lui ai jeté un coup d'œil. Il était carrément excité par la situation. Dégoûté, j'ai rouvert la bouche, et en espérant que ça se terminerait au plus vite, j'ai pris soin de parcourir le globe oculaire de long en large dans un mouvement de haut en bas. Avant d'avoir une fois de plus remballé mon organe, j'ai senti des doigts m'encercler la mâchoire pour que je referme mes dents… sur ma langue.

J'ai battu des mains, mais Serge et JF sont venus prêter main-forte à leur boss, qui riait de plus belle. Ils m'ont rabattu les bras dans le dos, tandis que Fred appuyait sur ma mâchoire de plus belle.

Un goût métallique m'a envahi la bouche. Mes yeux se sont remplis d'eau. Sans oublier la honte que je ressentais en me disant que je devais ressembler à une huître sur laquelle on presse pour maintenir sa petite langue blanche sortie.

La mienne s'était mise à saigner. Abondamment. On oublie à quel point cet organe est gorgé de sang. J'ai essayé de cracher le surplus qui s'accumulait dans ma bouche et qui me coulait dans la gorge. Voyant que j'étais en train de m'étouffer, Fred a enfin daigné me relâcher. Ses hommes de main, eux, ont gardé mes bras solidement repliés dans mon dos, si bien que j'ai eu toutes les misères du monde à reprendre mon souffle.

Le *big* boss, de son côté, a reculé d'un pas pour ne pas recevoir de gouttes de sang, puis s'est exclamé :

— T'es ben dégueulasse !

J'ai continué de cracher un peu, pour finalement rétorquer :

— Crisse… je vais te rembourser, je t'ai dit ! Pas besoin de… de tout ça !

Il s'est penché une fois de plus pour murmurer, son visage si près du mien que je ne savais plus si je devais fixer son œil droit ou le gauche. Faut dire que dans son cas, on ne savait jamais trop :

— Je te donne jusqu'à dimanche.

— Hein ?! me suis-je écrié en me redressant comme je le pouvais. Il me restait plus de temps que ça !

— J'ai changé d'avis. Quatre jours… ça devrait te laisser amplement de temps pour trouver l'argent.

— *Come on*, Fred… Vingt mille piasses… comment tu veux que je…

— De quoi tu parles, vingt mille ? m'a-t-il coupé en se redressant.

— Ben, c'est ce que je te…, ai-je bredouillé, un mauvais pressentiment se frayant un chemin le long de ma colonne vertébrale.

— Ça, c'était au début… y a plus de trois semaines. On est rendu à trente mille, mon cher.

J'ai écarquillé les yeux, ce qui l'a incité à continuer :

— Faut me comprendre. Je perds des intérêts, là ! Pis c'est ta faute, Dom… c'est toi qui as voulu jouer à mes tables même si t'avais pas une cenne. Je t'ai fait confiance. Dans le fond, celui qui s'est fait avoir, c'est moi…

J'ai secoué la tête tandis que des sueurs froides m'envahissaient. Je n'étais déjà pas capable d'accumuler le premier montant, comment est-ce que j'allais bien pouvoir atteindre le nouveau ? Je n'avais plus trente-six mille solutions. Il me faudrait prendre les grands moyens.

Pendant que je réfléchissais aux conséquences de tout cela, j'ai senti qu'on forçait pour me remettre sur pied. Fred s'éloignait déjà en me répétant :

— Dimanche… Pis pas besoin de te déplacer. On viendra te voir.

Sur ces mots, il a ouvert la portière de son VUS, s'est installé derrière le volant. Il a ensuite reculé à toute vitesse, s'assurant ainsi que sa roue arrière écrase ce qui restait de la tête du pauvre Félix.

Je n'ai pas été le seul à détourner le regard. Les deux sbires, de chaque côté de moi, m'ont imité. Seul le bruit du crâne qui se brisait nous est parvenu, avant que le crissement des pneus résonne.

Sans prononcer un seul mot, Serge et JF m'ont ramené dans leur pick-up. Avant de démarrer, Serge a demandé à l'autre :

— Pis le corps ?

— Quoi, le corps ?

— On peut pas le laisser là ! s'est impatienté le premier.

J'ai risqué un rapide coup d'œil vers la victime. Je doutais que qui que ce soit parviendrait à l'identifier, vu son état. Les deux idiots se sont quand même mis à s'obstiner sur le sujet, se préoccupant très peu de connaître mon opinion.

— Le boss sera pas content si on le laisse là.

— Tu veux que je fasse quoi ? Que je ramasse son restant de cerveau sur l'asphalte pis que j'aille l'enterrer ?

— T'es cave ! a répliqué Serge. Je sais pas, moi… Fais comme l'autre fois.

JF nous a clairement fait savoir que ça l'emmerdait en sacrant abondamment, mais il est tout de même descendu du pick-up d'un pas lourd. Il s'est dirigé vers le cadavre, a sorti une flasque de sa chemise et en a répandu le contenu sur le corps. Avant de la refermer et de la ranger, il en a avalé la dernière gorgée. Sans perdre de temps, il a ensuite sorti son briquet et l'a laissé tomber sur le cadavre.

Le feu n'a absolument pas pris. À peine une petite flamme de rien du tout. Serge, toujours dans la voiture, s'est sorti la tête pour lui crier d'arrêter de jouer au con et de prendre de l'essence, à la place. JF a grogné tout bas, mais est tout de même venu chercher un bidon dans la boîte, derrière.

Une fois copieusement aspergé, le corps s'est bel et bien enflammé. JF a dû reculer, un bras lui cachant le visage. Après un moment, il a hoché la tête, visiblement satisfait, avant de revenir vers nous. Il a sauté sur son siège, a donné une tape sur le cadre de la fenêtre, ce qui a semblé être le signal de départ pour me ramener chez moi. Enfin… je l'espérais. Je n'ai pu faire autrement que de croiser les doigts, juste au cas où l'un des deux – c'était bien le genre de Serge, ça – annoncerait qu'il avait une petite envie pressante…

Par chance, les gars ne semblaient pas dans cet état d'esprit. Ils n'ont pas prononcé le moindre mot sur le trajet du retour. Même pas d'allusions à ce qu'ils auraient bien aimé me faire subir, s'ils en avaient eu le droit. Rien. Que la musique de Serge qui résonnait dans l'habitacle, tandis que JF soupirait sans arrêt.

Une fois devant ma maison, JF a ouvert la portière et m'a carrément balancé à l'extérieur pendant que Serge ralentissait à peine. Je me suis bien sûr éraflé les genoux et les paumes des mains, mais ce n'était pas le pire…

Non. Là, toujours sur le balcon, je pouvais voir que la crème glacée achetée un peu plus tôt avait fondu presque en entier. Son contenu s'était répandu sur les planches de bois, ce qui serait plutôt difficile à nettoyer. J'imaginais déjà les mouches se régaler de cette substance sucrée…

J'ai lâché un ou deux jurons, puis j'ai saisi le sac en papier afin de le rentrer à l'intérieur. La porte, bien sûr, n'était pas verrouillée. Je n'en avais pas eu le temps. Je suis allé vider le contenu de mon épicerie du matin dans la cuisine. J'ai dû jeter ce qui n'était plus bon à la poubelle. À part la crème glacée et du steak haché, le restant pourrait toujours être récupéré.

Tout de même frustré de la situation – et encore énervé par ce qui venait de m'arriver –, j'ai posé les poings sur le comptoir, question de reprendre mon souffle. Les battements de mon cœur ne s'étaient toujours pas calmés, et j'avais quasiment peur qu'ils ne le fassent jamais.

Après quelques minutes sans bouger, j'ai enfin pu reprendre une respiration plus normale. J'ai lentement relevé la tête, puis je me suis résolu à rendre visite à la seule personne qui avait assez de *cash* pour me dépanner rapidement : mon frère. Il avait eu beau refuser au téléphone, il ne serait pas capable de me dire non en pleine face.

J'ai tourné les talons, abandonnant tout sur place, et j'ai foncé vers ma voiture où deux autres sacs remplis de bouffe périmée m'attendaient. En rageant, j'ai dû m'y reprendre à quelques reprises pour réussir à démarrer le moteur. Lorsque j'y suis parvenu, j'ai lâché un cri de victoire. Pressé d'arriver, j'ai fait un peu de vitesse, sans exagérer non plus.

Quatre jours…

Trente mille piasses…

J'ai donné un coup sur le volant. C'était sûrement le seul que je pouvais maltraiter sans devoir en subir les conséquences. J'ai encore accéléré, mais j'ai dû ralentir en passant près d'une trappe à *tickets*. Je savais très bien où se cachaient les policiers, et ce n'était absolument pas le temps d'être arrêté pour excès de vitesse.

Finalement, j'ai débouché dans un quartier résidentiel. J'ai reniflé. Autant de frustration que de jalousie. Pourquoi, moi, je ne vivais pas dans un endroit pareil, hein ? Pourquoi, moi, je n'avais pas eu la même enfance que mon frère ? Pourquoi, moi, j'avais…

Ah et puis *fuck !* Dans le fond, Sébastien me devait de l'argent. Pour tout ce qu'il avait eu et pas moi. Voilà ce que je lui dirais en cognant à sa porte ! Voilà ce que je lui mettrais en pleine face, quand il me verrait.

Sauf que ce n'est pas lui qui m'a ouvert la porte…

Non, c'est sa femme.

Ma belle-sœur chérie… qui me déteste encore plus que mon ex. C'est tout dire.

Le pire, c'est que Micheline, contrairement à Mélanie, n'avait aucune raison de me haïr de la sorte. Je ne lui avais rien fait, que je sache. C'est à Sébas que j'avais volé un peu d'argent quand j'avais été pris à la gorge, l'an passé. OK, leurs comptes sont conjoints, à elle et à mon frère, mais il gagne le double de son salaire ! Je veux dire... elle se plaignait pour rien. Surtout qu'elle menait la grande vie grâce à lui. Elle ne se privait de rien. Elle voyageait à la moindre occasion et avait des REER bien garnis.

Finalement, c'est peut-être à elle que je devrais emprunter du *cash*, et non à mon frère...

Sur cette toute nouvelle motivation, j'ai changé de tactique lorsque nos regards se sont croisés. Je lui ai décoché mon plus beau sourire. Elle n'a évidemment pas été dupe et y a répondu par un long soupir.

— Hé... Mich ! l'ai-je saluée en me penchant pour l'embrasser.

Elle a reculé d'un pas, signifiant ainsi assez clairement son refus que je termine mon geste. J'ai fait comme si je n'avais pas remarqué et l'ai attrapée par la taille pour la coller à moi. Je lui ai asséné de gros becs sur les joues, puis je l'ai relâchée et lui ai laissé le temps de s'essuyer. Le tout sans perdre mon faux air enjoué et mon sourire des plus manipulateurs.

— Sébas est pas là, m'a-t-elle annoncé avec une moue méprisante.

— C'est pas grave, c'est pas lui que je venais voir !

Sur ces mots, je me suis immiscé entre elle et le cadre pour pénétrer dans la maison, invitation ou pas. Elle a lâché un grognement de stupeur avant de refermer la porte pour me suivre à la trace.

À croire qu'elle avait peur que je vole quelque chose…

Faut dire que c'est beau, chez mon frère. Il y a des bibelots dans tous les coins et des tableaux qui ornent chacun des murs. Je me suis demandé combien ils valaient, d'ailleurs. Et surtout, si ce genre d'œuvres d'art était facile à revendre…

J'ai vite abandonné le projet, car je doutais de pouvoir sortir d'ici avec quoi que ce soit sans que *miss* chien de garde s'en rende compte. Elle ne me lâchait pas d'une semelle, si bien que je me suis demandé si elle avait aussi envie d'entrer dans mes culottes. Je me suis brusquement arrêté dans le couloir et elle m'est effectivement rentrée dans le dos en lâchant un petit cri d'étonnement. Je l'ai galamment rattrapée, puis je lui ai susurré :

— T'as maigri, toi…

— Pantoute. Je rentre pus dans rien, a-t-elle répliqué d'un ton bourru en reprenant son équilibre. Pis arrête un peu… je vois clair dans ton jeu, Dominic Fortier !

J'ai posé la main sur mon torse et fait mine d'être surpris. Elle ne s'est pas souciée de ma fausse réaction et m'a contourné pour gagner la salle à manger. Cette fois, c'est moi qui l'ai suivie. Il n'était pas question de repartir d'ici les mains vides.

— Tu m'offres quelque chose à boire ?

Micheline m'a jeté un coup d'œil morose avant d'ouvrir une porte d'armoire pour en sortir un verre. Elle s'est ensuite rendue jusqu'à l'évier, où elle s'est contentée de me le remplir d'eau. Tiède, si j'en jugeais par le temps qu'elle avait laissé couler le liquide du robinet.

Je n'ai émis aucun commentaire et me suis contenté de prendre une gorgée. Puis, j'ai déposé le verre sur la table, devant moi. Ma belle-sœur s'est versé, pour sa part, une boisson gazeuse dans laquelle elle a ajouté une rasade de rhum. J'en aurais bien pris moi aussi, mais je doutais qu'elle s'exécuterait si je lui en faisais la remarque. J'ai plutôt attendu qu'elle soit assise pour me lancer dans le vif du sujet :

— Tu te doutes sûrement de pourquoi je suis là, hein ?

Elle a esquissé une moue, mais m'a tout de même laissé continuer.

— C'est... c'est Théo. Il file un mauvais coton. Son... son meilleur ami vient de se suicider.

— Oh mon Dieu ! a aussitôt réagi Micheline. T'es pas sérieux ?

J'ai pincé les lèvres et hoché la tête pour bien montrer à quel point cette situation me virait à l'envers. J'étais bon. Elle me croyait. Je la sentais perdre sa réticence à mon égard.

— Comment c'est arrivé ? a-t-elle demandé.

— Je sais pas trop… Théo veut pas en parler.

— Je le comprends ! Pauvre chou d'amour… Si c'est pas triste de savoir qu'un jeune peut se… Il avait la vie devant lui !

Elle a papilloté des paupières, signe qu'elle retenait ses larmes. Hum… elle était plus sensible que je l'aurais imaginé, la Micheline. Le suicide de Jules n'était qu'un appât. Je ne me doutais pas qu'elle y mordrait à pleines dents. C'est vrai que mon fils est le filleul de Sébastien et Micheline, et qu'ils l'avaient toujours abondamment gâté.

La voilà déjà qui ajoutait :

— Il faudrait peut-être… je sais pas… envoyer des fleurs à Théo ? Pour qu'il sache qu'on pense à lui et qu'on l'aime ?

— Bah, ai-je dit en balayant l'air d'une main. Oublie les fleurs. Ça va le gêner plus qu'il faut. Tu connais les ados…

Elle n'a pas commenté, car malheureusement, non, elle ne connaissait pas ça tant que ça, vu qu'elle et mon frère n'avaient jamais été capables de concevoir d'enfants. Faut croire qu'il y avait bel et bien une justice dans ce monde…

Après avoir haussé les épaules de manière nonchalante, j'ai suggéré :

— Je sais pas… Un petit montant d'argent, peut-être ? Ça lui ferait plaisir et il saurait que vous pensez à lui.

— Oui… c'est bon, ça. Attends, je vais lui donner un chèque, a décidé ma belle-sœur en se relevant pour aller chercher son sac à main.

Je me suis mordu les lèvres, un peu nerveux. Un chèque… ce n'était pas très bon, mais c'était mieux que rien, me suis-je dit. Je pourrais imiter la signature de fiston et l'encaisser à sa place. Ni vu ni connu. Sauf qu'au lieu de revenir avec son chéquier, Micheline m'a interpellé du salon. Je me suis remis sur mes pieds et suis allé la rejoindre. Sur place, je l'ai trouvée devant la porte, qu'elle avait ouverte en grand. D'un geste de la main, elle m'a pointé l'extérieur avant de déclarer :

— Pensais-tu vraiment que j'allais te donner de l'argent pour ton fils ? Tu me prends pour une conne ou quoi ? Tu crois que je le sais pas que ça se serait jamais rendu jusqu'à lui ? Fous le camp, Dom ! Je vais appeler directement Théo, pis si ton histoire est vraie, je vais me faire un plaisir de lui transférer des sous. Mais toi, t'en verras jamais la couleur ! Envoye, dégage !

La chienne...

Je l'ai dépassée et suis sorti la tête haute. Ouais, j'avais peut-être essayé de lui en passer une petite vite, mais ça ne voulait pas dire qu'elle valait mieux que moi. Elle aussi, c'était juste une profiteuse ! Pis qu'elle mange de la marde. J'allais me débrouiller sans leur *cash*, à elle et à mon frère.

C'est ce que j'avais pas mal toujours fait, de toute façon.

Jeudi matin, 19 septembre

Après une nuit merdique où je me suis terré à la maison de peur de voir mon ombre et de retourner hiberner pour un mois, j'ai dû prendre deux Tylenol pour être en état de me lever. Mais je suis aussitôt retourné m'écraser sur le divan du salon.

Il ne me restait plus que trois jours. La veille, Sébastien m'avait téléphoné pour se plaindre de ma visite à sa femme. Il semblerait qu'elle n'avait pas apprécié, et que ça lui avait même causé des reflux gastriques en fin de soirée.

Je ne voyais pas bien en quoi j'étais responsable de ses problèmes de digestion, mais je n'ai pas posé la question. J'ai laissé mon frère soliloquer durant vingt bonnes minutes, pendant que je finissais un numéro deux aux toilettes. Je l'ai *flushé* en même temps que ce que contenait la cuvette.

M'assurant ensuite pour la dixième fois que les portes étaient bien verrouillées, j'ai fait le tour de la maison pour vérifier que les fenêtres étaient bien fermées elles aussi. Je me suis même décidé à aller jeter un œil à celles du sous-sol, mais la seule chose qui m'a paru sortir de l'ordinaire, c'était le nombre de chaises qui s'y trouvaient. Pourquoi Théo en avait-il descendu autant ?

J'ai bien vite oublié ce détail pour remonter. Je n'avais pas du tout envie de jeter un œil aux nouvelles photos que mon fils avait pu prendre. Celle que j'avais vue de la moufette morte m'avait laissé un goût amer en bouche. Je suis plutôt allé me poster près de la fenêtre du salon. Pas question que qui que ce soit m'espionne de l'extérieur. Oui, je sais… j'étais en train de devenir complètement parano. La peur et l'anxiété ne sont-elles pas des techniques de défense créées par le corps humain ? Chose certaine, moi, j'étais en train de faire une surdose de cortisol. Je suais à grosses gouttes, mon cœur battait beaucoup trop vite pour un homme de mon âge et mes mains étaient si froides et humides que je devais constamment les essuyer sur mes pantalons. Sans oublier les tremblements qui m'assaillaient un peu n'importe quand et qui me faisaient échapper une partie de ma bière sur le divan à la moindre gorgée que je prenais dans le but de me calmer.

Ça ne fonctionnait évidemment pas. Il m'aurait plutôt fallu un bon gros joint. Je ne voulais cependant pas mettre le nez dehors pour aller en acheter. Ni téléphoner à qui que ce soit pour venir m'en porter. *Anyway*... avec quoi j'aurais payé, hein ?

Au moins, ce matin, en plein jour, la crainte de mourir refluait légèrement. À peine. Je devais me secouer et agir si je ne voulais pas finir comme ce jeune de la veille, tué d'une balle dans la tête. J'ai fait un décompte rapide de mes options : demander à Mélanie de me prêter la somme ; menacer Nicolas de dévoiler à sa blonde qu'il avait possiblement des problèmes d'argent ; retourner aux tables de jeu ; aller voir ma grand-mère et la supplier de m'aider ou... bien sûr ! J'avais carrément oublié le compte de Théo !

Je me suis soulevé les fesses pour sortir mon portefeuille, dans lequel j'avais caché la carte de guichet de mon fils. Sans plus attendre, j'ai sauté sur mes pieds. Aïe, mon mal de tête... J'ai repris mon équilibre en posant une main sur un mur, avant de me diriger à pas lents vers la porte.

Le soleil de ce début de journée n'a fait qu'intensifier ma migraine. J'ai cligné des yeux en prenant place derrière le volant de ma voiture, qui a tout simplement refusé de démarrer. J'ai eu beau essayer encore et encore, rien à faire.

Bon...

Le guichet automatique le plus près se trouvait au dépanneur du coin. Je pouvais m'y rendre à pied, mais avec mon mal de tête qui ne semblait pas vouloir lâcher prise, ça n'allait pas être une partie de plaisir. J'ai donc remis mon plan à plus tard. En attendant, je pouvais tenter de régler mon problème de voiture.

Ça ne serait pas trop difficile... Je connaissais exactement LA personne la mieux placée pour s'en charger. Le nouveau chum de mon ex... Mécano de métier, il était désormais propriétaire d'un garage, ce dont il avait tendance à se vanter dès que je le rencontrais. Du moins... quand il ne détalait pas à toutes jambes au moment où je le croisais dans un *pawn shop*.

D'ailleurs, j'étais à peu près certain que si j'effleurais le sujet, il serait aussi doux qu'un agneau et comprendrait l'urgence de m'aider. Je ne lui demandais pas grand-chose, cela dit : juste de réparer ma satanée voiture !

Gratuitement, bien sûr...

Toujours assis dans celle-ci, j'ai attrapé mon cellulaire pour contacter mon charmant sauveur. Mel avait tenu mordicus à ce que je note son numéro. Je ne pouvais que la remercier, après coup, d'avoir insisté. C'est que, très franchement, je ne pensais jamais avoir à lui téléphoner.

La sonnerie a retenti au moins quatre fois avant que Nicolas réponde. Il paraissait surpris. Mon numéro devait être apparu sur son cellulaire. Il s'interrogeait sûrement sur la raison de mon appel.

— Hé ! Salut, Nick ! me suis-je écrié d'un ton faussement enjoué.

— Dominic ? Il y a un problème ?

— Non, non, t'en fais pas ! Tout va bien ! Enfin… pas toute, toute… Je me disais, toi, là… tu connais ça, les vieilles Chevrolet ?

Il y a eu un petit silence, qu'il a fini par briser en s'informant :

— Qu'est-ce qu'il a, ton char ?

— Y part pus. Je pense que c'est peut-être la batterie. Me la changerais-tu aujourd'hui ?

Il a semblé hésiter, alors j'ai ajouté :

— C'est que je dois passer prendre les enfants demain, pis sans auto… Mel… Mélanie va encore chialer que je fais exprès. *Come on,* Nick, je te demande ça comme un service entre… entre… ben… entre amis ?

— Chuis pas ton ami, Dominic.

Le moment était venu de mettre cartes sur table.

— Ouin… t'as raison. T'es le chum de mon ex. Celui qui s'occupe de mes enfants quand je suis pas là. N'empêche que… je te fais confiance. Je l'sais que t'es un bon gars. Pis Mélanie aussi le sait. Sinon, elle t'aurait pas choisi.

— Dominic, qu'est-ce que tu…

— Elle te fait confiance, elle aussi. Elle est convaincue que tu lui caches rien. Parce que… tu lui caches rien, hein ? Rien pantoute…

Raclement de gorge. Malaise au bout du fil. Petit sourire de ma part. Sensation de victoire. Mais j'ai compris que celle-ci s'avérerait plus difficile à obtenir quand Nicolas a répliqué durement :

— Menace-moi pas toi aussi !

Toi aussi ?

— Tu sais pas de quoi tu parles, a-t-il repris. En fait, tu sais rien pantoute.

Fuck… mon bluff n'avait pas fonctionné. Mon mal de tête me martelait de plus belle. J'ai posé ma main au-dessus de mes yeux pour me cacher du soleil qui tapait toujours autant. D'une voix impatiente, j'ai riposté :

— OK, tu veux le prendre comme ça… Je voulais pas en arriver là, Nick, mais tu me laisses pas le choix. Fallait justement que j'appelle Mélanie pour régler les détails de la fin de semaine. On risque d'en profiter pour jaser de certaines… choses.

— Crisse, Dominic ! Fais pas chier !

— Hé, j'ai pas besoin que tu me retapes mon char en entier ! Une nouvelle batterie, me semble que c'est pas trop demander !

— C'est bon, je vais passer chez vous tantôt pour t'arranger ça. Mais je t'avertis, après, tu te mêles pus de ma vie. C'est-tu clair ?!

— Ben oui, voyons ! De toute façon, j'ai jamais eu l'intention de te mettre dans le trouble.

— Me semble, ouais..., a-t-il sifflé avant de raccrocher.

J'ai coupé la communication à mon tour en laissant tomber ma main sur ma cuisse. Les Tylenol commençaient à faire effet. J'avais moins mal aux yeux et, surtout, je venais de régler un gros problème. Je ne savais toujours pas pourquoi Nicolas était allé traîner au *pawn shop,* mais je n'en avais rien à cirer, au fond. L'important, c'était surtout que j'allais pouvoir réutiliser cette menace dans le futur.

Pas question que je laisse passer cette chance ! De toute manière, le chum de mon ex n'était qu'un idiot s'il croyait que je ne recommencerais pas mon chantage. Voyons ! Un fou !

Fier de moi, je me suis convaincu que j'étais assez en forme pour me rendre au dépanneur, finalement. Quelques minutes plus tard, je poussais donc la porte du commerce, la carte de fiston déjà dans les mains. Je me suis dirigé promptement vers le guichet, tout au fond du magasin. Personne n'était en train de l'utiliser.

J'ai inséré la carte sans attendre, puis j'ai tapé la date de naissance de Théo dès qu'on m'a demandé son NIP.

Un code d'erreur s'est vite affiché à l'écran…

Fuck! J'étais nerveux. Sans compter que le mal de tête qui m'assaillait depuis mon réveil était là, latent, m'empêchant d'avoir les idées claires. La seule chose qui m'est passée par l'esprit, c'est que j'avais mal tapé les chiffres, alors j'ai tout simplement recommencé. En vain.

Contrarié, j'ai asséné un coup sur le côté de la machine, ce qui m'a valu les regards mécontents des clients qui passaient près de moi. Je me suis calmé et j'ai réfléchi. OK, Théo n'était pas stupide, finalement. Il n'avait pas choisi sa date de naissance comme NIP. Qu'est-ce qu'il pouvait bien avoir pris, dans ce cas? J'ai bien songé à une ou deux options, mais la seule qui me semblait valable, c'était peut-être notre adresse. Enfin… celle de sa mère: 2143. Aussi bien l'essayer.

Je me suis exécuté. À peine une seconde plus tard, on m'indiquait que la carte n'était plus disponible, que je devrais me rendre en succursale pour la récupérer.

Argh ! Quel con ! Je venais de perdre la carte de mon fils ainsi que toutes mes chances de pouvoir piger dans ses épargnes !

Je me suis retenu pour ne pas balancer un nouveau coup de pied sur la machine et j'ai simplement tourné les talons afin de sortir en vitesse. J'avais l'impression de manquer d'air. Mon cerveau était en bouillie, j'avais des sueurs froides et des envies de suicide...

Bon, pas de suicide. Ça, non.

J'ai toujours eu bien trop peur de la mort. De ce qu'il y a après. De ce qu'on peut voir, une fois notre corps vidé de son âme, par nos yeux demeurés ouverts...

Je me suis mis à tourner sur place. J'ai dû effrayer les clients qui sortaient du magasin, car un commis est venu me demander de m'éloigner, sinon, il allait appeler la police.

La police ! Il ne manquerait plus que ça !

J'ai donc traversé la rue et me suis mis à marcher sans trop savoir où j'allais. Mon cerveau avait besoin de stimuli et la seule manière de le sortir de sa torpeur me semblait être d'aller me planter devant une machine à jeux...

J'en avais tellement envie que mes mains en tremblaient.

Comme un drogué en manque de sa *dope*. Comme un alcoolique qui n'a pas bu depuis beaucoup trop longtemps. Comme un raté de joueur compulsif qui n'arrivait pas à se défaire de sa dépendance...

Mes épaules se sont affaissées. Ce n'était pas le temps de jouer. Il fallait que je me reprenne en main et que je trouve une solution digne de ce nom. J'avais beau me voiler la face, la seule chose qui me restait à faire était d'aller voir ma grand-mère. Je ne savais pas si j'aurais assez d'énergie pour ça, mais je ne voyais plus clair. Peut-être que Sébastien avait raison : elle se ferait un – malin – plaisir de me tendre la main pour me tirer hors de la marde dans laquelle j'étais en train de m'enliser.

Je ne savais même pas où était sa résidence. J'avais toujours bien pris soin de rester le moins possible informé sur sa vie, depuis que Théo avait vieilli. Je ne l'avais pas revue depuis tellement longtemps. Saurait-elle seulement qui j'étais, si je me pointais là-bas ? Moi, j'étais sûr de ne pas me tromper. Elle aurait beau avoir pris des tonnes de rides, s'être effondrée sous le poids des années et avoir perdu presque tous ses cheveux, je saurais la reconnaître immédiatement. Tout se jouait dans son regard, qu'elle avait toujours eu particulier.

Je me suis permis un gémissement. Un seul. Puis, je me suis mis en route. Tout en marchant, j'ai fouillé dans mes messages afin de vérifier si mon frère m'avait bel et bien envoyé les coordonnées du centre, comme il me l'avait promis l'autre jour.

Oui, elles étaient là. J'ai rapidement inscrit l'adresse dans le GPS de mon cellulaire. Calculé l'itinéraire. À pied, ça me prendrait une partie de la matinée. Par contre, un bus passait tout près d'ici et pourrait me permettre de me rapprocher un peu. C'est ce que j'allais faire.

Pour ne pas que Nicolas se pointe chez moi pendant mon absence et, ne me voyant pas, reparte sans changer ma batterie de voiture, je lui ai envoyé un texto.

Salut, Nick, je dois rendre visite à l'arrière-grand-mère des enfants. Écris-moi avant de passer, OK?

Il n'a pas répondu. Je savais pourtant qu'il avait vu le message. Je n'en ai pas fait de cas. Qu'il boude si ça le rendait heureux. Je suis allé attendre l'autobus à deux rues de là, ce qui m'a permis de gagner au moins une heure de marche. Il m'en restait cependant encore tout autant puisque la résidence semblait être située dans un quartier moins fréquenté par les transports en commun. Pas grave. Cette marche obligée me permettrait de trouver ce que je dirais à ma grand-mère en arrivant sur place.

J'ai jonglé un moment avec l'idée d'être sincère. J'ai vite repoussé cette option. Avec certains, la franchise n'est jamais une solution. Il vaut mieux garder pour soi certains détails. Surtout si on ne veut pas qu'ils soient utilisés contre nous. Hors de question d'accorder ce pouvoir à ma grand-mère. Je savais de quoi elle était capable. Du pire.

J'avais toutefois bien vieilli depuis. J'avais coupé les ponts après ce qui s'était passé avec Théo et je n'étais pas prêt à me laisser avoir comme lorsque j'étais enfant. Je me souvenais de tout. Ça m'était d'abord revenu par bribes. Puis comme une grosse vague qui balaie tout sur son passage.

Malgré le fait que j'aurais préféré rester dans le néant, toutes les zones d'ombre de mon enfance affluaient. Il ne fallait pas trop y songer non plus. Les cauchemars n'étaient jamais loin.

Le temps a passé comme dans un songe. J'ignore même la durée totale de cette marche improvisée. Ce chemin de croix. Lorsque je suis enfin arrivé à destination, il devait être à peu près midi. La faim me tenaillait, mais je n'avais rien à me mettre sous la dent. Je n'aurais qu'à me rendre à la cafétéria de la résidence pour piquer une pomme ou une orange. Il y en a toujours, dans ce genre d'endroit. Du moins, c'est ce que je me suis dit. En fait, je ne me suis pas rendu jusque-là.

Dès que j'ai été à l'intérieur la bâtisse, je l'ai vue par la fenêtre donnant sur les jardins : ma grand-mère. Elle était assise près d'un arbre. Elle nourrissait les oiseaux en lançant des graines à ses pieds. Elle tentait de les apprivoiser. S'ils avaient su ce qu'elle leur aurait infligé si on lui avait donné un couteau bien tranchant…

Malgré tout, c'est comme si toutes ces années écoulées depuis ne s'étaient pas ajoutées à sa frêle silhouette. Elle était pareille. La même.

J'ai avalé de travers. Une employée qui passait par là s'est arrêtée et m'a demandé si elle pouvait m'aider. Si je cherchais quelqu'un en particulier. J'ai repris contenance et marmonné le prénom de ma grand-mère, même si je savais où elle se trouvait. Je tentais seulement de gagner du temps…

Pas besoin de dire son nom de famille, la femme l'a aussitôt reconnue. Elle m'a souri et m'a pointé la porte menant à la cour arrière. Je l'ai remerciée, la gorge sèche.

D'un pas hésitant, je m'y suis dirigé. Avant de pousser la porte, j'ai dû reprendre mon souffle. J'avais l'impression d'avoir couru un marathon. Et de n'avoir rien bu depuis une éternité. Je n'étais toujours pas prêt à sortir pour lui parler, mais un vieillard s'est approché avec une marchette et m'a demandé :

— Pardon, mais… pourriez-vous m'aider ?

— Euh… c'est que je… je suis occupé, là.

— Oh, ce sera pas long, le jeune. J'aurais juste besoin que tu tiennes la porte pour moi. Tu vas voir, je peux encore marcher très vite !

Il a ri de sa propre blague. Moi, j'ai croassé un assentiment. C'est qu'au risque de paraître impoli, je n'avais pas bien le choix de m'exécuter. L'homme a pris tout son temps pour sortir. Malgré ce qu'il croyait, il avançait à pas de tortue. De mon côté, j'étais forcé de rester sur place pour m'assurer que la porte ne se referme pas sur lui. Immobile et impatient, j'ai tourné la tête vers ma grand-mère, installée tout au bout du jardin.

J'ai sursauté.

Elle avait tourné la tête dans ma direction.

Ses yeux étaient fixés sur moi.

Mon cœur a eu un raté. Impossible… D'aussi loin, elle ne pouvait pas m'avoir aperçu ! Avec une lenteur calculée, ses lèvres se sont étirées en un long sourire carnassier.

Oh que si… elle m'avait vu. Et reconnu.

J'avais l'impression, encore et pour toujours, de me retrouver dans la peau de ce gamin d'à peine quatre ans qu'elle adorait torturer, il y avait de cela quarante ans…

Quarante ans plus tôt

Je dois frotter très fort. Dans le lavabo, le rouge se mélange à l'eau, éclaboussant les rebords et le robinet, même si je fais très très attention d'effacer toutes les traces. Je déteste rentrer chez moi avec du sang séché sous les ongles. L'autre jour, papa m'a demandé comment je faisais pour être aussi crotté.

Je n'ai pas répondu.

De toute manière, c'est si difficile pour moi de m'exprimer. Surtout quand je suis en sa présence…

Demeurée dans le salon à siroter un thé, grand-maman m'interpelle et me demande si j'ai bientôt fini. Je fais comme si je ne l'avais pas entendue. Je poursuis mon lavage intensif. Les yeux fixés sur mes doigts, je ne la vois et ne l'entends pas arriver derrière moi pour m'asséner une solide claque sur la tête.

Je trébuche et passe près de tomber dans le lavabo, mais me retiens à la dernière seconde avec les mains. Lentement, les yeux remplis d'eau, je me redresse et rencontre son regard dans le miroir.

Un sourcil haussé, elle m'observe. Semblant se demander si je vais oser répliquer quoi que ce soit. Sachant ce qui m'attend si je le fais, je pince les lèvres si fort qu'elles en deviennent blanches. Puis, je baisse le menton.

Ne pas lui montrer que je la déteste.

Ne pas lui laisser voir que c'est elle que j'imagine quand elle me force à ouvrir et à dépecer les corps encore chauds des animaux ramassés sur son terrain.

Satisfaite, elle émet un bruit de contentement tandis qu'elle tend le bras pour fermer le robinet. Les mains dégoulinantes, j'attends qu'elle soit repartie avant de les essuyer sur mon chandail. J'avale ma salive avec difficulté.

J'ai quatre ans et pourtant, je ne me rebelle pas contre l'autorité. Je descends sagement du petit tabouret me servant à atteindre le lavabo. Les mains croisées, je me rends jusqu'au salon à mon tour et prends place sur l'autre sofa. Les jambes à moitié dans le vide, je me retiens de les bouger. Elle n'aime pas ça.

J'attends. Le bruit que fait ma grand-mère en sapant son thé me lève le cœur, mais je ne le montre pas.

Après un long moment, elle pousse un petit soupir de bien-être, puis déclare :

— Demain, je te montrerai comment retirer les yeux. Tu vas voir, c'est amusant.

Cette fois, je ne peux me retenir :

— Grand-maman, j'ai-j'ai-j'aime pas... pas ça... tu-tu-tuer les-les-les a-a-animaux.

Son regard se braque sur moi.

— Ils sont déjà morts, mon petit Domi. On ne les tue pas.

— Mais... mais moi, je-je-je veux p... p...plus les-les-les ouvrir a-a-avec les gros couteaux. Je-je-je...

— Tss, tss, tss... Arrête un peu de te plaindre. C'est avec une attitude comme la tienne qu'on devient un perpétuel perdant. Tu veux être un perdant, Domi ?

Ne sachant comment lui faire comprendre, je secoue la tête. Elle reprend :

— Voilà qui est mieux. Bon... tu veux qu'on lui arrache la langue, à la place ? Ça aussi, c'est rigolo.

Je la laisse me dresser la liste de toutes les façons de s'amuser avec une dépouille. Des images me viennent en tête et j'essaie de les effacer au plus vite, mais n'y parviens pas. Je n'ai que quatre ans, et tellement de connaissances sur la manière dont on peut débiter un cadavre...

Je ne crois pas que ce soit normal.

Jeudi midi

Sans en avoir conscience, je me suis mis en marche. J'avançais vers ma grand-mère un peu comme dans un songe. Ou plutôt, un cauchemar. Je me suis arrêté à quelques mètres d'elle, ce qui lui a permis de me saluer sans perdre son sourire cruel :

— Bonjour, mon petit Domi, m'a-t-elle dit. Je savais bien que tu finirais par venir me voir. Je suis ta grand-maman chérie, non ?

Pourquoi est-ce que j'avais cette désagréable impression d'avoir rajeuni de quarante ans ? De n'être à nouveau qu'un gamin incapable de se défendre ? Je ne me sentais même pas la force d'utiliser mon charme pour la manipuler afin qu'elle crache son magot. Je savais que de l'argent, elle en avait. Ce n'était pas ça qui lui manquait. Sinon, elle n'aurait jamais pu se payer une telle résidence. Elle avait hérité de tout le *cash* de son mari, après tout…

L'endroit était chic. Il y avait des employés partout, prêts à répondre aux besoins des résidants au moindre signe de l'un d'eux. La bâtisse était à côté d'une forêt qui permettait aux vieux de se promener dans les sentiers privés, décorés de fontaines et de bassins remplis de poissons. On se serait crus au paradis.

Ou en enfer…

Non, jamais ma grand-mère ne serait acceptée au ciel. Ça, j'en étais convaincu.

Voyant mon hésitation, elle m'a tendu la main et m'a signifié de la rejoindre. J'ai fini par accepter, sans toutefois saisir ses doigts crochus, dont les ongles me rappelaient les griffes d'un oiseau de proie. Elle a fait comme si elle n'avait pas remarqué mon refus de la toucher et m'a pointé les petits écureuils qui sautaient d'un arbre à l'autre près de nous.

— Regarde-les… Ça me rappelle des souvenirs, ça.

Elle m'a adressé un clin d'œil, mais je l'ai reçu comme un coup de poing dans le ventre, et non comme un signe de connivence. Elle n'y a pas fait attention et a continué :

— Tu ressembles de plus en plus à ta mère, toi… Dommage qu'elle ne t'ait pas vu grandir. Elle aurait été fière.

Elle a soupiré, puis a ajouté, avec une moue crispée :

— Ton frère, lui, c'est le portrait craché de ton père… Mais on ne va pas parler de lui aujourd'hui. Tu es ici, et ça me fait vraiment plaisir, a-t-elle conclu en se penchant pour rapidement attraper mes mains.

Je n'ai pas eu le temps de me défiler. Le bout de ses doigts était couvert de corne, ce qui me grafignait la peau. Elle souriait toujours. Moi, j'étais tétanisé. J'ai malgré tout inspiré un bon coup, avant de me décider à lui répondre :

— Non… t'as… au moins tort sur un-un-un point.

— Vraiment ? a-t-elle demandé en haussant un sourcil.

— Ma mère… je-je-je suis pas mal certain qu'elle se-se-serait pas si fière que ça. J'ai… j'ai quelques problèmes, grand-maman, pis… pis c'est pour ça que-que-que je suis là. Je me suis dit que tu-tu-tu… que… ben…

Je me remettais à bredouiller. À bafouiller. À ne plus savoir parler correctement. Je redevenais l'enfant. Le gamin. La victime…

Grand-maman ne m'a pas laissé m'humilier encore longtemps. Elle avait toujours préféré s'en charger elle-même. Ce qu'elle ne s'est pas gênée de faire aussitôt :

— Encore ce bégaiement ? Je croyais que c'était réglé depuis longtemps, ça ? Pauvre Domi… Il faut t'endurcir. Les mauviettes, ça ne va jamais très loin dans la vie, tu sais.

Je me suis léché les lèvres, que j'avais sèches. J'ai tiré sur mes mains pour en reprendre le contrôle, mais ma grand-mère ne m'a pas laissé m'échapper. Ses ongles se sont enfoncés dans ma peau. Pas suffisamment pour que je saigne, mais assez pour que je grimace de douleur. J'ai cessé de vouloir les récupérer et je suis revenu à l'essentiel. Sans oser la regarder, j'ai lâché d'une traite :

— J'aurais besoin d'argent. Penses-tu pouvoir m'en prêter ?

— T'en prêter ? Bien sûr que non ! T'auras ton héritage quand je mourrai, pas avant !

— Je... je veux-veux-veux...

Je me suis arrêté pour prendre une longue inspiration, puis j'ai recommencé :

— Je veux pas mon héritage. Ce que je te demande, c'est un prêt. Que je vais te rembourser, t'inquiète pas pour ça.

Sa tête s'est mise à trembloter. Il m'est revenu ce que Sébas m'avait dit, il y avait déjà un an ou deux. Notre grand-mère ne vivait pas dans cette résidence pour rien. Elle avait la maladie de Parkinson. Finalement, elle n'était pas éternelle...

Cette pensée m'a fait sourire. Une joie pure m'a envahi. Un jour pas si lointain, elle ne serait plus là. Et je serais la dernière personne sur terre à éprouver la moindre peine.

N'empêche que j'attendais toujours sa réponse. Elle réfléchissait. Peut-être aussi qu'elle était en train de chercher la meilleure manière de se débarrasser de moi. J'ai été fixé lorsqu'elle s'est décidée à murmurer :

— T'auras pas une cenne de moi… Je suis pas folle. Cet argent, si je te le donne, j'en reverrai jamais la couleur ! Si tu penses que je sais pas comment tu le dépenses. T'es accro au jeu, mon pauvre Domi, et ça, j'y peux absolument rien.

J'allais argumenter, mais elle ne m'en a pas laissé le temps et a continué :

— Je t'ai tout enseigné, quand t'étais petit. Tu sais comment te sortir du trouble. Oui, tu le sais très bien…

Son regard s'est ancré dans le mien. J'ai eu l'impression qu'elle essayait de me passer un message. De me faire comprendre quelque chose. Moi, je ne voulais pas en arriver là. Je n'allais pas… je n'étais pas pour…

Je me suis levé brusquement, ce qui l'a forcée à détacher ses doigts des miens. De longues traces rouges s'étiraient sur mes paumes, mais je n'y ai pas porté attention. J'ai plutôt craché, le visage figé dans un rictus de colère :

— Ce que tu m'as montré, c'est comment t'étais pas bien dans ta tête ! On fait pas ça à un enfant ! Tu m'as... tu-tu-tu m'as traumatisé à vie !

Dans un mouvement théâtral, elle s'est levée à son tour, puis a pointé son doigt crochu sur moi pour déclarer :

— Si t'avais eu un peu de jugeote, tu aurais déjà réglé tes problèmes. Tu prouves encore une fois que t'es un incompétent. Finalement, t'es pas si loin de ton père que ça. Tu me déçois tellement, Domi, tellement...

Elle a soupiré avant de s'engager sur le sentier menant à la résidence sans plus m'accorder d'attention. Après m'avoir dépassé, elle s'est arrêtée, a tourné la tête vers moi, puis a osé demander :

— Et Théo... il va bien ?

— Beaucoup mieux, surtout depuis qu'il va plus chez toi ! ai-je lancé perfidement.

Ma grand-mère a pivoté complètement vers moi, sans cesser de me regarder de haut malgré sa petite taille, puis a dit :

— Ton fils a toujours été plus agile que toi avec un couteau dans les mains. Quel gâchis ç'a été quand tu l'as empêché de venir chez moi.

— C'est lui qui voulait pus y aller !

— Oh, j'en doute. Il adorait ça. Il a toujours été plus dégourdi que toi là-dessus. Dommage que je n'aie pas eu le plaisir d'initier Angélie à son tour. Elle aurait sûrement été aussi douée que ta mère...

J'ai avalé de travers. Comment avais-je pu naître dans une famille aussi dysfonctionnelle ? Pas pour rien que je m'étais lancé corps et âme dans le premier exutoire à ma portée, à savoir le jeu...

Ma réplique n'a pas fusé. Pas parce que je n'avais rien à dire. Plutôt parce qu'un vieil homme s'est immiscé entre nous, sans réaliser que la discussion entre ma grand-mère et moi était orageuse. Il s'agissait du même vieillard que tout à l'heure. Celui en marchette, qui m'avait demandé de lui tenir la porte. Sans gêne, il s'est posté tout près pour s'écrier :

— Quel beau temps pour nourrir les oiseaux ! Ma belle Pauline, t'aurais pas des graines ? J'ai pas pensé à en apporter...

Le plus surprenant n'était pas la façon dont il s'adressait à ma grand-mère, mais plutôt le visage de cette dernière quand elle s'est tournée vers le nouveau venu. Complètement métamorphosé. Ne pas la connaître, j'aurais même pu croire qu'elle était une bonne personne, c'est tout dire.

Le vieux a soupiré, puis a fait ce geste totalement dégueu de déplacer son dentier avec sa langue. J'ai grimacé d'écœurement tandis que grand-maman, elle, continuait de mimer la gentillesse et la douceur. Quelle hypocrite, celle-là.

Visiblement, le résidant semblait la porter dans son cœur. D'ailleurs, il ne voulait pas décoller, ce qui amplifiait ma frustration. J'ignore à quel point ce flirt était anodin ou pas, mais je le trouvais limite agressant.

— En tout cas, je te dis que t'as le tour de les apprivoiser, les beaux oiseaux, ma jolie Pauline. C'est un don chez toi ?

— Lucien..., a-t-elle minaudé. Tu sais tout aussi bien t'y prendre que moi. Mais laissons les oiseaux de côté. Je te présente mon petit-fils, Dominic.

— Un petit-fils ? Ben voyons ! Il est ben trop vieux pour ça ! T'es encore super jeune...

Vraiment, c'était assez malaisant merci, cette conversation. J'ai souri à demi, puis j'ai attendu que l'avalanche de compliments se termine enfin pour placer un mot. Sauf que je n'en ai pas eu l'occasion. Ma grand-mère en avait fini avec moi et me l'a signifié en nous saluant tous les deux, Lucien et moi, puis en s'éloignant sans plus de cérémonie.

Je venais de gâcher mon unique chance de régler mes dettes de jeu...

Je ne savais trop si je devais en rire ou en pleurer. Au fond, comment avais-je pu croire, en mettant les pieds ici, que la solution à tous mes problèmes serait nulle autre que ma grand-mère ? Celle qui m'avait déjà tant fait souffrir.

J'ai gonflé les joues, m'apprêtant à mon tour à souhaiter une bonne journée au vieux, toujours près de moi, quand il s'est exclamé :

— Oh, non ! Quel dommage…

J'ai froncé les sourcils, curieux malgré moi.

— Quoi ?

— Pauvre petit…

Il s'est baissé difficilement, a même failli basculer vers l'avant, mais il s'est retenu à la dernière minute à sa marchette. D'une voix tremblotante – sûrement due à son étrange position inclinée –, il a continué de s'attrister :

— Oh non… C'est si cruel…

Ce n'est qu'à ce moment que j'ai remarqué la petite bête à ses pieds. Un oiseau qui ne semblait pas au summum de sa forme, et c'était peu de le dire. Il était couché sur le côté. Mort. Je n'ai pas pu m'empêcher de jeter un coup d'œil à ma grand-mère, qui poussait à ce moment la porte pour rentrer dans la résidence.

Je n'en revenais pas. Même ici. Même aujourd'hui, elle continuait son petit manège.

Non… en fait, elle n'avait tout simplement jamais arrêté. Toute sa vie s'était résumée à agir de la sorte. J'ai lentement hoché la tête.

Cruelle… le mot était le bon. C'était ce qu'elle était.

Jusqu'à la moelle…

Je me suis excusé auprès du vieillard, qui continuait de marmonner que c'était le cinquième oiseau qu'il trouvait sans vie au pied de cet arbre. Qu'il devait y avoir une maladie qui courait et qu'elle devait être contagieuse. Que ce n'était pas normal qu'ils se mettent à mourir de la sorte.

Je me suis arrêté. J'ai pivoté et suis revenu sur mes pas. Je me suis penché et j'ai tendu la main pour saisir l'oisillon par la patte. Celle-ci m'a paru si fragile, une fois entre mes doigts, que j'ai eu de la difficulté à croire que j'avais fait ça si souvent, enfant… Je n'ai pas fait attention au hoquet de surprise du vieux. J'ai repris mon chemin vers la résidence d'un pas rapide.

Ma grand-mère n'était plus dans la salle principale. J'ai accéléré le pas pour la retrouver dans le couloir, en train de discuter avec une autre résidante. Parfait. Les deux ne m'ont aperçu que lorsque je suis arrivé près d'elles. Et n'ont remarqué l'oisillon mort qu'au moment où je l'ai soulevé pour le mettre à leur hauteur.

La vieille a posé la main sur sa bouche en voulant étouffer un cri de stupeur. Ma grand-mère, pour sa part, a seulement plissé les yeux. Je lui ai souri. Puis, je lui ai fait remarquer :

— Désolé, grand-maman, mais je crois que t'allais oublier ça dehors...

Je l'ai regardée se débattre avec sa colère tandis que l'autre femme continuait de s'énerver en émettant de petits bruits offusqués. Après de longues secondes de flottement, j'ai haussé les épaules avant de laisser tomber l'animal dans une poubelle tout près. Le tout sans me départir de mon air innocent.

Je n'avais peut-être pas été capable de lui soutirer de l'argent, mais au moins, je l'avais fait chier comme un maître. Un point pour moi. En sortant de la bâtisse, je me suis immobilisé sur le trottoir et j'ai levé le nez vers le soleil. J'étais loin de me douter que de visiter ma grand-mère à sa résidence me ferait autant de bien.

Je suis reparti le pas un peu plus léger. La journée avançait, et puisque je n'avais toujours pas dîné, mon ventre grondait sans vergogne. Je me suis arrêté dans un petit restaurant où je n'ai acheté qu'un sandwich. Puis, je me suis remis en marche tandis que l'après-midi était déjà bien entamé.

J'avais à peine tourné le coin de la rue menant chez moi, après deux bonnes heures de marche, que les mauvaises nouvelles m'ont sauté dessus de nouveau.

Je venais de recevoir un texto de Nicolas. Il m'écrivait pour me dire qu'il ne pourrait pas venir aujourd'hui changer la batterie de ma voiture. Il essaierait de se libérer le lendemain, mais il ne pouvait me l'assurer.

Je n'avais donc plus trop le choix. Je devais aviser Mélanie qu'il me serait difficile d'aller chercher les enfants comme prévu. En l'appelant à cette heure de la journée, je me disais que je tomberais sur sa boîte vocale, vu qu'elle était à son travail. Elle a répondu à la première sonnerie.

Fuck...

J'allais devoir lui parler, ce qui ne me tentait pas du tout. Sa voix était déjà sèche, preuve qu'elle ne répondait pas de gaieté de cœur. D'ailleurs, elle n'a pas été longue à m'attaquer :

— Dom, si tu me dis que tu peux pas prendre les enfants ce week-end, je te jure que c'est la dernière fois que je...

— Hé, ho, on relaxe ! C'est pas du tout la raison de mon appel, Mel ! Franchement... Je veux les voir. Je m'ennuie, tu sauras !

— Mouais... si tu le dis. Alors tu veux quoi ?

— En fait... c'est que, tu vois, j'ai un petit problème avec mon auto et je...

— JE LE SAVAIS ! Tu te défiles ! Comme toujours ! T'es qu'un…

— MEL ! Écoute-moi avant de capoter ! J'ai appelé Nick, tantôt, pis…

Surprise, elle s'est aussitôt calmée.

— T'as appelé mon chum ? Mais… mais pourquoi ?

— Pour savoir s'il pouvait changer ma batterie. Il peut juste demain. Bref, si jamais il a pas le temps, je vais avoir besoin que… Ben c'est ça, là… que tu viennes reconduire les enfants. Si ça te dérange pas trop…

— Ah… Euh… ouais, ouais, je peux te les amener.

— Je te demanderais pas ça s'il y avait juste Théo. Lui, il peut venir en autobus, comme il le fait souvent, mais pour Angélie…

Elle m'a coupé et a embrayé sur notre fils :

— Je t'ai dit que ça allait être correct. Pour Théo, je sais pas s'il te l'a dit, mais ce week-end, y a l'enterrement de son ami. Penses-tu y aller ?

J'ai figé. Que j'aille à l'enterrement ? Qu'est-ce que j'irais faire là ? Alors, j'ai compris : c'est pour Théo que je le ferais, et non pour Jules, que je ne connaissais pas tant que ça, dans le fond.

Remarquant mon hésitation, mon ex a essayé de me convaincre qu'il était important qu'au moins un de nous deux s'y présente, que ce serait la moindre des choses et que ça ferait du bien à fiston.

— OK, ouais, je vais m'arranger. Mais je fais quoi avec Angélie, pendant ce temps-là ?

— Emmène-la.

— À un enterrement ? C'est pas sa place, me semble.

— Bah... elle comprendra peut-être même pas ce qui se passe.

J'avais des doutes là-dessus, mais je les ai gardés pour moi. Je verrais en temps et lieu. J'allais raccrocher quand mon ex m'a indiqué :

— Attends, elle veut te parler. Je te la passe...

La voix de ma fille m'est parvenue dans le combiné. Je n'ai pas pu m'empêcher de sourire. Ma petite merveille. Elle m'avait manqué et je n'en prenais vraiment conscience qu'à ce moment.

— Allô, papa.

— Salut, ma *peanut !* Prête pour ta fin de semaine avec moi ?

— Oui...

Contrairement à ce que Mélanie avait suggéré, Angélie n'avait rien à me dire. J'ai donc alimenté la discussion quelques minutes, puis, comme n'importe quel parent qui se respecte, j'ai commencé à avoir hâte de raccrocher. Discuter au téléphone avec une fillette de six ans, ça ne donne pas une conversation très pertinente. Avant que je me trouve une excuse, ma fille s'est décidée à déclarer :

— Papa…, je les aime pas, les photos de Théo.

— Bof, t'as qu'à pas les regarder. De toute façon, c'est pas à toi, c'est à ton frère.

— Elles me font peur…

— Bon, je sais ce qu'on va faire. Je vais en discuter avec lui. Ça te va ?

— Elles sont laides…

— Ma *peanut*, j'ai compris.

— Je veux plus qu'il en prenne.

— Oui, oui, c'est beau, là. Écoute, on va s'en reparler demain, d'accord ? J'ai hâte de te voir. Bye, là…

Et j'ai raccroché sans demander à reparler à sa mère. Un sentiment de malaise m'envahissait, mais j'ai vite oublié les craintes de ma fille.

Je n'aurais peut-être pas dû…

Vendredi matin, 20 septembre

Deux jours devant moi...

Et toujours aucune solution.

Je commençais sérieusement à croire que je ne m'en sortirais pas vivant. En ouvrant les rideaux crottés qui pendouillaient devant les fenêtres du salon, j'ai pu voir Nicolas – ce cher Nick ! – penché sur le capot ouvert de ma voiture. Enfin une bonne nouvelle !

Finalement, le chum de mon ex n'était peut-être pas si désagréable que je l'avais cru de prime abord. J'ai pris le temps de me faire couler un café puis, charitable, j'en ai aussi versé un à mon mécanicien privé, avant d'aller le lui offrir. Il m'a à peine remercié – les gens sont si ingrats – et a continué à travailler à l'installation de ma batterie. Je me suis étiré le bout du nez pour fouiner de haut, mais comme je ne me suis jamais vraiment intéressé à la mécanique, j'ai vite abandonné mon observation. Je suis plutôt allé m'asseoir sur une des marches de ma galerie en attendant qu'il termine.

Ça lui a pris un temps fou. Supposément parce que ma batterie était difficile à atteindre et qu'il n'avait pas tous ses outils. Me semble… Il avait plutôt l'air d'un gars qui ne sait pas trop ce qu'il fait, et qui a l'habitude de tout déléguer à ses employés. Bon, je ne lui ai pas dit ça, mais il a dû le sentir. Lorsqu'il a enfin rangé ses outils dans son coffre et a essuyé ses mains tachées sur ses pantalons, j'ai pu constater dans son regard qu'il n'était pas très emballé d'être là. Que ça le faisait même royalement suer.

Pour ma part, je lui ai adressé mon plus beau sourire avant de lui demander innocemment :

— Toi, Nick… t'aurais pas le goût, parfois, de faire un gros coup d'argent ?

Il m'a tourné le dos et s'est penché vers son coffre, sans me répondre. Encouragé par son silence – au moins, il ne m'avait pas envoyé chier –, j'ai ajouté :

— Tsé… empocher le magot. Régler toutes tes dettes pis…

— J'ai pas de dettes ! a-t-il riposté en me jetant un coup d'œil de biais.

— Hum… Dans ce cas, qu'est-ce que tu faisais au *pawn shop*, l'autre jour ? C'est pas une place pour les gars qui ont aucune dette, ça…

Il s'est redressé lentement, m'a enfin fait face avant de marmonner :

— Cherche-moi pas, Dominic. C'est pas ma journée…

J'ai haussé un sourcil. Je doutais que sa vie était si pénible. Il ne devait sûrement pas un montant de fou à un homme qui risquait de lui tirer une balle dans la tête dans deux jours, lui !

Une des phrases qu'il m'avait dites la vieille m'est pourtant revenue en tête, c'est pourquoi j'ai osé demander :

— Eille… hier, quand tu as dit que je te menaçais « moi aussi », de qui d'autre tu parlais ?

Il s'est essuyé le front, a semblé nerveux, mais clairement peu enclin à s'épancher. Au contraire, il a murmuré :

— Oublie ça. Je sais pas pourquoi j'ai dit ça. Je devais penser à autre chose…

— Pourtant, t'avais l'air concentré sur notre conversation.

— Je te dis que c'est pas important, OK? Maintenant, ta batterie est changée, alors tu vas me foutre la paix, sinon…

J'ai immobilisé la tasse, que j'allais porter à mes lèvres, et mes yeux se sont fixés sur lui. Sinon? Sinon quoi? Il essayait de me menacer ou quoi? J'ai abaissé mon café, déclinant l'idée de le terminer pour en avoir le cœur net.

— Qu'est-ce que tu racontes, Nick?

Il a secoué la tête, a inspiré avec force, puis a levé la main en signe de paix.

— Rien… rien du tout. Faut que j'y aille, là. J'ai fini pis les gars vont m'attendre, au garage. Tu me diras merci une autre fois.

Je ne l'ai pas retenu. Sa présence m'écœurait, en fin de compte. Au fond, Nicolas n'était qu'un lâche. Il s'écrasait comme une lavette devant une simple question. Moi, au moins, quand je chiais dans mes culottes, c'était parce qu'on me braquait une arme dans le front! Ça me semblait beaucoup plus normal. Je l'ai regardé remballer ses trucs et les poser avec frustration sur la banquette arrière de son auto. Puis, il est reparti sans plus m'adresser la parole, démarrant sur les chapeaux de roues.

Je me suis relevé, les deux tasses dans les mains, et j'ai pivoté pour retourner à l'intérieur. Est alors sortie de chez elle ma chère voisine, qui tenait son petit caniche dans les bras. Comme une protection… Elle devait être encore traumatisée par la manière dont notre discussion s'était terminée, l'avant-veille au matin. Son regard mauvais m'est tombé dessus alors que je n'en avais guère besoin.

Afin d'entretenir une bonne relation avec mon voisinage, j'ai rebroussé chemin et me suis dirigé vers elle, sans lâcher les deux cafés. Arrivé à sa hauteur, je lui ai tendu l'un des deux en lui proposant :

— Un p'tit café ? Il est noir, vu que je savais pas ce que vous mettiez dedans…

Ses yeux se sont écarquillés. Touchée, elle a demandé :

— C'est pour moi ? Eh ben… merci. C'est gentil, mais je bois juste du thé.

Son expression s'était adoucie. Je sentais que j'étais sur le point de l'amadouer. J'ai esquissé une moue charmante. Je m'étais longuement exercé devant mon miroir. Puis, j'ai joué la comédie en faisant semblant d'être déçu qu'elle n'accepte pas mon offre. En bonne catholique qu'elle était, elle est tombée directement dans le panneau. Après avoir hésité une fraction de seconde, elle m'a proposé d'entrer, pour jaser un peu.

Je n'en avais absolument pas envie. Alors que je tournais la tête pour jeter un coup d'œil vers chez moi, j'ai aperçu un pick-up noir qui s'engageait dans la rue.

Non, mais c'est pas vrai ! me suis-je dit. Ils n'allaient pas venir me harceler tous les jours ! Afin d'éviter de les croiser, j'ai rapidement hoché la tête pour accepter l'invitation. Je crois qu'elle ne s'attendait pas vraiment à ce que je dise oui. Elle s'est mise à bégayer, mais j'ai avancé d'un pas vers sa porte, lui montrant ainsi que j'étais prêt à entrer.

Plus que prêt, même… Il valait mieux que je me réfugie au plus vite à l'intérieur ! Elle m'a ouvert et m'a signifié de passer avant elle tandis que son sale cabot se mettait à grogner en direction de la rue. Je n'ai pas vérifié après quoi il jappait de la sorte. Une fois dans la maison, j'ai jeté un œil par la fenêtre et j'ai pu voir le pick-up qui passait tout droit.

Ce n'était même pas eux ! J'avais paniqué pour rien. Et maintenant, je me retrouvais dans la maison de la folle de Jésus. Bravo, mon Dom ! Je n'étais pas pour la planter là tout de suite. Sauf que j'étais loin d'avoir envie de commencer ma journée en prenant le thé avec ma voisine.

Je l'ai suivie malgré tout vers son salon, où elle m'a montré un joli canapé recouvert d'un tricot rose. Quétaine à souhait… Je lui ai souri en guise de remerciement, puis je me suis lentement assis sur le bout des fesses tandis qu'elle allait à la cuisine pour chauffer son thé. Juste avant, elle a déposé le caniche par terre. L'animal s'est empressé de venir me renifler l'entrejambe. Je l'ai repoussé de mon mieux, mais il ne voulait rien savoir et continuait ses explorations intimes.

Quand la folle est revenue, tenant l'anse d'une minuscule tasse entre le pouce et l'index, je peux dire sans me tromper que le chien et moi étions devenus beaucoup plus proches… Je ne me souviens pas de la dernière fois où une femme a passé autant de temps le nez collé à mes testicules.

Heureusement, il a enfin cessé de me renifler et est allé se coucher aux pieds de sa maîtresse. J'ai pu me remettre à respirer normalement. Pour me redonner une contenance, j'ai pris une petite gorgée de ce qui restait de mon café. Pouah ! Il était froid et dégueu. J'ai d'ailleurs bien failli le recracher.

J'ai cependant fait un homme de moi et l'ai avalé en grimaçant avant de déposer les deux tasses par terre. En souriant, j'ai croisé les mains sur mes genoux, attendant de voir ce que ma voisine allait me dire. De quoi allions-nous discuter ? Mon regard a parcouru la pièce et s'est attardé sur les milliers de bibelots anciens, sur les meubles de bois, et sur les centaines d'assiettes accrochées au mur.

Alors… j'ai eu une illumination. Bien sûr ! La réponse se trouvait ici ! J'étais à peu près certain que la tasse que tenait la bonne femme était une antiquité. Tout comme la vaisselle qui envahissait la pièce. Cet endroit était une vraie mine d'or ! Sans jeu de mots !

J'ai continué de compter mentalement tout ce qui pourrait être facilement revendu et, surtout, le prix que je pourrais en tirer. Je suis ensuite revenu à ma voisine, qui sirotait doucement son thé chaud. Il était plus que temps que la relation s'améliore, entre elle et moi. Avec une douceur tout ce qu'il y a de plus feinte, j'ai susurré :

— Je suis vraiment désolé qu'on soit partis sur de mauvaises bases...

— Moi aussi. Je n'aurais peut-être pas dû accuser vos enfants sans preuve, mais...

— Ah, mais vous aviez sûrement raison. Je me suis fâché ben vite. Pis... c'est vrai que parfois, les flos, ils ont de drôles d'idées.

Ses épaules se sont relâchées, signe qu'elle était soulagée. Je la sentais sur le point de me sourire timidement, alors j'en ai profité pour m'immiscer dans la brèche nouvellement ouverte :

— C'est beau, chez vous... J'aurais jamais cru, de dehors, que... que c'était si bien décoré.

Ses joues ont rougi. Elle s'est mise à minauder en clignant des cils. J'ai ajouté :

— Ouais… vous avez du goût. Mais… ça doit coûter cher, décorer une maison de même. Non ?

Elle a jeté un œil à ce qui l'entourait. Un pli triste s'est creusé entre ses sourcils. Finalement, elle a expliqué :

— La plus grande partie de la… de la vaisselle était à ma mère. J'ai hérité de tout ça à sa mort, y a ben des années. Pis je n'ai pas osé vendre quoi que ce soit ni m'en débarrasser. Je ne sais pas combien ça vaut, mais ce n'est pas important. Ç'a pas de prix pour moi.

J'ai hoché la tête pour bien lui montrer que je comprenais. Intérieurement, j'étais surtout en train de me dire qu'il ne semblait pas y avoir de système d'alarme, ni sur les murs ni près de la porte d'entrée.

OK… je dois l'avouer : il m'est arrivé à quelques reprises de devoir cambrioler une maison. C'était toujours pour une bonne cause, cependant. Une question de vie ou de mort, quoi. La mienne, en l'occurrence. Et jamais, au grand jamais, je n'avais blessé qui que ce soit. J'étais peut-être un petit voyou, mais certainement pas un criminel assoiffé de sang !

Satisfait des réponses qu'elle m'avait données, j'ai décidé d'abréger ce petit moment entre nous, car, après tout, à part sa coûteuse vaisselle, nous n'avions absolument rien à nous dire. Je ne voulais pas avoir l'air impoli, alors j'ai plutôt demandé où se trouvaient les toilettes, et si je pouvais les utiliser.

Elle m'a indiqué une petite porte, au bout du couloir, que je me suis empressé de refermer derrière moi.

Tout comme le reste du rez-de-chaussée, la pièce était décorée avec énormément de mauvais goût. N'empêche que l'endroit regorgeait de vieilleries qui devaient valoir une fortune. Afin d'en avoir le cœur net, j'ai attrapé un œuf doré posé dans un bol, que j'ai levé à la hauteur de mes yeux pour l'examiner. Il m'a paru plutôt solide et, mû par une pulsion irrésistible, je l'ai enfoui dans ma poche.

Une fois cela fait, j'ai *flushé* la toilette, puis j'ai laissé couler l'eau dans le lavabo pour donner l'impression que je me lavais les mains. Je suis ensuite sorti, mes yeux scannant tout ce qu'ils voyaient. Je me suis excusé sobrement. J'avais une grosse journée devant moi étant donné que les enfants devaient arriver en début de soirée. La folle de Jésus a voulu savoir si j'avais l'intention d'aller à l'église, ce dimanche, et j'ai bien failli éclater de rire.

Je me suis toutefois rappelé à la dernière minute qu'effectivement, j'allais peut-être bien devoir me rendre dans un endroit du genre pour l'enterrement de Jules. J'ai pris mon air le plus triste pour lui expliquer la situation, et elle a tenu à connaître l'église où se tiendrait l'événement, afin de s'y rendre.

— Euh... je sais pas. Faut que je m'informe. Je pense que c'est dans un complexe funéraire.

Elle a hoché la tête, l'air de dire que c'était un choix stupide, puis m'a reconduit jusqu'à la porte. Un dernier sourire et j'étais parti. Moins d'une minute plus tard, avant même que je pousse ma propre porte, j'entendais ma voisine rouvrir la sienne pour me héler :

— Dominic ! Pardon, mais vous avez oublié vos tasses !

— Ah, ouais… Je reviens.

— Non, non, vous donnez pas ce trouble. Je vais les laver et vous les rapporter aussitôt qu'elles seront propres.

J'ai acquiescé, moyennement heureux de cette suggestion, mais je n'étais pas pour m'obstiner avec elle non plus. C'est que ces tasses étaient les seules que j'avais, et je me serais bien refait un café, moi… Je le boirais dans un verre, il faut croire. Je suis rentré chez moi pour me diriger vers la cuisine. En faisant couler l'eau dans la cafetière d'une main, j'ai allumé mon cellulaire de l'autre, à la recherche de mes contacts à qui refiler des biens, lorsqu'il m'arrivait d'en voler. Je connaissais deux ou trois personnes qui étaient de confiance et qui me revendraient ça rapidement.

Peut-être bien que je parviendrais à me sauver le cul encore une fois, en fin de compte…

Parce que la journée ne s'annonçait finalement pas si mauvaise, j'ai ajouté quelques gouttes du vin de la veille, qui traînait encore sur le comptoir. Une première gorgée m'a confirmé que ce n'était pas fameux. Peu importe. Je suis allé m'écraser sur le sofa et j'ai attendu que le premier poisson me rappelle. C'est le numéro de Rémi qui est apparu sur mon cellulaire. Rapidement, j'ai appuyé sur l'écran et je l'ai salué :

— Salut, mon homme ! J'ai du beau *stock* pour toi. Tu peux me l'écouler avant dimanche ?

— Salut, Dom. Je sais pas trop. La dernière fois, c'était pas fameux-fameux...

— C'est différent, là. Je te le dis, ça va valoir la peine. T'es avec moi ou pas ? Parce que si ça te tente pas d'embarquer, je connais un autre gars qui attend juste que tu te désistes.

Il a juré tout bas, puis m'a demandé d'attendre qu'il vérifie s'il pouvait s'organiser rapidement. Il a promis de me rappeler avant la fin de la journée. Il était bien mieux, sinon... Sinon, j'allais vraiment être dans la marde jusqu'au cou, vu que j'étais en plein bluff. En réalité, je doutais que qui que ce soit accepterait de plonger là-dedans aussi vite. Avec mes autres contacts, il me faudrait attendre une bonne semaine avant qu'ils se déniaisent. Du temps, je n'en avais pas.

J'ai passé le reste de l'avant-midi à surveiller mon cellulaire, les doigts croisés. Rémi ne m'a contacté que bien plus tard, alors que je me préparais à aller chercher les enfants chez Mélanie. J'étais déjà au téléphone avec elle quand une notification est entrée. J'ai abrégé la discussion.

— OK, faut que je te laisse, j'arrive bientôt, *anyway*. Peux-tu t'arranger pour que les enfants soient déjà prêts ?

— Ben là… tu veux ben pas qu'ils patientent sur la galerie, quand même ? La dernière fois que j'ai fait ça, t'es jamais venu, pis Angélie a pogné le rhume à force de vouloir rester dehors sous la pluie.

— Elle aurait pu prendre un parapluie, ai-je mollement répliqué, me sentant tout de même un peu coupable.

— Ça sert à rien qu'on s'obstine. Théo va sortir quand il va vouloir, pis Angélie va rester dans le salon, devant la fenêtre.

— OK, OK, pogne pas les nerfs ! me suis-je écrié, plus pressé de voir si j'avais bel et bien reçu un texto de Rémi que de continuer à parler avec elle.

— C'est toi qui fais des demandes qui ont pas d'allure !

— Je pensais que tu serais contente de savoir que mon char était réparé ! T'es jamais satisfaite !

— Je m'en tape, de ton auto ! Pis d'ailleurs, Nicolas va être obligé de finir plus tard à cause de toi pis du temps perdu.

— Ça va ? T'as fini, maintenant ? Je peux raccrocher ? Sinon, j'arriverai jamais à temps chez vous…

— Dom, t'es qu'un con.

Sur cette charmante insulte, elle a enfin raccroché, ce qui m'a permis de jeter un coup d'œil à mes messages. Effectivement, il y en avait un de Rémi, qui me confirmait que si je lui apportais le stock le lendemain, il pourrait l'écouler en moins de vingt-quatre heures. C'était serré, mais ça pourrait fonctionner.

Ça voulait aussi dire que, dès cette nuit, il me faudrait rendre une petite visite à ma folle de voisine. J'espérais juste qu'elle avait le sommeil profond. Sinon, ça risquait de mal virer. Je n'avais aucune, mais alors aucune envie de devoir prendre les grands moyens pour qu'elle garde les yeux clos. Je me battais toutefois présentement pour rester en vie, alors je me savais capable de faire ce qu'il fallait pour m'en sortir en un seul morceau…

Vendredi, fin de journée

Alors que depuis vingt bonnes minutes, je klaxonnais sans arrêt dans le stationnement, Mel est sortie sur la galerie et m'a fait signe d'attendre. Encore. Non mais, ils faisaient quoi, au juste ? De plus en plus impatient, j'ai maintenu la pression de ma main pendant de longues secondes, mais ça ne m'a pas calmé comme je l'espérais. Bon, j'agissais ainsi davantage pour écœurer mon ex que pour être moins énervé.

De ce côté, ça semblait fonctionner. Elle a en effet levé le bras et m'a adressé un doigt d'honneur bien senti. Je lui ai rendu la pareille, mais j'ai abaissé ma main quand le visage heureux de ma fille est apparu dans le cadre de porte.

Parfois, je me faisais l'impression d'être un gros bébé. C'était Mélanie qui me mettait dans cet état.

Immanquablement, dès que je me retrouvais en sa présence, je me transformais en homme de Neandertal. Retrouvant mon rôle de papa, j'ai remballé mon doigt et j'ai accueilli Angélie avec une joie non feinte.

— Hé, salut, ma *peanut!* J'espère que t'es en forme, parce qu'en fin de semaine, on va faire des tonnes de trucs!

Mel, qui l'avait suivie, s'est empressée de me mentionner:

— Faudrait pas qu'elle se couche trop tard, le soir, hein? Sinon, elle va être fatiguée lundi à l'école, pis...

— Mais oui, mais oui, je suis pas un épais. Laisse-moi gérer ça, tu veux?

Parce que notre fille avait le menton relevé et que son regard passait de sa mère à moi, mon ex s'est abstenue de répliquer. Elle a ouvert la portière et a aidé Angélie à s'attacher correctement dans le banc d'auto qu'elle traînait avec elle. Puis, elle lui a donné un bisou sonore sur la joue avant de refermer la portière et de remonter l'allée. Sans me saluer. Pas que ça me dérangeait!

C'est juste que je n'avais toujours aucune idée de quand mon ado de fils allait daigner se montrer. J'ai donc levé le ton pour demander:

— Et Théo, lui? Il vient pas?

Mélanie a haussé les épaules sans se retourner. OK… elle était contrariée. Je n'ai pas insisté. Pas parce que je n'avais pas envie de continuer à la mettre en rogne, mais surtout parce que ma fille, derrière moi, a chuchoté :

— Il est tout le temps dans le sous-sol…

— Ben c'est un peu normal, vu que sa chambre est là. Tsé, les ados, ça aime ça vivre dans des grottes, ai-je expliqué en me tournant à demi vers elle.

J'espérais la faire sourire avec mon commentaire, mais son visage est resté sérieux. Elle a jeté un coup d'œil nerveux vers la maison, avant de poser à nouveau son regard sur moi. Puis, elle a chuchoté :

— Théo, il va pas bien.

J'ai soupiré. Coudonc ! Elle était en train de devenir comme sa mère, ou quoi ? Angélie me semblait pas mal jeune pour vouloir gérer la vie des autres. N'empêche que son inquiétude m'a touché un peu. Elle avait l'air vraiment perturbée. J'ai donc répliqué :

— Je sais pas ce que maman t'a dit, pour l'ami de ton frère, mais…

— Il est mort.

Le ton un peu brusque utilisé m'a déstabilisé un instant. Si bien que je n'ai pas eu le temps d'embrayer sur le sujet de la mort et sur ce qu'elle en pensait. Ma fille a repris avant moi :

— Mais Théo, y s'en fout. C'est pas ça qui le dérange.

— Voyons, Angélie, Jules était son meilleur ami. Toi, si... comment elle s'appelle, déjà, la petite fille aux cheveux roux qui est dans ta classe ? En tout cas, s'il lui arrivait quelque chose, tu aurais de la peine, c'est sûr.

Elle a secoué la tête, les lèvres pincées. Je ne comprenais pas trop sa réaction. Elle était décidément un peu bizarre, aujourd'hui.

— C'est pas ça. Je te dis que Théo a pas de peine. Il est juste...

Elle a fermé la bouche d'un coup. La portière du côté passager s'est ouverte sur mon fils, qui a pris place à ma droite, sans s'excuser de nous avoir fait attendre. À l'arrière, Angélie avait baissé les yeux vers son toutou, qu'elle tenait avec force contre sa poitrine. J'aurais pu reprocher des tas de trucs à fiston, mais il semblait déjà assez à cran comme ça. Il risquait simplement de se braquer. Ou pire, de sortir de l'auto en claquant la portière. Et j'avais besoin de lui, ce soir... Je ne voulais pas laisser ma fille seule à la maison tandis que je rendrais visite incognito à la voisine. Pas que j'avertirais Théo de mon départ, mais au moins, il serait présent si sa sœur avait besoin de quoi que ce soit.

Je ne savais pas combien de temps je serais parti, mais je ne comptais évidemment pas m'éterniser. C'est sur ces pensées que j'ai reculé la voiture pour ramener ma petite famille chez moi. Sur place, Théo s'est empressé de se réfugier dans la cave, tandis que sa sœur me suivait à la trace d'une pièce à l'autre. C'était une chose dont je n'avais pas l'habitude.

C'est comme si elle tenait absolument à me parler. Je dois avouer que je n'étais pas très attentif à ce qu'elle racontait. Elle répétait inlassablement les mêmes platitudes. À un moment, elle est revenue sur le sujet de son frère. Je l'ai interrompue pour lui demander ce qu'elle voulait que je prépare pour le souper. Dans les faits, j'avais plutôt l'intention de commander de la pizza, mais je voulais d'abord voir ce qu'elle allait me répondre. Elle s'est mise à réfléchir, les yeux dans les airs et les lèvres pincées. Après une éternité, je n'ai eu qu'à proposer :

— Et si on mangeait de la piz ? Avec ce que tu veux dessus. Ça te tente ?

Comme je l'espérais, elle avait complètement oublié son délire sur le fait que son frère n'était nullement peiné par la mort de Jules. À la place, elle me dictait tout ce qu'elle voulait mettre sur sa pizza :

— Avec du bacon ! Et des pepperonis ! Et aussi du fromage…

— Y a toujours du fromage sur la pizza, ma *peanut.*

— C'est pas vrai. Parfois, maman en met pas. Mais je l'aime pas, dans ce temps-là.

Je comprenais très bien pourquoi. Sa mère avait parfois des lubies végétaliennes que j'avais toujours trouvées dégoûtantes. J'ai attrapé le cellulaire avant de me diriger vers la porte de la cave, que j'ai tenté d'ouvrir. Théo l'avait verrouillée. J'étais doublement surpris : d'abord, pourquoi ressentait-il le besoin de s'enfermer là ? Et surtout, qui avait installé ce verrou ? Sûrement mon fils, mais quand ? Je ne l'avais pas remarqué avant aujourd'hui.

Impatient, j'ai cogné sur la porte. Ç'a pris un moment avant qu'elle s'ouvre, dévoilant mon ermite de fils. Le visage fermé, il a marmonné :

— Quoi ?! Je suis occupé, là.

— Trop pour me dire ce que tu veux sur ta piz ?

Il a haussé les épaules, pas tellement intéressé. J'ai haussé les sourcils, ce qui l'a incité à répondre simplement :

— La même chose que vous autres. Je peux y aller, maintenant ?

— Bien sûr que tu peux. Mais... Théo ?

— QUOI ? a-t-il grogné en me lançant un regard quasi enragé.

— Tu soupes avec nous. C'est pas négociable, ai-je ajouté avant qu'il ne se mette à rouspéter.

Il m'a refermé la porte au nez sans me donner de réponse. Je ne m'en suis pas offusqué. On réglerait cette histoire de mauvaise humeur plus tard. Pour le moment, j'étais trop stressé avec ce que je devrais faire cette nuit pour que l'idée d'avoir une discussion orageuse avec Théo m'enchante.

La pizza est arrivée une bonne heure plus tard. Il était plus que temps, la petite semblait être sur le point de s'autodigérer. Les pommes que j'avais achetées pour elle étaient toutes poquées, ce qui fait qu'elle avait passé les trente dernières minutes à se plaindre que son ventre lui faisait mal et qu'elle avait trop faim !

Théo est venu prendre une bouchée vite fait, puis il est redescendu tout aussi rapidement dans sa grotte. Je commençais à me dire qu'il nous avait pris en grippe, et que ce serait une bonne idée de retirer la nouvelle serrure lorsque j'en aurais l'occasion. C'est-à-dire plus tard cette semaine.

La soirée a passé à la vitesse d'une tortue. Quand j'ai enfin pu mettre Angélie au lit, je ne tenais plus en place. Surtout qu'elle avait un peu chigné avant de se coucher, sous prétexte qu'elle n'était pas fatiguée, qu'elle voulait que je lui raconte une histoire et qu'elle avait encore faim. Bref, des excuses interminables…

Je ne me suis pas prêté à son petit jeu bien longtemps. Après quelques minutes à peine, je lui ai dit que si elle continuait à se lever pour rien, je devrais lui retirer son toutou pour la nuit.

Je sais… c'était cruel. Mais j'étais à bout. J'en avais ma claque et je n'ai jamais dit que j'étais un père exemplaire !

N'empêche que ç'a fonctionné, elle est enfin restée dans son lit. Une vingtaine de minutes plus tard, son souffle devenu régulier m'a confirmé qu'elle dormait à poings fermés. C'était le temps d'agir.

Je me suis posté à la fenêtre de ma chambre, qui donnait sur la maison voisine. Les lumières y étaient encore allumées.

Fuck! Je n'avais pas réfléchi au fait qu'il me faudrait attendre que la folle s'endorme, elle aussi… J'ai quand même pris mon mal en patience. Je n'avais pas trop le choix, de toute façon. Je me suis donc tiré une chaise et me suis installé de façon à avoir un œil sur ce qui se passait à côté. La vieille était assurément une couche-tard, ai-je pensé vers minuit. Je pouvais même voir la télévision allumée, dans son salon. Ce n'est qu'environ une heure plus tard que j'ai pu apercevoir sa silhouette passer de pièce en pièce pour tout éteindre.

Elle a fini sa ronde en éteignant la télé, puis tout est devenu sombre. Je ne savais pas trop combien de temps ça lui prendrait pour tomber dans les bras de Morphée, alors je suis resté bien sagement assis, à attendre. Encore...

J'étais en train de cogner des clous quand j'ai sursauté sur ma chaise. J'ai tendu l'oreille. J'avais cru entendre un bruit, mais ce devait simplement être un effet de mon imagination. Lentement, je me suis remis sur pied. J'ai pris soin de m'étirer, puis j'ai enfilé les vêtements que j'avais sortis pour l'occasion. Pantalons noirs et chandail à capuche de la même couleur.

J'ai laissé mon cellulaire dans ma chambre avant de me glisser par la porte arrière. J'ai longé le mur de briques de ma maison, pour ensuite me rendre jusqu'à la clôture qui séparait les deux terrains. Je l'ai enjambée sans difficulté, remerciant la lune de n'être pas trop présente. À pas de loup, le corps à demi replié, je me suis rendu jusqu'à une fenêtre du sous-sol de la voisine. J'avais remarqué qu'elle avait tendance à ne la fermer qu'avec une simple moustiquaire. J'ai déchiré celle-ci avec le couteau que je traînais dans ma poche arrière. Puis, je me suis faufilé par la fenêtre.

Par chance, je n'ai jamais été gros, ce qui m'a bien servi, car la fenêtre était étroite. Les jambes passant en premier, je me suis laissé glisser jusqu'au sol avant de m'immobiliser. Il ne fallait surtout pas faire de bruit, et je ne voyais pas grand-chose autour de moi. J'avais fait exprès de ne pas apporter mon téléphone, pour ne pas gêner mes mouvements. Je le regrettais à présent. J'aurais pu l'utiliser pour m'éclairer faiblement et ne pas m'enfarger dans ce qu'il y avait par terre.

Je ne suis pas resté sur place à me morfondre sur mes piètres qualités de voleur. Je ne pouvais pas perdre une seconde de plus. En posant la main sur le mur, je suis parvenu jusqu'aux marches menant à la porte du rez-de-chaussée. Je l'ai doucement poussée, ce qui m'a permis d'y voir un peu plus clair, mais aussi d'entendre un grognement, pas très loin de moi.

Le cabot ! Je l'avais quasiment oublié, lui !

Je n'avais que deux options : soit je rebroussais chemin et me sauvais comme un voleur – ouais, bon... –, soit je faisais taire le caniche. J'ai choisi la deuxième. Je me suis précipité vers l'animal sans attendre et lui ai saisi le museau, que j'ai serré pour qu'il se la ferme, avant de le prendre dans mes bras.

Maintenant, que faire ? J'étais là, comme un idiot, à tenir la bête collée contre moi. Elle se débattait comme elle le pouvait pour se déprendre.

Je n'ai jamais aimé les chiens, mais je me voyais mal le museler pour de bon... Sauf que si je ne le faisais pas, il allait finir par réveiller sa maîtresse et attirer l'attention sur moi. En fermant les yeux, je me suis enfin décidé à agir. D'un mouvement sec, j'ai fait craquer le cou de l'animal.

Il est devenu tout mou…

J'ai détesté cette sensation. Une envie de gerber a monté dans mon œsophage. Encore aujourd'hui, je ne sais pas comment j'ai fait pour la retenir. Avec une douceur que je ne me connaissais pas, je me suis penché et j'ai déposé la bête à mes pieds. Je suis resté là quelques secondes à la regarder.

Elle paraissait paisible, éclairée par une veilleuse dans le couloir. Les yeux fixes. Les oreilles rabattues. Son petit corps ne se soulevait pas, preuve qu'elle était bel et bien morte. Par mes mains. J'ai inspiré difficilement, me sentant de plus en plus coupable. Peut-être n'avait-elle pas souffert, au fond ?

Je ne pouvais cependant pas rester là à débattre du sujet. Je me suis donc relevé et j'ai avancé d'un pas pour me rendre jusqu'au palier. J'avais la tête tournée vers la droite, si bien que je l'ai tout de suite aperçue…

Sa silhouette tranchait sur la blancheur du mur. Elle était figée au bout du couloir : ma voisine. Elle aussi, elle venait de me voir. J'en ai eu la preuve dès qu'elle a poussé un cri de stupeur avant de pivoter pour se sauver vers sa chambre, d'où elle venait de sortir.

J'ai alors émis deux ou trois jurons, puis je me suis élancé à sa poursuite. À ce stade, j'aurais peut-être encore pu retourner dans la cave et sortir par la fenêtre, mais… Je ne pourrais dire pourquoi je me suis mis à la suivre dans la maison. Oui, j'avais peur qu'elle m'ait reconnu et qu'elle porte plainte à la police. Ce n'est toutefois pas tout… Je crois que la vraie raison pouvant expliquer ce qui s'est ensuivi, c'est que c'était la seule et unique façon de me sortir du pétrin. Il fallait que je la cambriole. Sinon, je n'étais pas mieux que mort, et ce, dans moins de deux jours.

Je ne faisais plus attention au bruit produit. Elle non plus. Elle s'était mise à hurler à tue-tête. Pour ma sécurité, elle devait se la fermer, et vite. Quand je l'ai atteinte, elle avait contourné son lit et grimpé sur un tabouret, afin d'ouvrir sa fenêtre. Je crois que son but était de s'échapper par là. Je l'ai cependant agrippée par sa chemise de nuit et elle a basculé vers l'arrière.

C'était un accident. Vraiment. Je n'avais pas prévu qu'elle… qu'elle se cognerait la tête contre la lampe, sur sa table de chevet. Ni qu'elle roulerait sur elle-même et heurterait le coin du meuble.

Encore moins que sa tempe se mettrait à saigner, une fois qu'elle reposerait au sol, le visage aplati contre le tapis… Une tache rouge a rapidement grossi. J'ai reculé d'un pas, sous le choc. Je respirais à toute vitesse, et mon torse se soulevait tellement souvent que j'ai dû m'appuyer contre le mur, derrière moi, pour ne pas m'effondrer.

Au bout de ce qui m'a semblé une éternité, je me suis penché vers le corps. Flasque, il ne bougeait plus. J'ai posé deux doigts sur son cou. Rien. J'ai toujours été nul pour prendre mon propre pouls, alors j'ai bougé mes doigts afin de confirmer mes doutes. Finalement, je me suis agenouillé et j'ai essayé de voir si je pouvais sentir sa respiration si je glissais ma paume sous son nez.

Cette fois, j'ai rapidement été convaincu. Ma voisine venait bel et bien de rendre l'âme. Je n'avais pas seulement tué son cabot de sang-froid… j'avais aussi fait en sorte que sa maîtresse mange les pissenlits par la racine.

J'ai porté ma main à mon front, découragé, pour constater que du sang maculait mes doigts. J'ai poussé un petit cri en les secouant devant moi. J'étais en train de paniquer. J'avais envie de me cogner la tête contre les murs pour me remettre d'aplomb.

De l'eau. Il me fallait de l'eau ! J'ai couru jusqu'à la salle de bain, me souvenant vaguement où elle était pour y être allé la veille. J'ai allumé la lumière. Je n'avais plus aucune précaution à prendre, après tout. En m'appuyant contre le rebord du lavabo, je me suis penché vers le miroir. Mes pupilles étaient dilatées à l'extrême. Le regard planté dans mon reflet, j'ai murmuré :

— Cette fois, mon vieux, t'es vraiment dans la marde.

Un ricanement m'a surpris. Encore plus quand je me suis rendu compte qu'il provenait de moi. J'étais en train de virer fou. J'ai inspiré un bon coup, puis j'ai repris :

— OK, du calme. Là, tu vas continuer comme si rien de tout ça était arrivé. Personne sait que t'étais ici ce soir, *anyway*. Non, personne. Faque tu vas fermer ta yeule pis toute va ben aller…

Je me suis redressé. J'ai hoché la tête. Mais à ce moment, avant même d'avoir pivoté pour sortir de là, mes yeux ont rencontré ceux d'une seconde personne, qui se tenait dans la pièce.

Juste derrière moi…

Quarante ans plus tôt

C'est l'heure. Mon père doit bientôt venir me chercher. Pour me ramener à la maison. Tous les jours, j'attends ce moment avec impatience. L'après-midi touche à sa fin. Grand-maman fait sa sieste habituelle sur le sofa du salon. J'ai enfin un peu de répit. La journée a été dure. Et longue.

Le nez collé à la vitre, je scrute le bout de la rue, dans l'espoir de voir la voiture de papa arriver. Mais il n'est toujours pas là. Le temps s'étire. Je jette un œil sur la grande horloge murale : bientôt dix-huit heures.

Qu'est-ce qu'il fait ?

Je déteste quand il effectue des heures supplémentaires. Quand il m'abandonne ici toute la soirée. Mes yeux se remplissent de larmes. Je les retiens avec difficulté. Si ma grand-mère me surprenait à pleurer, elle me punirait.

De toute façon, elle me punit toujours, quoi que je fasse. Je ne suis jamais assez ci, jamais assez ça. Je la déçois constamment.

Alors je renifle. J'ai le nez plein.

Au moment où je lève le bras pour essuyer la morve qui s'en échappe, je sens une main s'abattre sur mon épaule. Des ongles se plantent dans ma fragile peau d'enfant. Des griffes pointues, qui me blessent.

J'avale difficilement ma salive et tourne la tête vers celle qui me fait mal. Les yeux de ma grand-mère sont brillants. On la croirait en extase. Elle me murmure, dans un grand sourire:

— Ton père ne sera pas là tout de suite. Ce matin, il m'a dit que tu devrais souper avec moi. Ça tombe très bien, j'ai une surprise pour toi.

— Une surprise?

Elle hoche la tête et me lâche l'épaule. Sa main se glisse dans la mienne, tandis qu'elle me tire vers sa chambre. Je n'ai pas envie d'y aller. Ça sent toujours mauvais, là-dedans. Une odeur d'urine. De caca, aussi. Et de sueur. Mais pas seulement. Ça sent le vieux qui ne s'est pas lavé depuis des lustres. C'est d'ailleurs exactement ça qu'il y a dans la chambre de grand-maman.

Un vieux.

Mon grand-père...

Qui se meurt depuis des semaines. Cancer généralisé. Il n'y a plus rien à faire, c'est ce qu'on m'a dit. Ce que je ne comprends pas, cependant, c'est pourquoi il ne veut pas aller à l'hôpital.

À moins que ce ne soit grand-maman qui refuse de le laisser partir ?

La porte est à demi ouverte. Je peux apercevoir la forme de son corps sous les draps. Grand-papa ne sort jamais de cette pièce. Il en est incapable. Je ne sais même pas s'il peut bouger. Il a besoin d'aide pour se nourrir. Pour vider sa vessie. Pour respirer. Des tubes lui sortent du nez. Ils sont branchés à une machine qui fait beaucoup de bruit.

En entrant dans la chambre, je remarque que le silence a envahi les lieux. Pas le moindre bruit. La machine s'est arrêtée.

Et le cœur de mon grand-père aussi...

Je lève la tête vers grand-maman. Elle ne cesse de sourire. Elle me fait peur comme jamais. J'essaie de récupérer ma main, elle m'en empêche. Elle m'amène plus proche du mort. D'une voix rauque, elle m'explique :

— Son cœur vient de lâcher. Il est parti. Mais tu vois ses yeux qui nous regardent toujours ? Il faut en

profiter... Ce sera notre petit secret. À toi et moi. Tiens... on se le partage.

Elle s'agenouille devant moi, me tend un des couteaux qu'elle tient dans son autre main. Puis, avant de se relever, elle me caresse la joue et me souffle :

— Tu en es capable. Je t'ai bien formé. J'attends ce moment depuis si longtemps. Grand-papa te fait cadeau d'un de ses yeux. Mais c'est à toi d'aller le lui prendre. Allez... montre-moi que tu te rappelles comment on fait.

Je voudrais avoir la force de refuser. Je n'ai que quatre ans. À cet âge, je devrais être en train de lancer des cailloux dans la rivière, de colorier en dépassant les lignes ou d'apprendre à faire du vélo à deux roues.

Moi, je vais plutôt retirer le globe oculaire de mon grand-père...

Nuit du vendredi au samedi

Je n'ai pas bougé. Je n'ai pas pivoté sur moi-même pour lui faire face. Si je m'étais exécuté, je savais très bien qu'elle n'aurait plus été là, puisqu'elle provenait de mon imagination. Ma grand-mère me fixait à travers la glace, mais ce n'était pas vraiment elle. Ce n'était que mon inconscient qui empruntait son corps, le temps nécessaire pour me transmettre un message.

Dans ma tête, je l'ai très bien entendue prononcer les mots suivants :

— Tu sais de quelle manière te sortir du trouble, mon Domi. Fais pas semblant d'être sans ressource.

— Non, je... je peux-peux-peux pas...

— Reprends-toi ! T'es pas une mauviette ! Je t'ai élevé pour être capable de régler ce genre de situation.

— Mais… comment ? ai-je demandé en levant les mains dans les airs en signe d'impuissance.

— Ton couteau, sors-le. Il te sera utile.

J'ai obéi. Ou plutôt, j'ai écouté mon âme. J'ai fouillé dans ma poche pour y prendre le couteau en question et le soulever à la hauteur de mon visage. Grand-maman, désormais, se tenait tout près de mon oreille. Elle me soufflait la liste des gestes horribles qu'il me suffisait d'effectuer pour démembrer, décapiter et faire disparaître le cadavre. Les images me sont venues par bourrasques. J'imaginais très bien la manière de couper la peau, de séparer les membres, de plonger la lame dans le ventre et de…

— Noooooon !

J'ai échappé le couteau dans le lavabo et me suis pris la tête dans les mains avant de me plier en deux, comme si je venais de recevoir un coup. Je ne serais jamais comme elle. Je ne serais pas un meurtrier. Ni un fou furieux. J'allais tout laisser sur place. Je n'allais plus toucher à rien.

D'ailleurs, je devais effacer mes traces…

J'ai paniqué. Je ne portais pas de gants. On allait retrouver mes empreintes partout. Surtout que j'étais fiché à la police pour un vol à main armée commis il y avait bien longtemps.

J'ai attrapé une serviette et me suis mis à frotter la céramique du lavabo, puis les robinets et le sang frais sur le miroir, que j'avais touché sans m'en rendre compte. Je suis sorti de la salle de bain en catastrophe, passant au travers du corps imaginaire de ma grand-mère. Elle s'est envolée dans un écran de fumée, me laissant seul avec ma détresse.

J'ai nettoyé compulsivement chaque poignée de porte et chaque interrupteur, même ceux que je n'avais pas touchés. J'ai ignoré la morte, dans la chambre, ainsi que le cabot couché en haut des marches. J'ignore combien de temps ça m'a pris, mais quand je me suis enfin arrêté, j'étais essoufflé.

Il était temps de passer aux choses sérieuses et d'empiler dans un coin tout ce qui était bon à voler. Alors je me suis exécuté. En faisant fi de toutes les mauvaises décisions que j'avais prises jusqu'à maintenant. J'avais apporté de larges sacs-poubelle. J'ai essayé d'entasser la vaisselle dans ceux-ci, pour me rendre compte que j'allais tout casser si je continuais comme ça. Quel imbécile j'étais de ne pas y avoir songé plus tôt. J'ai réfléchi un instant, puis me suis décidé à l'envelopper dans tout ce que j'ai trouvé de guenilles dans la maison : serviettes, vêtements, couvertures.

Ça faisait tout de même un peu de bruit quand je trimballais les sacs, mais c'était le mieux que je pouvais faire. Je les ai descendus jusqu'au sous-sol en prenant soin de ne pas les laisser traîner par terre. J'avais laissé la porte ouverte derrière moi, ce qui permettait d'y voir plus clair qu'à mon arrivée. Devant la fenêtre, j'ai une fois de plus hésité. Ça n'allait pas passer. Au point où j'en étais, passer par la porte arrière était peut-être la seule option qu'il me restait. Je suis remonté à l'étage avec les sacs. Lorsque j'ai eu fini, j'étais en nage, mais je ne me suis pas arrêté pour autant. Je devais encore porter le tout à ma voiture, afin de me rendre chez Rémi ensuite.

Aussi bien en finir dès cette nuit pour qu'il ne reste plus la moindre trace de mon passage chez la voisine. J'ai croisé les doigts pour que le moteur de mon auto démarre, puis je me suis rappelé que Nick était passé changer la batterie et qu'il n'y avait aucune raison pour qu'elle ne fonctionne pas.

Une fois sur la route, j'ai remarqué que mes mains tremblaient sur le volant. J'ai essayé de me calmer en inspirant profondément, en roulant des épaules et même en comptant les lampadaires croisés sur ma route, sans trop de succès. De la sueur me coulait le long des tempes. Mon chandail était humide sous les bras et je ne sentais pas les roses. Pas grave… Je prendrais une douche à mon retour, plus tard dans la nuit.

Je suis rapidement arrivé chez Rémi, qui m'a accueilli à moitié endormi, en caleçon. Il s'est gratté le torse, le nombril et une couille, tout en me dévisageant. Après un long bâillement, il a demandé :

— Qu'est-ce que tu fous ici ? Quand on a parlé de samedi, je pensais à plus tard que trois heures du mat' !

J'ai jeté des coups d'œil nerveux vers ma voiture avant de répondre :

— Je voulais pas que ça reste chez nous pour la nuit. Mes… mes flos sont là, pis je veux pas qu'ils remarquent quoi que ce soit.

— Ça fait que c'est moi qui vais être pogné avec ton stock ? Dom… moi non plus, ça me tente pas que ma femme voie ça.

— T'es même pas marié.

— Ma blonde, si tu préfères.

— Dans ce cas-là, je pourrais paqueter le tout dans ton garage. Elle le verra pas…

Il a soupiré, pas super emballé. Il a sacré un bon coup avant de donner son accord. Avant que je m'exécute, il a cependant voulu savoir :

— Coudonc, Dom… À quel point t'es dans la marde pour que ce soit si pressant que ça ?

J'ai passé une main dans mes cheveux, pour ensuite la laisser reposer sur ma nuque un instant. Finalement, j'ai secoué la tête. Sans expliquer quoi que ce soit. Rémi me connaissait assez pour savoir que j'avais fait l'idiot. Une fois de plus. Et que je méritais pleinement ce qui m'arrivait. Point final.

Voyant que je n'étais pas très bavard, il a hoché la tête, puis m'a ordonné de disparaître au plus vite, qu'il puisse retourner se pieuter.

J'ai obéi sans m'obstiner, mais je suis retourné le voir une fois que j'ai eu fini de tout sortir de mon auto. Je voulais savoir quand je pourrais avoir mon argent. Il a maugréé, puis m'a promis qu'il essaierait de revendre le tout rapidement, à condition que la marchandise soit potable. Comme il n'avait pas envie d'aller vérifier, vu son état de fatigue, j'ai dû me résoudre à attendre le lever du soleil pour connaître le montant qu'il pourrait en tirer.

De retour dans ma voiture, j'ai posé la tête contre le volant. J'étais en état de choc. Des images de ce qui s'était passé un peu plus tôt me revenaient. J'allais en faire des cauchemars pour le reste de la semaine. Ce n'était pourtant pas comme si je n'avais jamais vécu quelque chose de traumatisant. J'étais très doué pour occulter des images de ma vie.

Des gyrophares, au bout de la rue, m'ont fait relever la tête en catastrophe. Une voiture de police arrivait à vive allure. Pendant un instant, j'ai cru qu'elle était là pour moi. Pour m'arrêter, en lien avec la mort de ma voisine. Je me suis crispé et j'ai recommencé à trembler de plus belle.

La voiture de police est passée à ma hauteur sans ralentir. Ce n'est que quelques mètres plus loin qu'elle a signifié à un automobiliste, qui conduisait en zigzaguant, de s'arrêter en bordure du chemin. Sûrement un chauffard.

Mes poumons se sont remplis d'air, ce qui était pour le moins douloureux. J'ai ordonné à mon cœur de prendre un *break*. J'ai dû poser la main sur mon torse pour qu'il obéisse. Et encore...

Voyant que ça ne servait à rien, que mon état d'énervement n'était pas près de s'atténuer, je me suis engagé dans la rue. J'ai lentement dépassé la police, puis j'ai tourné à la première lumière. Je suis ensuite revenu à la maison à la vitesse d'une tortue. Une partie de moi était terrorisée à l'idée d'apercevoir une escouade entière devant la demeure de ma voisine.

Or, c'était le calme plat dans mon quartier. Personne ne s'était rendu compte qu'une femme était morte, tuée accidentellement par un cambrioleur. J'ai éteint le moteur de l'auto puis j'ai remonté l'allée jusqu'à la galerie, avant de bifurquer vers la cour. Je ne voulais pas réveiller les enfants en entrant par devant.

Une fois sur la galerie arrière, j'ai fait glisser la porte-patio le plus doucement possible, puis je l'ai refermée tout aussi délicatement. J'ai avancé de quelques pas dans la cuisine, où j'ai retiré mes chaussures, que j'ai laissées sur place. J'étais en train de me dire que j'irais me coucher sans même me déshabiller – ni prendre ma douche, finalement – quand une voix m'est parvenue. Celle de mon fils, qui me demandait :

— T'étais où ?

J'ai fermé les yeux. Je n'avais pas du tout envie de parler. Ni de m'expliquer. C'est à peine si j'avais la force de mentir. Sauf que je n'en ai pas eu le temps. Théo a tout de suite dévoilé son jeu :

— Pourquoi t'étais chez la voisine ?

Dans ce genre de situation, la meilleure option est toujours l'attaque. Ce à quoi je me suis résolu, même si ça ne me tentait pas trop.

— Si tu savais où j'étais, pourquoi tu le demandes, d'abord ? Pis c'est quoi, là ? Tu me suis ? Tu fais-tu la même affaire avec ta mère ?

Fiston ne s'est pas laissé impressionner par mon ton. Il a simplement répliqué :

— Pas besoin. Maman, elle me cache rien, elle.

J'allais faire claquer ma langue en signe d'impatience quand il a ajouté :

— C'est pas comme son chum…

Aussitôt, j'ai tendu l'oreille. Mon fils avait-il aussi remarqué que Nicolas n'était pas si parfait qu'il le paraissait ? Pour en avoir le cœur net, j'ai demandé :

— Pourquoi tu dis ça?

— Rien, laisse faire. Toi, t'es…

Je lui ai coupé la parole, à la fois parce que je ne tenais pas à ce qu'il reprenne son interrogatoire à mon endroit, mais également parce que j'étais vraiment intrigué par ce qu'il pouvait savoir sur le chum de sa mère.

— Tu l'aimes pas ben gros, hein, Nick…

— C'est pas ça, a-t-il marmonné.

Après une seconde, il s'est repris et a avoué:

— C'est juste un crosseur. Mais maman voit rien… On dirait qu'elle le fait exprès.

Dans l'obscurité, il n'a pas dû apercevoir mon froncement de sourcils. Déjà, il enchaînait:

— Il la trompe depuis des semaines.

Cette accusation m'a un peu surpris, autant le dire. Sonné, je me suis décidé à allumer la lumière. C'est que je m'étais attendu à ce que Théo m'annonce que son beau-père avait des problèmes de dettes – comme moi –, pas à ce qu'il me confie que ce dernier était infidèle. Ça, ça ne me regardait pas. Visiblement de l'avis contraire, mon fils a serré les poings.

— Il travaille super tard, il reçoit des coups de fil à n'importe quelle heure pis son linge, il… il sent bizarre. *Anyway*, il va pas s'en sortir comme ça.

Sa dernière phrase m'a mis mal à l'aise. Je n'étais pas certain du sens de ses propos. Voulait-il dire qu'il se chargerait de lui régler son compte ? Un éclat de rage dans ses yeux m'a forcé à garder le silence un moment pour y réfléchir. Se pouvait-il que mon fils fasse chanter Nick ? Qu'il le menace de tout révéler à Mélanie à moins que l'autre ne le paie pour son silence ? Ça expliquerait l'attitude de Nick. Peut-être même sa présence au *pawn shop*. S'il avait besoin d'argent pour se débarrasser des menaces de mon fils, c'était le meilleur endroit où aller, j'en savais quelque chose. Ça m'a rappelé ce qu'il avait marmonné lorsqu'il était venu changer ma batterie, la veille…

Je me suis secoué. Je n'avais pas tellement envie de mettre ça au clair cette nuit. J'avais les idées embrouillées et il était tard. Ou tôt, tout dépendait de comment on voyait ça. J'ai soupiré avant d'ouvrir la bouche pour suggérer à fiston d'aller se coucher, que la nuit porterait conseil et que nous pourrions toujours en reparler au matin, mais… il ne semblait pas d'accord. Revenant à notre discussion précédente, il m'a accusé :

— T'es allé voler la voisine.

Je ne peux nier que j'ai eu un choc en entendant ça. J'ai tout de même aussitôt démenti cette affirmation. Pour la forme…

— Hein ?! Pantoute.

— Je t'ai vu sortir de chez elle, tantôt. Avec des sacs. Ça fait que… je suis allé voir pourquoi t'étais là. Pis ce que tu y avais fait…

Cette fois, j'ai figé. Théo était entré chez la voisine ? Avait-il découvert qu'elle ?… Avait-il remarqué le corps du chien ? Savait-il que ?…

Mes pensées tourbillonnaient dans tous les sens. Pourtant, mon fils ne semblait pas remarquer la panique qui m'envahissait, ni la peur dans mon regard. Du moins, je l'espérais. De son côté, il était si calme, si posé. Et pourtant…

— Y avait plus rien sur les murs. T'as tout volé. Tout.

Il l'a annoncé sans la moindre émotion. J'ai voulu continuer à nier, mais il a simplement secoué la tête, si bien que j'ai refermé la bouche. J'ai balayé l'air de mes mains, à la recherche d'un mensonge quelconque. Il m'a signifié d'arrêter.

— Pourquoi tu mens tout le temps, Dom ?

J'aurais pu rétorquer que c'était dans ma nature. Plus fort que moi. Nous aurions peut-être enfin été capables d'avoir une vraie conversation, mais... je me suis contenté de le reprendre :

— Tu m'appelles plus papa, maintenant ? J'ai de la misère à te suivre, tsé.

Il a soupiré. A pincé les lèvres. Puis a finalement murmuré :

— Tu vas faire quoi, maintenant ?

— De quoi tu parles ? ai-je demandé en haussant les sourcils.

— Du corps...

Je n'étais vraiment pas préparé à ça. Durant un instant, j'avais naïvement cru que, si Théo était si calme, c'était parce qu'il ne l'avait pas vu. Qu'il avait à peine mis le pied dans la maison voisine avant de rebrousser chemin. Et qu'il ne savait toujours pas, pour son meurtrier de père.

J'ai bien essayé de répondre, sans y parvenir. J'avais l'impression d'être devenu muet. Mes cordes vocales ne semblaient plus vouloir fonctionner correctement. Je me suis mordu les lèvres et j'ai levé les bras vers ma tête, que j'ai encerclée comme pour me cacher le visage. Et la réalité.

Mon fils a tendu un bras et m'a touché. Doucement, il m'a chuchoté :

— Ça va être correct, p'pa. Tu connais la solution. Grand-maman t'a…

Je ne l'ai pas laissé finir. Mais qu'est-ce qu'il me faisait ? De toute manière, il était hors de question qu'il la mêle à ça. Durement, j'ai marmonné :

— Tout est sous contrôle. Là… y est pas mal tard. Va te coucher. Dans quelques heures, y a l'enterrement de ton ami.

Mon fils a plissé les yeux tandis qu'il continuait de me fixer. Après un long moment, il a tourné les talons et m'a planté là. J'ai laissé mon menton retomber sur mon torse, découragé. Mais je me suis vite repris en main. J'étais épuisé, et mon lit m'appelait. Je suis allé le rejoindre. En quelques secondes à peine, je me suis endormi.

Je n'ai rien entendu de ce qui s'est passé ensuite, durant mon sommeil.

Je le jure…

Samedi avant-midi, 21 septembre

Je n'ai pas vraiment porté attention à l'odeur qui flottait dans la maison en me levant. C'était léger. Oui, bon, ça sentait mauvais, mais je n'avais pas pris de douche la veille, alors je me suis simplement dit que j'avais besoin de me laver. En plus, ça sentait tout le temps mauvais, dans cette maison, et ce, depuis notre arrivée. Je me suis secoué pour ne plus y penser, vu que nous étions en retard pour la cérémonie au complexe funéraire.

C'était parfois si facile de faire comme si les choses n'existaient pas. Comme si je n'étais pas dans la merde jusqu'au cou. Comme si je n'avais pas tué ma propre voisine, cette nuit…

Mel m'avait envoyé toutes les infos par texto. J'avais finalement décidé d'y emmener autant Angélie que Théo, même si ce dernier ne paraissait pas tellement emballé. Il a grogné lorsque j'ai cogné contre la porte du sous-sol pour qu'il se lève et se dépêche un peu. Heureusement, il n'a pas tardé. Moins d'une dizaine de minutes plus tard, il sortait de sa tanière pour nous rejoindre à la cuisine.

Lui non plus ne sentait pas les roses. Il dégageait même un relent de pourriture, ou de je ne sais quoi qui a bien failli me lever le cœur. Je lui ai recommandé d'aller se décrotter à son tour, sans s'éterniser sous le jet puisque j'avais utilisé presque toute l'eau chaude. Il a rétorqué qu'il s'était lavé la veille, ce dont je doutais fortement. On aurait dit qu'il avait fait du sport une partie de la nuit tellement l'odeur de sueur était prononcée.

Je ne me suis pas obstiné. Je devais déjà m'occuper de préparer le déjeuner d'Angélie, qui rechignait devant les céréales que j'avais pourtant achetées exprès pour elle. Sans oublier que j'attendais impatiemment des nouvelles de Rémi à propos de mon stock...

J'ai haussé le ton devant la petite, les larmes lui sont montées aux yeux. Je me suis racheté en lui promettant qu'on allait passer une super belle journée, même si je savais bien que mes mensonges ne convainquaient plus personne dans cette maison. C'était à croire que mes enfants avaient développé un radar à *bullshit*...

Le déjeuner s'est terminé dans un mécontentement collectif. Nous avons tout abandonné sur la table puisque le temps commençait à presser, et nous sommes allés nous entasser dans ma voiture, direction le complexe où avait lieu la cérémonie pour Jules.

Sur place, j'ai vite constaté que je ne connaissais pas un chat. Nous aurions très bien pu arriver en retard d'une heure que personne ne s'en serait aperçu. Théo, pour sa part, est demeuré en retrait. Quand les parents de son ami lui ont adressé un petit signe, il est toutefois allé les voir pour discuter quelques minutes.

Je l'ai suivi pour leur offrir mes condoléances, même si je trouvais cette formulation plutôt désuète. C'est à peine s'ils m'ont regardé, mais ça ne m'a pas vexé. Si j'avais perdu mon fils de la même façon qu'eux, j'aurais sûrement été dans un état semblable. Totalement démoli… et peu enclin à parler à des inconnus.

J'ai pris un peu de recul afin de vérifier si j'avais raté un message de Rémi. Par chance, je n'avais pas Angélie dans les jambes. Elle s'était trouvé une amie de son âge, et les deux fillettes s'amusaient à je ne sais quoi dans un coin de la salle.

J'ai ragé tout bas en constatant que mon cellulaire était aussi vide que mon compte en banque. J'hésitais à envoyer un texto pour me rappeler au bon souvenir de Rémi, quand une silhouette est venue se poster près de moi. J'ai levé rapidement la tête vers la personne qui s'immisçait dans ma bulle, mais cette dernière fixait la famille endeuillée. Il s'agissait d'un homme que je ne me rappelais pas avoir déjà rencontré.

J'allais retourner à mon téléphone quand il s'est décidé à dire :

— C'est vraiment dommage... Le suicide, ça devrait jamais être une solution.

— Euh... ouin. C'est plate, ai-je murmuré sans lui porter vraiment attention.

J'ai fait un pas de côté, dans l'espoir qu'il me laisse tranquille, mais il a repris en se tournant vers moi :

— J'étais son *coach* de hockey. En tout cas, quand il jouait encore. C'était un bon joueur, avant...

Il attendait visiblement que je renchérisse, alors je lui ai donné ce qu'il voulait :

— ...avant quoi ?

— Ah non... je suis pas pour vous raconter un truc pareil. Ce serait pas professionnel.

J'ai hoché la tête, m'apprêtant à baisser les yeux vers mon téléphone, quand il a repris, ses scrupules foutant le camp :

— Depuis quelque temps, il venait plus aux entraînements. Lui pis un autre jeune, ils traînaient ensemble un peu partout. Pas une ben bonne influence à mon avis…

Un frisson m'a parcouru la colonne vertébrale. Je me suis désintéressé de mon cellulaire pour revenir à mon interlocuteur. Il soupirait en regardant les parents de Jules, qui se soutenaient l'un l'autre malgré leur récente séparation. Son regard s'est ensuite posé sur Théo, qui n'était pas très loin. Parlait-il de mon fils, quand il faisait référence au jeune qui avait une mauvaise influence sur Jules ? Voyons… il me semble que ç'aurait plutôt dû être l'inverse.

J'ai tout de même eu peur qu'il émette un commentaire sur mon fils. Qu'il sous-entende que Théo avait incité Jules à poser ce geste fatal. Ou je ne sais quoi d'autre…

Finalement, il a secoué la tête et a simplement mentionné :

— Pauvre Jules. Il fallait qu'il vive une grande détresse pour en arriver là. En plus, ça faisait déjà plus de quarante-huit heures qu'il était mort quand sa mère l'a trouvé. Même mort, il est resté tout seul un bon bout…

Sur ces derniers mots, il m'a adressé un sourire triste et s'est éloigné. Je suis resté là, à le regarder. Quelque chose me chicotait dans ce qu'il venait de raconter, mais je n'arrivais pas à mettre le doigt dessus. Ce n'était pas la solitude ou la détresse de Jules.

Ça, même moi, je l'avais remarqué, dans les derniers jours. C'était autre chose.

Cherchant encore et encore de quoi il s'agissait, je me suis mis à compter dans ma tête.

Plus de quarante-huit heures, avait mentionné son ancien *coach*.

Quarante-huit heures…

Comment ça, quarante-huit heures ?!

Samedi soir dernier, Jules était encore chez moi. Il avait même passé la nuit dans la cave, et était reparti avec Théo en voiture le lendemain. Le dimanche. Je l'avais vu. Il était assis dans la voiture. Côté passager…

J'ai commencé à me sentir très mal. Jules avait été retrouvé le lundi, je crois. Quarante-huit heures. Impossible, mais… Qu'est-ce que c'était que ce bordel ?

Un reflux de bile m'est monté dans la gorge. J'ai cherché Théo des yeux. Comme s'il savait que je l'observais, il a tourné la tête vers moi et nos regards se sont croisés. Une bouffée de chaleur m'a envahi.

Quarante-huit heures…

Si cet homme avait raison – mais il avait sûrement tort, c'était forcé –, Jules était déjà mort, la dernière fois que je l'avais vu. Impossible ! Voyons ! Ça n'avait aucun sens ! Il avait les yeux grands ouverts et il…

Mon cœur s'est alors emballé. Mon souffle s'est raccourci. J'ai eu l'impression de recevoir un coup dans le plexus. Pour ne pas étouffer, j'ai évité les visiteurs qui discutaient en petits groupes et me suis rendu jusqu'à la porte. Je l'ai empruntée et me suis précipité à l'extérieur, où j'ai posé les mains sur mes cuisses avant de me mettre à vomir.

Je suis parvenu à me relever un peu et j'ai appuyé un bras sur le mur de briques. J'ai craché à plusieurs reprises. Lorsque mon estomac n'a plus été secoué de spasmes, je me suis essuyé la bouche avec la manche de mon chandail et me suis redressé lentement. J'éprouvais toujours une sensation d'oppression dans la poitrine. De plus, la décharge d'adrénaline ressentie quelques minutes plus tôt m'avait vidé de toute mon énergie.

Je me suis convaincu que j'étais dans le champ. Que mon fils n'avait absolument rien fait de mal. Un doute subsistait néanmoins, alors j'ai décidé de retourner à l'intérieur pour vérifier certains faits. De la sueur coulait sur mes tempes, et je devais avoir le teint blafard, mais j'ai essayé de ne pas y songer. Je me suis rendu jusqu'aux parents de Jules pour leur offrir mes condoléances correctement, cette fois. Par chance, Théo ne se trouvait plus à côté d'eux, alors je ne serais pas mal à l'aise de les questionner.

J'ai attendu qu'une vieille tante leur dise à quel point la mort de leur fils était regrettable, mais que

Dieu veillait désormais sur lui. La mère s'était remise à pleurer, tandis que le père lui frottait le dos. Lorsque mon tour est venu, comme la première fois, ils ne semblaient pas vraiment me voir. Absents. Voilà ce qu'ils étaient. Leur esprit ne parvenait pas à rester parmi nous.

Je me suis tout de même raclé la gorge pour indiquer, mine de rien :

— Hum... Je... je voulais juste vous dire que la dernière fois que j'ai vu Jules, il avait l'air bien. En tout cas... je pense qu'il était en paix.

La mère a cessé de sangloter et a sorti un mouchoir de sa poche, avant de me demander ce que je voulais dire par là.

— Ben... dimanche, quand il est parti de chez nous avec Théo, il...

Le père m'a interrompu :

— Dimanche ? Il était déjà mort, dimanche !

— Oh, je... je suis désolé. Je dois me tromper de journée. Mais... vous êtes certain qu'il était déjà mort le...

Ils ne sont pas restés pour écouter la fin de ma question. Il était évident que je les dérangeais, ce que je pouvais très bien comprendre. Sauf que c'était plus fort que moi. Mon esprit n'arrivait pas à assimiler ce que je venais d'apprendre. Ça n'avait aucun sens. Je l'avais vu ! Il était vivant, je l'aurais juré !

Fébrile, je suis parti à la recherche de Théo, qui semblait s'être volatilisé. C'est plutôt Angélie que j'ai découverte. Elle est venue me barrer le chemin. Sa petite main a saisi la mienne et elle m'a tiré vers le bas, à sa hauteur, pour m'annoncer :

— Théo vient de partir.

— Hein ?! Comment ça, il est parti ? Parti où ?

— Il voulait pas me le dire. Mais... je pense qu'il s'en allait à la maison.

— Qu'est-ce qui te fait croire ça ?

Elle a hésité, s'est mordu la lèvre supérieure avant de chuchoter un truc que je n'ai pas entendu. J'ai dû me pencher davantage et lui demander de répéter. Elle s'est exécutée d'une voix tout aussi basse :

— Il avait des photos à prendre...

— Des photos ? Veux-tu ben me dire c'est quoi, le rapport ? me suis-je emporté. Son meilleur ami est mort, pis lui, il prend des photos ! Non, mais ça va pas ben dans sa tête, ou quoi ? Pis des photos de quoi, d'abord ?

Cette fois, Angélie s'est renfrognée. J'étais en colère, ce qui devait lui faire un peu peur. Comme je ne parvenais pas à me calmer, je l'ai entraînée vers l'extérieur afin que l'on retourne à la maison nous aussi. On serait fixés ! Je marchais rapidement pour atteindre ma voiture. Ma fille, qui me tenait toujours la main, a failli perdre l'équilibre à plus d'une reprise, ce qui m'a forcé à ralentir. Au moment où nous avons rejoint l'auto et que j'ai ouvert les portières, Angélie s'est écriée :

— Je veux pas y aller ! Je… je veux rester ici.

— Ma *peanut*, c'est pas le temps de jouer au bébé, là ! On est pressés, tu vois pas ? Je sais pas où est Théo, mais j'ai vraiment hâte de lui mettre la main au collet. Foutre le camp sans m'aviser… Voyons donc ! C'est pour lui que je suis venu icitte, en plus !

J'ai un peu forcé la petite à s'asseoir sur son siège – ce dont je ne suis pas très fier –, mais je l'ai attachée sans trop la brusquer. Puis, je suis allé m'installer derrière le volant, avant de démarrer en trombe. Je conduisais sans trop me soucier de la vitesse, ce qui a eu l'air de stresser Angélie, qui s'est mise à pleurnicher. Je me suis résolu à lever un peu le pied de la pédale et à ronger mon frein.

Quand nous sommes enfin arrivés à destination, la petite a recommencé à chigner et à répéter qu'elle ne voulait pas rentrer. Qu'elle préférait rester dans l'auto. Énervé, j'ai grogné que j'allais d'abord vérifier si Théo était à l'intérieur, mais que je reviendrais ensuite la chercher. À ce moment, elle n'aurait pas le choix de sortir de là. Ce n'était pas vrai que j'allais gérer les crisettes d'une gamine de six ans aujourd'hui !

Je lui ai tout de même balancé mon cellulaire pour qu'elle passe le temps. Je ne suis pas un sans-cœur, quand même. Et j'étais tanné de l'entendre pleurnicher. Toutefois, elle m'a vite rappelé que la pile était faible, ce qui m'a fait soupirer. Je n'avais pas de temps à perdre avec ça.

J'ai claqué la portière et j'ai quasiment couru jusqu'à la galerie. Une part de moi se doutait bien que mon fils ne pouvait pas être là. Je veux dire... il était revenu comment du complexe funéraire ? À pied ? Puisque j'étais en voiture, les chances qu'il soit arrivé avant moi étaient plutôt minces. N'empêche que je devais vérifier. Et peut-être même en profiter pour visiter le sous-sol...

Il fallait que je voie de mes yeux le résultat de ses photographies. J'avais un sombre pressentiment qui me disait que je risquais d'être choqué... et plus encore.

Une fois à l'intérieur, j'ai effectivement dû me rendre à l'évidence : j'étais seul dans la maison. Pas de trace de Théo. J'ai voulu sortir mon cellulaire de ma poche pour le texter, mais je me suis rappelé que c'était ma fille qui l'avait. De plus en plus impatient, je me suis dirigé vers la porte menant à la cave. Verrouillée. Je l'ai secouée un peu, sans succès. Je suis parti à la recherche d'un tournevis, ou de n'importe quoi pouvant me servir à sortir la porte de ses gonds.

Il a fallu que j'aille dans le cabanon pour trouver un pied-de-biche. Je l'ai ensuite inséré entre le cadre et la porte, avant de forcer un bon coup. J'ai dû me démener longtemps avant que ça fonctionne. Enfin, j'ai pu retirer la porte en entier. J'ai déposé mon outil par terre et me suis posté en haut des marches. J'ai fixé le sous-sol un instant, sans pouvoir m'empêcher de grimacer.

Encore cette odeur. Elle n'était pas plus puissante, ni plus horrible. Juste… présente. Elle me rappelait vaguement quelque chose, que je n'arrivais pas à nommer. Qu'est-ce qui se trouvait donc là-dessous ?

J'ai toujours été sensible aux odeurs. C'est dans ma nature. Pour être certain de ne pas avoir de haut-le-cœur, je me suis caché le bas du visage avec le haut de mon chandail.

Puis, j'ai pris mon courage à deux mains et me suis convaincu qu'il fallait que je voie de mes yeux ce qu'il en était. J'étais sur le point de poser un pied sur la première marche. Je ne suis pas allé plus loin. Je me suis senti tiré vers l'arrière. Mes bras ont mouliné dans les airs avant que je bascule sur le dos, me cognant la tête par la même occasion.

Pas besoin de lever les yeux pour découvrir qui m'avait ainsi retenu. Je pouvais voir sa silhouette près de moi. Son sourire mauvais et ses yeux de crétin: JF… Il était seul. Du moins, je ne voyais personne avec lui. Qu'est-ce qu'il faisait déjà chez moi? J'avais bien jusqu'à dimanche – demain – pour rendre l'argent que je devais, non? Alors quoi? Fred avait-il encore devancé le moment de régler mes dettes?

Je n'ai pas tardé à connaître la raison de la présence de son fier-à-bras. Ce dernier s'est accroupi près de moi et, avec son *gun*, m'a écrasé la trachée sans la moindre délicatesse. Il m'a soufflé, le visage tout près du mien:

— Salut, Dom! Surpris de me voir? Je passais dans le coin, pis je suis venu m'assurer que t'étais pas en train de te sauver.

Il a ensuite tourné la tête vers l'escalier du sous-sol et a lâché:

— Qu'est-ce que t'allais faire en bas? Te cacher, encore? Tu pourras jamais te cacher de moi, vieux, mets-toi ça ben profond dans le crâne.

Son regard est revenu à moi tandis qu'il appuyait davantage sur ma gorge. Comment espérait-il que je réussirait à répondre dans ces conditions? J'ai essayé de marmonner un mot ou deux, du genre:

— Toi, mets-toi le ben profond…

Il n'a guère apprécié mon commentaire. Il me l'a fait savoir en m'écrasant ses jointures sur la gueule.

J'ai craché un peu de sang, ainsi qu'une dent, qui n'avait pas tenu le coup. *Fuck*… Comme si j'avais les moyens de me payer un rendez-vous chez le dentiste. Faudrait que j'apprenne à me la fermer, moi.

Sauf qu'il était trop tard. JF était furax. Il faut dire que je venais de lui mettre un genou dans les gosses. Quoi ?! Je voulais juste respirer de nouveau ! Il a répliqué en me bourrant le ventre et la face de coups de poing. J'ai cru durant un moment que je ne pourrais plus jamais me nourrir autrement qu'avec une paille.

Ça s'est mis à tourner autour de moi. Par chance, j'étais toujours couché par terre. Mes lamentations ont dû l'émouvoir, car il a soudainement cessé de me battre. À la place, il s'est écrasé sur mon torse comme un pantin désarticulé. Je n'ai pas tout de suite compris ce qu'il faisait, même si je me doutais qu'il n'essayait pas de me câliner pour me consoler.

Tout paraissait flou au-dessus de moi, si bien que lorsque j'ai levé les yeux et que j'ai aperçu une seconde silhouette tenant le pied-de-biche, je n'ai pas réagi. Ma vision s'est encore assombrie. J'allais perdre connaissance, je le sentais. Ça m'était arrivé assez souvent, à force d'abuser de la boisson.

Juste avant que le noir englobe tout, j'ai senti une main se poser sur mon front et une voix me murmurer :

— T'inquiète pas. Je vais m'occuper de lui. T'auras plus à t'en faire. Je vais lui régler son compte.

Tout ce que j'ai réussi à répondre, c'est :

— Non… Théo… pas ça…

Puis, plus rien. Que l'obscurité.

Samedi, en soirée

Quand j'ai rouvert les yeux, je n'étais plus couché au sol. J'étais assis. Et j'avais toujours aussi mal. Partout. Je me suis rappelé les coups. La dent tombée. J'ai grimacé, mais me suis vite arrêté. La douleur était encore plus vive à chacune de mes expressions faciales.

Pour ne plus y songer, j'ai tourné la tête de tous les côtés afin de comprendre où je me trouvais. Le noir régnait en maître autour de moi. Pourtant, j'étais bel et bien éveillé. J'en étais certain. En effet, s'il y a bien un sens inaccessible lorsqu'on dort, c'est l'odorat. Et le mien était utilisé à profusion, à ce moment précis.

Cette fois, aucun doute : l'odeur s'était accentuée. Je n'étais pas dans un dépotoir à ciel ouvert, mais pas loin. Ma tête me faisait souffrir, rappelant à mon bon souvenir la douzaine de coups reçue un peu plus tôt.

J'ai hésité à me lever pour effectuer quelques pas. Sans repères visuels, je n'étais pas très rassuré. Au lieu de quoi, je me suis plutôt mis à réfléchir.

La dernière chose dont je me souvenais, c'était de m'être fait tabasser par JF. Et cela, juste après avoir ouvert la porte de la cave, d'où une odeur bizarre s'échappait. Ah, mais oui… c'est là que je devais être. Sauf que quelqu'un avait replacé la porte sur ses gonds puisque aucune lumière ne filtrait du rez-de-chaussée. C'était sûrement fiston. En effet, je me rappelais que c'était lui qui m'avait tiré de la situation catastrophique dans laquelle je me trouvais un peu plus tôt.

Stressé, j'ai repensé à Angélie, encore dans la voiture. Par contre, j'étais plutôt content qu'elle ait refusé d'en sortir. Qui sait ce qui lui serait arrivé si elle avait été près de moi lorsque JF m'avait sauté dessus ?

Bon… si Théo n'était pas loin, je pouvais toujours essayer de l'appeler. J'ai haussé la voix pour prononcer son prénom à quelques reprises.

Je ne savais pas trop où se trouvait l'escalier, alors j'ai tendu les bras devant moi dans le but de me relever et de le chercher. La chose m'était cependant impossible. Je n'en avais pas eu conscience avant cette minute précise, mais dans les faits, on m'avait attaché les jambes à la chaise sur laquelle j'étais assis. Je ne pouvais pas me mettre debout. Je me suis penché pour tâter mes mollets et essayer de comprendre ce qui me retenait de la sorte. Au niveau des chevilles, j'ai touché des liens en plastique, serrés au maximum.

La lumière s'est allumée brusquement, m'obligeant à fermer les paupières un instant. Lorsque je les ai soulevées, j'ai pu constater que Théo était lui aussi assis sur une petite chaise en bois, juste en face de moi.

Pour sa part, il n'était toutefois pas attaché. C'était lui qui avait allumé la lumière en tirant simplement sur le fil qui pendait d'une petite lampe installée sur la table à sa droite.

— Salut, papa..., a-t-il dit en me fixant pratiquement sans cligner des yeux.

En temps normal, j'aurais été content qu'il utilise enfin le mot « papa ». Pas aujourd'hui. Pas dans ce contexte. Je me doutais que ce n'était pas bon signe. Pas du tout. Il a d'ailleurs ajouté, confirmant ainsi mes craintes :

— J'ai réglé le cas du gars de tantôt. Ç'a pas été très compliqué. Je savais comment.

Mon souffle s'est accéléré, mais je n'ai pas pu me retenir de répéter :

— Tu savais comment...

Mon fils a haussé les épaules, l'air de dire que c'était sans intérêt. Voyant mon désarroi, il a tout de même expliqué rapidement :

— Bah ouais… grand-maman m'avait montré, alors c'était pas difficile.

J'ai refermé les yeux. Bien sûr… Son arrière-grand-mère. Elle lui avait enseigné tant de choses avant que je réagisse enfin et que je dise à Mélanie que Théo ne pouvait plus retourner là-bas. Elle n'avait pas trop compris pourquoi. Au contraire, elle la trouvait donc fine, cette pauvre veuve qui adorait notre fils. Si elle avait su…

Fiston a repris la parole, et j'ai dû me résoudre à le regarder de nouveau.

— Je me demandais quand tu te réveillerais. Je pense que tu as une commotion.

— Pourquoi t'as pas appelé une ambulance, d'abord ? J'ai encore mal à la tête, Théo. Me semble que ce serait la bonne affaire à faire. Non ?

Il a secoué la tête avec un demi-sourire. Puis, dans un soupir, il s'est levé et a marché vers son divan-lit, derrière lui. Il y avait là son album de photos, qu'il a ramassé avec précaution. Il l'a examiné un instant, a passé sa main sur la couverture. Son geste ressemblait à une caresse et c'était foutrement malaisant. Après un moment, il est revenu vers moi et s'est rassis.

Toujours sans un mot, il a ouvert l'album pour le feuilleter lentement. Ses yeux brillaient. Son regard était hagard. Presque délirant.

Finalement, il a relevé le menton pour planter une fois de plus ses yeux dans les miens. Son sourire s'était élargi. N'en pouvant plus, j'ai explosé :

— OK, ça fait, le niaisage, Théo, là ! Détache-moi ! J'ai mal partout. Ma tête me fait un mal de chien pis j'ai crissement besoin d'une bonne bière ! Envoye ! C'est pus drôle !

Au lieu de m'obéir, il a refermé son album dans un claquement sec. Son sourire s'est transformé en grimace tandis qu'il se penchait légèrement vers moi, demeurant cependant juste assez loin pour que je ne puisse pas le toucher. Et là, il a murmuré :

— Papa… tu me déçois tellement… Ça fait des années que grand-maman me le répète, mais moi, je continuais de croire que t'étais pas un *loser*. Finalement, c'est elle qui avait raison. T'as pas de colonne. T'as même pas été capable de te débarrasser du corps de la voisine. C'est moi qui ai été pogné pour m'en occuper. Pas que ça me dérangeait, mais… Quand je l'ai vue, étendue sur le tapis, le crâne dégoulinant de sang, j'ai cru que… que t'étais revenu à la raison. Mais non… tu t'es sauvé de là comme un minable.

Je suis resté bouche bée devant son monologue. Ses propos n'avaient aucun sens. Pas dans sa bouche, en tout cas ! Non, mon fils ne pouvait pas être en train de parler de la sorte. Pas lui ! J'ai réussi, je ne sais comment, à répliquer :

— Théo, si t'as besoin d'aide, on va te trouver un spécialiste, ta mère pis moi. Écoute, je sais que j'ai pas été un bon père, mais je… je vais me reprendre. Pis peu importe ce que t'as fait, on va s'arranger. Je te jure que ça va bien aller. Tu me crois, hein ? Tu me fais confiance ?

Il a penché la tête d'un côté sans cesser de m'observer. Un peu comme si j'étais un spécimen très intéressant. Mais très peu crédible. D'ailleurs, il n'a pas hésité à grimacer, avant de m'ordonner :

— Tais-toi. Tu me fais pitié.

— Théo ! Parle-moi pas de même, sinon…

— Sinon quoi !? s'est-il écrié en sautant sur ses pieds. Tu vas me mettre en punition dans ma chambre ? Tu vas me confisquer mon cellulaire ? Désolé, papa, mais t'es pas en état de décider de quoi que ce soit. Là, c'est moi qui contrôle la situation. Ça fait que tu vas m'écouter. C'est moi le boss, maintenant.

— Théo…, ai-je répété d'un ton suppliant, sans qu'il réagisse le moins du monde.

— Tu vois le verre que j'ai mis par terre, à côté de toi ?

J'ai baissé les yeux et remarqué qu'effectivement un grand verre d'eau s'y trouvait.

— Tu vas le prendre et le boire. En entier.

— Pourquoi ?

Toujours debout, mon fils m'a montré son précieux album. Sans l'ouvrir, il a indiqué :

— Je l'ai quasiment fini. Il y avait des pages vides, vers la fin, pis je les ai remplies avec plaisir. Et là… j'aimerais ça que la dernière photo, c'en soit une de toi. Mais pour ça, y va falloir que tu m'aides un peu.

— Qu'est… qu'est-ce que tu veux dire ?

— Tu vois, dans cet album, je mets pas n'importe quelles photos parce que… C'est un album rempli de photos post mortem. Tu sais ce que ça veut dire, ça, papa ?

J'ai avalé ma salive avec difficulté. Voyant que je ne répondais pas, il a répété avec force :

— TU LE SAIS, PAPA ?!?

J'ai finalement hoché la tête, ce qui l'a incité à continuer :

— Des gens morts… des tonnes de gens morts pris en photo. C'est… c'est merveilleux. Mais le plus beau, c'est qu'ils ont les yeux grands ouverts ! Comme si… comme s'ils nous voyaient ! Grand-maman va capoter quand je vais le lui montrer. Le gars, au marché aux puces, me l'a pas vendu cher parce qu'il avait aucune idée du trésor qu'il avait entre les mains. Mais maintenant, il est à moi…

Il a regardé amoureusement son album avant de poursuivre :

— Ça m'a donné le *guts* pour commencer la photo. Pour m'exercer, moi aussi, à… Parce qu'il en manquait pour qu'il soit complet. Ça fait que j'ai décidé d'en ajouter. J'ai commencé avec les animaux, que je réussissais à tuer en leur donnant des médocs. C'est en voyant la moufette morte que j'ai eu cette idée. Pas pire, hein ? Ç'a donné un bon résultat, mais c'était pas suffisant. Je m'en suis rendu compte quand Jules a…

Mes mains sont devenues moites. Ma gorge s'est complètement asséchée. Je savais ce qu'il allait dire. Et pourtant, je l'ai laissé continuer. De toute manière, en avais-je seulement le choix ?

— Jules savait que j'avais volé des médicaments à la pharmacie où je travaille. C'est facile. Personne s'en est rendu compte. Bref, je les utilisais pour les animaux du coin. J'aurais jamais pensé que Jules allait les prendre pour lui… Oh, j'étais pas fâché, tsé. Pas pantoute. Au contraire. Quand je l'ai trouvé, assis sur une chaise, le corps raide, les yeux grands ouverts, j'ai pas pu me retenir. Y fallait que je le prenne en photo, lui aussi. Le résultat est écœurant ! a enchaîné Théo d'une voix joyeuse, quasi hystérique. Écœurant !

Je l'ai regardé se remettre à marcher de long en large dans la pièce en m'expliquant tout ça. Mais tandis qu'il parlait, j'ai tendu l'oreille. J'espérais percevoir des sons en provenance du rez-de-chaussée. Mine de rien, je n'avais aucune idée de l'endroit où se trouvait Angélie, en ce moment. Je n'osais toutefois pas poser la question à Théo.

— Tu veux voir sa photo ? a-t-il proposé, me parlant toujours de son ami.

Dire qu'il l'avait ensuite ramené chez ses parents pour que personne ne se doute de rien... J'ai secoué la tête. Je n'avais absolument aucune envie d'admirer la photo en question. Théo a semblé déçu, mais pas très longtemps. Il a aussitôt enchaîné sur la voisine... et sur ce qu'il en avait fait.

— Quand j'ai vu que tu l'avais laissée sur place, j'ai été déçu de pas avoir apporté mon appareil photo. Mais après, je me suis dit que je pouvais très bien la traîner jusqu'ici. C'est ce que j'ai fait. Tu veux la voir ?

— Non, Théo... je veux pas les voir, tes crisses de photos !

Il a cessé de marcher pour me regarder. Sans se départir de son sourire, il a rétorqué :

— Ben non, je parle pas des photos. Je parle de la voisine.

Et là, sans attendre, il a avancé vers le rideau qui séparait sa chambre en deux. Il a tiré le drap d'un coup sec, ce qui m'a permis de voir… le corps… assis sur une chaise. C'était bel et bien ma voisine. En chair et en os.

Ou plutôt, en début de décomposition…

J'ai senti des larmes couler sur mes joues. J'ai commencé à morver et à gémir. Je comprenais trop tard que Théo avait atteint un point de non-retour. Peu importe que je m'en sorte ou non, il me paraissait impossible que mon fils redevienne celui qu'il avait autrefois été. Il ne s'est pas préoccupé de mon état. Il s'est avancé vers le cadavre et s'est planté derrière pour mieux me faire face.

La voisine était retenue à sa chaise par des attaches de plastique, tout comme moi. Ses yeux étaient grands ouverts, et elle fixait le vide. Son visage était déjà couvert de taches brunes et vertes. Fiston a alors repoussé les cheveux de chaque côté du visage de la morte, puis il a pris soin de m'expliquer :

— T'en fais pas. Au début, elle était pas aussi maganée. La photo est ben correcte, d'ailleurs. J'ai juste pas eu le temps de me débarrasser d'elle encore, vu que j'ai été ben occupé.

Je l'écoutais à peine. C'est qu'un autre corps était installé sur une seconde chaise. Celui de JF. Il semblait tout aussi inanimé que ma voisine. Théo n'en a même pas fait de cas et est revenu vers moi. Il s'est agenouillé, tout en gardant une distance sécuritaire, et m'a encouragé :

— Allez… s'te plaît, papa. Avec toi en dernière page, mon album va être malade ! Sauf que tu dois boire le verre. Je l'ai bourré de médicaments. Ça te fera même pas mal. Je pourrais toujours te tirer une balle dans la tête avec le *gun* de l'autre, mais… ça risquerait de paraître, sur la photo, tu vois. Je veux qu'elle soit parfaite. Me semble que c'est pas trop demander…

J'ai eu un petit rire sans joie. J'étais dans un piteux état. Ma tête me faisait un mal de chien et je ne voyais pas comment j'allais sortir d'ici vivant. N'empêche qu'accepter de me suicider pour que mon fils soit heureux me semblait au-dessus de mes forces. J'ai appuyé mon menton contre mon torse, épuisé, quand des pas ont retenti au-dessus de nos têtes. Théo a tourné la sienne vers l'escalier, les sourcils froncés.

La voix de Nicolas s'est alors élevée, en haut des marches :

— Oh, hé… y a quelqu'un ? Angélie a texté Mélanie, tantôt, mais elle avait oublié son cellulaire à la maison, fait que je suis passé à sa place. J'ai pas pu venir avant… Elle est où, Angélie ? Coudonc… êtes-vous là ?

Oui ! C'était Nick ! J'ai voulu lui crier d'aller chercher du secours, mais Théo a ramassé le *gun* de JF, posé sur la table, et l'a pointé dans ma direction. Il a lentement secoué la tête et m'a signifié de me taire. Puis, il a reculé vers les marches, sans me lâcher des yeux. D'une voix tout à fait normale, il a répondu :

— Attends, je monte, ce sera pas long.

— OK...

Sur ces mots, les pas de Nicolas se sont éloignés. Théo est resté sur place un instant, à réfléchir. Il hésitait à agir, désormais, je le voyais à son air soucieux. Après quelques secondes, il a pivoté et rangé l'arme dans sa ceinture. Puis, il a saisi le pied-de-biche qui traînait dans un coin et a monté les marches au pas de course. Je n'ai pas hésité à hurler dès qu'il a franchi la porte menant au rez-de-chaussée. Ça n'a pourtant pas été suffisant pour sauver Nick... Moins d'une seconde plus tard, un cri s'est élevé, et j'ai entendu le bruit d'un corps tombant au sol.

J'ai fermé les yeux et cessé de crier. J'ai alors entendu Théo redescendre l'escalier. Il traînait le corps, et la tête de son beau-père rebondissait contre chacune des marches qu'elle frappait. Mon fils l'a amené jusqu'à la dernière chaise libre, sur laquelle il a réussi, je ne sais comment, à l'installer. Avec agilité, il l'a attaché de manière à ce qu'il paraisse encore un tant soit peu vivant. Je doutais cependant que ce soit le cas, puisque son crâne était renfoncé vers l'intérieur.

Ça ne donnerait pas une très bonne photo, ça...

Théo semblait aussi de cet avis. Il n'a pu s'empêcher de grogner tout bas. Avec son polaroïd, il allait malgré tout s'essayer à tirer le portrait de son beau-père quand, une fois de plus, des bruits de pas nous ont fait relever la tête. Ils étaient deux à marcher au-dessus de nous. Ils se sont arrêtés en haut des marches, ce qui m'a permis de reconnaître les souliers de Serge. Je les avais eus assez souvent dans la face pour m'en souvenir...

Fred l'accompagnait sûrement. Ce qui signifiait qu'ils n'étaient pas venus me rendre une simple visite de courtoisie. J'ai vite avisé Théo de l'urgence de la situation, en murmurant pour ne pas être entendu des deux autres :

— *Fuck!* Ils sont là ! Théo, écoute-moi. Je dois ben de l'argent à... à un gars. Tantôt, celui que t'as vu me tabasser, c'était de la petite bière. Y faut que tu me détaches ! Je niaise pas ! Faut dégager en vitesse !

Mon fils a simplement froncé les sourcils. Sans toutefois m'obéir. Toujours en haut des marches, Fred s'est écrié, confirmant sa présence :

— Alors, Dom... qu'est-ce que tu dirais de monter nous rejoindre ? Nous autres, on a pas trop le goût d'aller te chercher dans ta cave. Envoye... t'as deux minutes pour venir icitte.

Je me suis remis à chuchoter :

— S'il te pogne, t'es mort. OK, tu veux pas me détacher, j'ai compris, mais… Sauve-toi, Théo. Tu-suite !

Enfin, fiston a semblé comprendre que la situation n'allait pas tourner en sa faveur. Il a jeté un coup d'œil déçu à ses chers cadavres. Finalement, il a grimpé sur le divan-lit et a retiré les planches qui recouvraient la fenêtre. Il l'a ouverte, mais avant de s'y faufiler, il a tourné la tête vers moi.

Puis son regard a glissé vers son album. Il a esquissé un mouvement pour revenir le chercher, mais, au même moment, Fred a indiqué :

— Bon ben, ç'a l'air qu'on va venir te sortir de là nous-mêmes…

Théo a grimacé, puis s'est résolu à s'éclipser par l'ouverture. Son cellulaire, qu'il avait enfoui dans la poche arrière de son jeans, est tombé derrière lui, sur le plancher. Il ne s'en est pas rendu compte. Il a simplement disparu dans la noirceur de la nuit. Quelques secondes plus tard, le moteur de mon auto a grondé, dans le stationnement. Fred, qui n'était pas encore rendu à la moitié des marches et qui se plaignait de l'odeur, s'est arrêté.

— Il se sauve ! s'est-il exclamé en pressant Serge de remonter en vitesse. On va le perdre, le p'tit crisse !

Et ils sont retournés là-haut, sans jamais réaliser que j'étais toujours là.

La porte a claqué. Ils étaient partis.

J'ai trouvé la force de basculer vers l'avant avec ma chaise. J'ai rampé comme j'ai pu, puis j'ai saisi le cellulaire de Théo.

J'ai composé le 911.

Annexe 2 – preuve au dossier

Appel au 911

Nuit du 21 septembre

RÉPARTITRICE : Il faut rester calme, monsieur. Sinon, je ne peux pas comprendre ce que vous me dites. Une équipe est en route pour vous rejoin...

VOIX DE L'HOMME : VOUS COMPRENEZ PAS ! Il y a... il y a en a d'autres... NON ! Nooooooon !

RÉPARTITRICE : Monsieur ! Monsieur ! Arrêtez de crier. Il y a d'autres quoi ? Monsieur ? Monsieur !!!

VOIX DE L'HOMME : DES MORTS, CRISSE !

RÉPARTITRICE : Il y a des... oh mon Dieu... D'accord. Monsieur, êtes-vous seul ?

VOIX DE L'HOMME : Si je... oui, je pense que... *Fuck*, ma fille !

RÉPARTITRICE : Votre fille est avec vous ?

VOIX DE L'HOMME : Non. Non, elle... je sais pas où elle est !

RÉPARTITRICE : Quel âge a-t-elle ?

VOIX DE L'HOMME : Elle a six ans.

RÉPARTITRICE : Où était-elle la dernière fois que vous l'avez vue ?

VOIX DE L'HOMME : Elle était... je sais pus... Oh, elle était dans l'auto ! Mais mon fils est parti avec. Grouillez-vous !

RÉPARTITRICE : Ce ne sera pas long. L'équipe est dans votre rue. Votre fils est parti avec votre voiture, vous dites ? Nous aurions besoin de votre plaque pour la retrouver, alors. Désirez-vous la signaler comme volée ?

VOIX DE L'HOMME : Elle peut pas être encore là... Elle serait partie en voyant Théo arriver... Je comprends pas où elle peut...

RÉPARTITRICE : Monsieur, vous êtes encore là ?

VOIX DE L'HOMME : Oui, mais... Si elle est avec son frère, elle est en danger, vous comprenez ? En danger !

RÉPARTITRICE : Les paramédicaux sont à votre porte. Ils entrent.

VOIX DE L'HOMME : Je m'en fous, faut la retrouver !

RÉPARTITRICE : Une chose à la fois, monsieur. On doit d'abord s'occuper de vous.

VOIX DE L'HOMME : NON ! CHERCHEZ MA FILLE !

RÉPARTITRICE : Gardez votre calme, je vous en prie.

VOIX DE L'HOMME : Je peux pas, je… Elle va mourir !

RÉPARTITRICE : Du calme. L'équipe me dit qu'elle descend au sous-sol.

VOIX DE L'HOMME : Oui, je les vois…

PARAMÉDICAUX, AU LOIN : Oh, hé ! Il y a quelqu'un ?

RÉPARTITRICE : Les secours sont là, monsieur. Ils vont prendre la situation en main. Vous pouvez leur faire confiance. Ils vont vous aider, votre fille et vous.

VOIX DE L'HOMME (*petit rire désabusé)* : Ça, j'en doute…

Communication interrompue.

Aujourd'hui

J'attends.

Je suis seul dans ma cellule.

La nuit a été rude. À travers mes barreaux, j'entendais les gémissements des uns et des autres. Mais ce n'était pas le pire. Non… Mon esprit partait dans tous les sens.

Théo… mon pauvre Théo. Mon fils.

Qu'est-ce que tu es devenu ? Où es-tu ? Où te caches-tu ?

Et surtout… qu'est-ce que tu as fait de ta sœur ? Ma petite Angélie. Une partie de moi ose encore croire que tu ne lui ferais jamais de mal. Une autre, plus réaliste, se doute bien que tu es capable de tout. Tu n'es plus toi-même…

La clarté du jour me fait grincer des dents. J'ai toujours ce mal de tête. Mes mains tremblent. C'est le manque de boisson. L'interrogatoire d'hier soir a duré des heures. Je suis à peu près certain qu'on n'a pas cru un seul mot de ce que je disais. On m'a permis de parler à un avocat au téléphone, mais celui-ci m'a dit qu'il ne pourrait pas passer avant ce matin.

Je ne sais même pas si j'ai hâte de lui expliquer la situation. Replonger dans ce calvaire. Est-ce que j'en ai seulement la force ?

Des pas dans le couloir. Le bruit des clés qui s'entrechoquent. Je relève la tête de mon oreiller pour observer le nouveau venu. C'est un gardien. Il me souffle de sa voix bourrue :

— T'as de la visite. Viens.

Je soupire. Sûrement mon avocat. Au moins, il est là de bonne heure. Je gémis en me redressant. Dormir sur ce lit de fortune a laissé mes muscles ankylosés. Je réussis à me mettre debout et à suivre le gardien jusqu'à une autre salle. Sur place se trouvent des cubicules séparés par des plexiglas. On m'indique celui où je dois m'installer. Mon visiteur s'y trouve déjà, mais je ne peux pas l'apercevoir, de là où je suis.

Le pas lent, je vais m'écraser sur ma chaise. Le menton bas, j'attends que l'autre me parle. Le gardien, toujours derrière moi, m'explique que je dois prendre le téléphone accroché à ma droite afin de pouvoir entendre l'autre personne. Je m'exécute, sans jamais lever les yeux.

Mais la voix qui me parvient alors me fige d'effroi…

— Bonjour, mon petit Domi… Dans quel pétrin tu t'es encore mis ?

Mon regard remonte jusqu'au visage de ma grand-mère. Elle me fixe avec un sourire ironique au coin des lèvres. Je l'observe secouer la tête, puis ajouter :

— Alors ? Tu vas faire quoi ?

Haussement d'épaules de ma part. Je ne me sens pas capable de prononcer le moindre mot. De son côté, elle reprend :

— Je me disais que tu serais content d'avoir une visite de ma part. Tu sais comment j'ai su que t'étais ici ? Non ? C'est Théo…

Mon corps se vide de son sang. Je me remets à trembler de plus belle. Mais je conserve le combiné collé à mon oreille pour entendre la suite.

— Ah, Théo… Tu savais qu'on était restés en contact, lui et moi, durant toutes ces années ? C'était parfait, car ça m'a permis de continuer mon enseignement. Ce n'est pas un ingrat, ton fils, ça, c'est certain. Contrairement à toi…

Je parviens, je ne sais comment, à me racler la gorge pour demander :

— Où il est ? Où est Théo ?

— Il est parti. Mais juste avant, il est venu me voir au centre. Il était dans tous ses états. Il avait peur de se faire prendre, alors il n'est pas resté bien longtemps. Juste le temps de me remettre ceci. Attends… il faut que je te montre.

Elle dépose le téléphone pour fouiller dans son sac à main. Ma gorge est si sèche qu'elle en est devenue douloureuse. Un sombre pressentiment m'envahit. Un doute me prend. Et il se concrétise lorsque ma grand-mère sort une photo polaroïd de son sac.

Elle la fixe un instant en souriant à demi. Puis, elle signifie à un gardien de venir la voir. Je l'entends en sourdine lui demander de me remettre le cliché. Il le prend, l'inspecte, avant d'acquiescer. Je le vois contourner les panneaux en plexiglas. Tendre la photographie à un autre gardien, qui l'examine à son tour.

Au bout d'une éternité, celui-ci se dirige vers moi et me tend l'objet en question. Je le saisis sans le retourner vers moi. Je ferme les yeux un instant. Dans mon oreille, la voix de ma grand-mère résonne de nouveau :

— Allez, mon petit Domi. Un peu de courage. Tu vas voir… elle est très bien posée, tu sais. C'est Théo qui lui a tiré le portrait. Il aurait préféré que ce soit

toi qui te trouves sur la dernière page de son album, mais… il s'est résolu à choisir cette photo-là. Tu ne veux pas la regarder ?

Je suis incapable de déglutir. Une boule s'est formée dans mon œsophage. Pourtant, je ne peux me retenir. Je soulève les paupières et retourne la photo d'un coup sec.

Et je plonge les yeux dans ceux, inertes, de ma fille.

De ma Angélie.

De ma petite merveille.

De mon enfant immortalisée… pour l'éternité.

Oh, Théo, mais qu'as-tu fait ?…

Annexe 3 – preuve au dossier

Album de photos

Remerciements

Un merci tout spécial à l'équipe des Mortagnettes, qui a été d'une patience sans nom avec moi pendant l'écriture de ce roman. Ou, plutôt, quand j'ai mis ce roman de côté, pour cause de doutes intenses… Merci aussi aux membres du groupe Facebook *Les lecteurs de romans « Noir/Horreur/Policier »*, qui m'ont donné le goût de reprendre mon manuscrit pour le terminer une fois pour toutes ! Votre passion pour ce genre est incroyable. Vous êtes inspirants !

De la même autrice

J'ai lâché le volant une fraction de seconde seulement.

Juré.

Je ne l'ai pas fait exprès.

Pas que je m'en sois voulu, de toute manière. J'étais plutôt indifférente. Sauf que ça allait m'occasionner davantage de problèmes. Je l'ai senti à l'instant où ma voiture a fait une embardée vers la droite. Vers ce piéton qui ne m'a jamais vue venir.

Non mais, que fabriquait-il là, aussi, en plein milieu de la nuit ?

J'ai pourtant tenté de freiner. Sans succès. J'aurais dû faire changer les freins il y avait un moment, déjà. Mais j'avais manqué de temps pour m'en charger…

Lorsque je me suis enfin arrêtée, je savais que le corps ne se trouvait plus à l'avant du véhicule, qu'il avait glissé entre mes roues. Assez difficile d'aller le repêcher.

C'est pourquoi j'ai décidé d'appuyer encore un peu sur l'accélérateur.

De la même autrice

Ils ne se connaissaient pas…

Ils ont tous répondu à la même annonce…

Une compagnie pharmaceutique.

Des cobayes.

Des effets secondaires insoupçonnés.

Poids à perdre : huit foutues livres.

Méthodes utilisées pour y parvenir : faire de l'exercice de façon saine ? Manger santé ? Non… Suer à grosses gouttes avec un sac-poubelle sur le dos, ne rien avaler de la journée et, surtout, vomir.

Il y a quelques semaines, j'ai trouvé un moyen de ne plus m'enfoncer deux doigts dans la gorge dès que je bouffe la moindre calorie. Une étude clinique qui annonçait plusieurs effets secondaires possibles. Dont un, parfait pour moi : perte de poids. J'ai sauté sur le téléphone et, depuis ce temps, je reçois des injections qui doivent soi-disant me guérir de mon anxiété.

Je suis moins stressée, c'est vrai. Toutefois, mon esprit commence à s'embrouiller. J'ai parfois des trous de mémoire. Faut que j'en parle au doc. Et mon appétit change. Je mangerais bien un steak saignant, là, maintenant!

Mais je me moque un peu de tout ça, au fond, puisque je maigris à vue d'œil…

Découvrez l'univers de COBAYES à travers la plume de sept auteurs différents. L'horreur et le suspense vous attendent dans les sept romans de cette série, à lire dans l'ordre… ou dans le désordre !

Vous aimerez peut-être aussi…

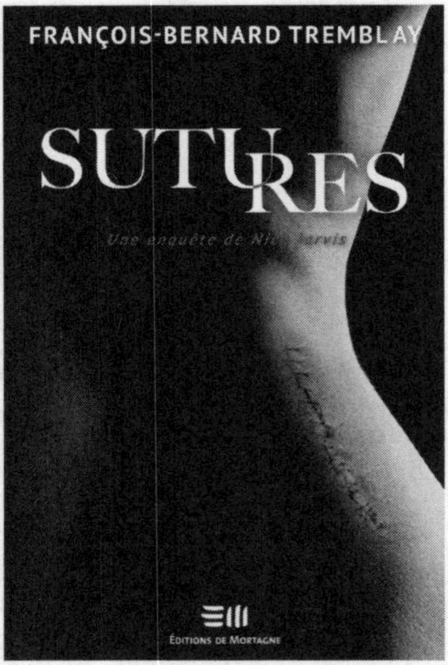

Montréal connaît des heures sombres.

Après être disparus quelques jours, des gens refont surface… un organe en moins. Ils ne se souviennent de rien, et le mystère plane sur ce qui a pu leur arriver.

Nick Jarvis et sa collègue Julie Montpetit héritent d'une enquête qui les transporte dans un univers qu'ils méconnaissent : hôpitaux, médecins, transplantations…

Forcés de plonger dans l'enfer du trafic humain et du marché noir des organes, ils n'ont pas fini d'être surpris par les nouveaux Frankenstein de l'horreur.

Non, la métropole n'est définitivement plus une ville paisible et sécuritaire où il fait bon vivre.

Vous aimerez peut-être aussi…

Quoi de plus banal qu'un court voyage en autocar ? D'autant plus que ce trajet de quelques heures s'effectue sur une route de campagne sillonnant les Laurentides, région touristique fort appréciée et sans histoires…

Parmi la trentaine de passagers qui montent à bord, en cette journée de canicule, personne n'aurait pu imaginer qu'ils aillaient droit vers une destination imprévue : l'enfer. Personne ? Pourtant, Mia avait supplié sa mère de repousser son départ. Mais qui donc prête attention aux mauvais pressentiments d'une petite fille de dix ans ?

Un thriller haletant et surprenant ! Jamais plus les évènements qui ponctuent votre quotidien, tel un simple voyage en autocar, ne vous apparaîtront banals… Une journée de canicule à donner froid dans le dos…

Vous aimerez peut-être aussi…

Le froid de novembre. La neige et l'horreur.

En France, à Lyon, un homme est assassiné dans une église. Son dos a été tailladé, sa langue, coupée. À sept cents kilomètres de distance, sa fiancée est retrouvée pendue à un arbre. Un meurtre maquillé en suicide.

Très vite, le sang se répand jusqu'en Belgique. Dans un asile abandonné, on découvre le cadavre d'une femme entièrement nue, le visage arraché. Une folie sans nom.

Les meurtres s'enchaînent, et tous portent la signature d'un tueur en série libéré un an plus tôt, le Borgne. L'homme aurait-il repris du service ? Difficile à croire vu son âge avancé et son état de santé.

Non, la réalité est bien plus noire.

Laura, Milan et Adami, des policiers venus de tout horizon, vont rapidement le comprendre. « Nous ne sommes pas face à un tueur en série, mais à une série de tueurs. » Et ceux-ci se sont réunis en force, décidés à marquer les mémoires de leurs crimes pour entrer dans la postérité.

Vous aimerez peut-être aussi…

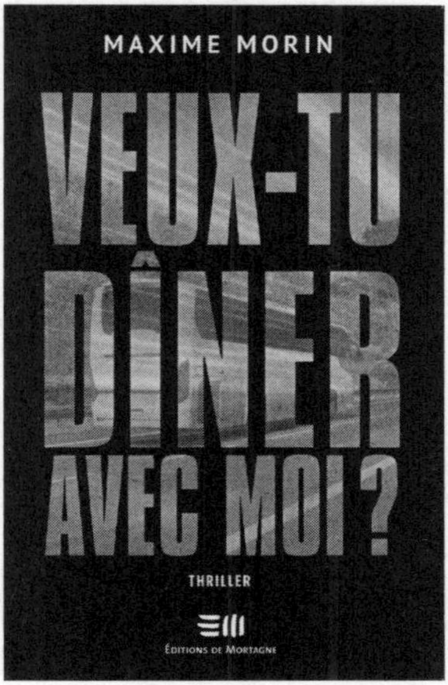

Certains ne méritent pas une seconde chance…

Maxence Verlomme a récemment vu sa vie s'effondrer. Il y a trois mois, sa carrière de flic s'est brisée avec l'annonce du cancer de sa femme. Pour vivre ses derniers instants avec elle, il a dû abandonner sa traque du Marchand de sable, un tueur en série activement recherché.

Ayant enterré Marion le matin même, l'homme se réveille, quelques heures plus tard, prisonnier d'un autobus fuyant la capitale.

Deux ravisseurs, neuf otages. Lorsque le premier captif est ramené sain et sauf à son domicile par ses bourreaux, plutôt que de profiter de sa liberté, il préfère se tirer une balle en pleine tête. Dès lors, chacun comprend que le danger ne se trouve pas à l'intérieur du bus, mais bien à l'extérieur.

Un *road trip* macabre où chaque arrêt se révèle fatal. Et quand les affres du passé resurgissent, le compte à rebours est déjà lancé, ne laissant à Verlomme que peu de temps pour découvrir le lien qui les unit tous.

À la fin du voyage, la rédemption. Ou bien la mort.

Retrouvez-nous sur :

leseditionsdemortagne

editionsdemortagne

www.editionsdemortagne.com

MARQUIS
Québec, Canada